좋아하길 잘했어

좋아하길 잘했어

김원우 소설집

래빗홀
RABBIT H@LE

차례

시외버스 터미널로 향하는 길에서 나는 죽음과 텔레비전에 대해 생각했다. 전원을 *끄*는 것과 동시에 툭 하고 꺼져버리는 삶. 그 냉정한 검은 화면. 날카로운 침묵. 초당 수십 번씩 점멸하고 색을 바꾸던 모든 불빛이 한순간에 꺼져버리는 장면. 그리고 그 순간 가늘고 길게 번쩍이는 하얀빛. 나는 그 빛을 떠올렸다.

이 감각은 열 살 때 처음 나를 찾아왔다. 아버지의 장례식을 마치고 집에 막 돌아온 길이었다. 버릇처럼 켠 텔레비전에서는 며칠간 놓친 만화영화가 시작되고 있었다. 익숙한 주제가의 후렴구가 나오려는데, 어느새 나타난 두 살 위 혈육이 텔레비전의 전원 버튼을 거칠게 눌러 꺼버리고는 쾅 소리와 함께 닫힌 문 뒤로 사라졌다.

그때였다. 수만 번은 켰다 껐을 텔레비전에서 그 전까지
는 단순한 전기 신호에 불과했던 그 하얀빛에 사로잡혔
다. 단말마 같다고 생각했다. 화면에 펼쳐지던 모든 순
간이 하나의 선과 점으로 뭉개지다 짧은 비명을 내지르
고 사라졌다. 그 전까지 거기에 있던 것들—사람, 색, 노
래, 춤, 웃음, 하늘, 땅, 음식, 언어, 감정—과 나 사이를
하얀빛이 갈라놓았다. 그 단호한 반짝임이 무서워 한동
안 텔레비전을 볼 수 없었다.

　나의 죽음은 어떤 모습일까? 먼저 어둠이 닥쳐오겠
지. 한동안 희미한 소리는 들리겠지만 나의 뇌는 그 소
리를 이해할 만한 힘이 남아 있지 않을 것이다. 마침내
모든 신호가 끊기고 나라는 존재는 사라진다. 그 자리
에는 아무것도 없다. 부재만이 존재한다. 늘 나를 싫어
했던 내 피와 세포와 열기와 분자 하나하나가 기다렸다
는 듯이 내 몸을 빠져나간다. 아무래도 상관없다. 그건
더 이상 내 것이 아니다. 나는 차가워지고 작아지고 가
벼워지고 끝내 사라진다.

✦

　집을 떠날 때부터 떠오른 죽음에 대한 환영이 버스 터미널에 도착할 때까지 떨어지지 않고 따라왔다. 머리가 깨질 듯한 통증도 함께. 마침 눈에 들어온 터미널 약국에서 두통약을 사, 그 자리에서 물도 없이 삼켰다. 문득 와르르 웃는 소리가 들려와 그쪽을 바라봤다. 10대로 보이는 아이들 넷이 발을 구르며 웃고 있었다. 푸드덕하고 날아와 내려앉은 한 무리의 비둘기 떼 같았다. 아이들은 거리의 비둘기처럼, 지나는 사람들을 밀어내며 승강장 한쪽을 차지하고 있었다. 12월의 반바지 차림과 그 아래 뻗은 다리에서 여름이 남아 있는 듯한 착각이 들었다. 21세기에 태어난 저 아이들은 죽음과 텔레비전에 대한 내 말을 이해할 수 없겠지. 텔레비전이 꺼질 때 가늘고 긴 하얀빛이 반짝인다니. 저 아이들은 텔레비전 화면 속에서 어지러이 점멸하는 우주배경복사도 본 적이 없을 것이다. 138억 년 전에 태어난 그 빛. 디지털 텔레비전에서는 절대로 보이지 않는 빛. 맙소사, 저들은 너무나

젊다. 나는 저들보다 먼 과거의 우주배경복사에 30년 더 가깝고 다가올 죽음과도 30년 더 가깝다. 이건 어딘가 말이 안 되는 것처럼 느껴진다. 저 나이에는 죽음마저 통제할 수 있다고 생각할 것이다. 저 나이의 아이들에게 죽음은 현실이 아니고 현실이어서도 안 된다. 그래야 마땅하다.

내가 그랬다. 나의 사춘기는 죽음으로 장식된 크리스마스트리였다. 스물일곱에 세상을 떠난 커트 코베인과 스리 제이스—재니스 조플린, 짐 모리슨, 지미 헨드릭스—가 마음의 별이었고 그 별들의 연주가 심야의 캐럴이었다. 트리의 꼭대기에는 에드거 앨런 포가 있었다. 까마귀와 검은 고양이가 상상의 반려동물이었고 포가 내 영혼의 유령 작가라고 믿었다. 책상 앞 벽에는 미술 교과서에서 오려낸 뭉크의 〈절규〉와 나란히 에드거 앨런 포의 시를 붙여놓고 하루에 적어도 한 번은 그 시구를 따라 읽었다. "내가 사랑한 모든 것들을 나 홀로 사랑했네."[1] 나의 10대 시절이 저물어가던 내내 나는 불확실한 행운과 달콤한 말들을 불신했고 모든 형태의 종말과 불길한 징조들을 숭배했다.

그로부터 대략 5년쯤 지난 어느 날, 윤수와 수현에게 이런 내 사춘기에 대해 부끄럽게 그리고 조금은 자랑스럽게 털어놓았다. 수현은 자신도 그랬던 적이 있다고, 하지만 더 어렸을 때였다는 부분에 힘을 주며 말했다.

"하지만 내가 동경했던 건 그런 우울한 죽음이나 몽상적인 공포가 아니었어. 훨씬 활활 타오르는 쪽이었지. 내 책상에는 늘 전혜린이 있었어."

그 말을 들은 윤수가 눈을 휘둥그렇게 뜨고 물었다.

"그래서 뭐, 너희도 천천히 사라져가는 것보다 한순간에 불타오르는 게 낫다는 거야?"

"그렇다기보다는." 내가 손을 저었다. "서른 이후가 상상이 안 돼. 서른 이후에 뭐가 있지? 이루지 못한 장래 희망과 갚지 못한 학자금 대출 빼면 뭐가 남아 있냔 말이야."

"어이. 피터 팬. 헛소리는 거기까지 해. 내가 장담하는데 너는 지금 네가 무슨 소리 하고 있는지도 모를 거야."

"빨리 죽고 싶고 그런 건 아닌데. 그냥 상상이 안 되고 그래서 무섭고 그런 게 있다니까? 그렇지 않아?"

나는 다급하게 수현에게 동의를 구했지만 수현은 매정하게 고개를 저었다.

"난 오래 살고 싶어."

"그건 또 왜? 그럴 이유라도 있어?"

"이와이 슌지의 차기작. 이유는 그걸로 충분하지."

"우와. 너희들, 정말 청춘이구나!"

윤수의 장난기 섞인 감탄에 수현이 낮게 으르렁거렸다.

"여기가 도서관이 아닌 걸 다행으로 알아. 난 사람 팰 때 책 말고 다른 건 안 쓰거든."

"아니. 오래 살고 싶은 이유가 청춘영화라고 하니까 그렇지."

청춘영화라는 말에 수현은 몹시 기분이 상한 표정을 짓더니 손바닥으로 테이블을 탕탕 내려쳤다.

"네가 이와이 슌지에 대해 뭘 알아? 이와이 슌지야말로 영화 역사상 가장 과소평가된 천재고 영화의 만신전에 올라야 할 사람이라고!"

윤수는 그 말이 다 맞다고, 자기가 잘 몰라서 그랬다고 필사적으로 사과하며 책을 찾아 두리번거리는 수현을 겨우 진정시켰다.

"비웃으려던 건 진짜 아니야. 솔직히 좀 부럽기도 한 게, 난 딱히 사춘기가 없었단 말이지. 누굴 좋아해서 밤을 새우거나 어른들에게 반항하거나 너희처럼 죽음에 집착한다든가 그런 적이 없거든."

"사춘기 없는 사람이 어딨어. 꼭 그런 게 아니더라도 뭔가 있었겠지."

"글쎄, 그런가? 잘 모르겠네."

나는 혼자 어른인 척하는 윤수에게 발끈하며 물었다.

"너한테 사춘기는 대체 뭔데?"

"글쎄에."

손에 턱을 괸 채 잠시 과거에 다녀온 윤수가 말을 이었다.

"난 나 때문에 아팠던 적이 없어."

그리고 멋쩍은 듯이 웃으며 술잔을 내밀었다.

"아무튼 난 너희처럼 죽음이 멋져 보였던 적은 없어.

나도 오래오래 살 거야. 핼리혜성은 보고 죽어야지."

그랬던 윤수가 죽었다.

불길한 예감에 사로잡힌 채 잠에서 깨어났다. 기억나지 않는 악몽이라도 꾼 것일까. 반쯤 감은 눈으로 휴대전화를 확인했다. 한 개의 미확인 메시지. 거기엔 친구의 부고가 창백하게 떠올라 있었다. "故 장윤수." 상조회사의 양식화된 메시지에 적힌 친구의 이름과 그 앞에 달린 한자가 낯설었다. 여기가 꿈속이 아니라는 걸, 헛것을 보고 있는 것도 아니라는 걸 깨닫는 데까지는 시간이 조금 필요했다.

윤수를 처음 만난 건 동아리 방 앞에서였다. 망설임 끝에 가입을 결심하고 찾아간 동아리 방 앞에 한 사람이 문을 마주 보고 서 있었다. 멀리 창문을 통해 들어온 경사진 햇살이 복도에 길게 고여 있었고 거기에 한쪽 발끝만 살짝 담근 채였다. 다가서는 나를 올려다보는 얼굴의 짙은 눈썹과 두꺼운 뿔테 안경도 인상적이었지만 그보다 내 시선을 끈 건 그 사람이 입고 있던 티셔츠였다. 〈X 파일〉로고가 그려진 티셔츠. 그게 윤수의 첫인상이었다.

"저, 여기가 글심 맞죠?"

나는 알면서도 그렇게 물었다. 문 앞에 붙은 한지에 먹으로 크게 '글심'이라고 적혀 있었다. 지금 생각하면 그 명패가 동아리의 고루함에 대한 자기 증명임을 눈치챘어야 했나 싶지만 당시로서는 제법 고상하고 심지어 '쿨'해 보이기까지 했다. 그 무렵은 한국적인 미를 세련된 것으로 재발견하는 것이 유행인 때였다. 인사동 스타벅스가 한글 간판을 단 것이 화제가 되고, 젊은이들이 한복을 입고 경복궁을 찾아가는 게 유행하기 시작했으며, 한글로 가득한 옷이 해외 패션쇼에서 박수를 받았다. 그런 시절이었다.

"그럴걸요." 윤수가 명패를 힘없이 가리키며 대답했다. "가입하려고 왔는데 아무도 없네요."

"아. 그렇군요."

"혹시 가입하러 오신 거면 요 아래 매점에서 같이 시간 좀 때우다가 다시 와보지 않을래요? 어차피 나중에 알게 될 사이 같은데 미리 친해지면 좋죠."

나는 망설였다. 〈X 파일〉 티셔츠는 호감이지만 그걸 입고 학교에 오는 사람은 어떨까, 그런 고민을 하고 있는데 새로운 사람이 나타났다.

"여기가 글심 맞죠?"

윤수가 웃으며 대답했다.

"지금 아무도 없어요. 혹시 가입하러 오신 거면 아래 매점에서 같이 조금 기다렸다가 다시 와보지 않을래요?"

"그래요."

나중에 나타난 사람은 망설임 없이 대답했다. 수현의 등장과 함께 나도 자연스럽게 그 무리에 끌려 들어갔다. 매점에서 좋아하는 시와 소설 이야기를 주고받다 의기투합한 우리는 동아리 방을 다시 찾는 대신 술집으로 향했고 거기서 밤새 또 이야기를 나눴다.

그리고 다음 날, 우리 세 사람은 나란히 '글심'에 가입했다. 글에는 마음과 심지와 힘이 있어야 한다. 문예 창작 동아리 글심의 이름에는 그런 의미가 담겨 있다고 했다. 민주화 운동 시절에 이름을 날렸던 두 명의 소설가와 한 명의 시인이 우정을 나눴던 곳으로 유명했고 세 사람 모두 요절하면서 전설이 더해졌다. 내가 이 동아리에 가입한 이유도 그 전설에 홀렸기 때문이었다. 역사와 전통이 깊은 동아리였지만 우리가 들어갔을 때쯤에는 회원도 활동도 거의 없어 간신히 해체를 면하고 있는 상태였고 그런 상황에서 역사와 전통은 거추장스러울 뿐이었다.

동아리에서 우리는 이단이었다. 선배들은 내 소설의 인물들이 무기력하고 탈주체적 탈역사적이라며 네 일상 따위에는 아무도 관심이 없다고 했다. 윤수는 SF를 쓴다고 했고 선배들은 윤수의 글을 소설 취급조차 하지 않았다. 나와 윤수가 소설을 쓴다고 하자 수현은 "그럼 난 시를 맡아야겠네"라고 하더니 정말 시를 썼다. 선배들은 단어들을 아무렇게나 늘어놓는다고 다 시가 되는 게 아니라며, 수현에게 재능이 없다고 했다. 그러거나

말거나 수현은 시를 썼다. 수현의 시는 '3'으로 이루어진
세상 모든 것에 관한 목록이었다.

3대 기타리스트

SF 3대 거장

트뤼포의 시네필 3단계

가위, 바위, 보

국민, 주권, 영토

노동, 토지, 자본

의식주

삼권분립

삼두정치

자우림

너바나

프룻(FRUT)

리튬의 원자 번호

사인, 코사인, 탄젠트

빛의 삼원색

점, 선, 면

삼차원

정반합

삼위일체

베드로의 세 번의 부정과 예수의 3일 만의 부활

버뮤다 삼각지대

해트트릭

삼진 아웃

미식축구의 필드골

삼총사

삼도천

오리온의 삼태성

여름의 대삼각형

아침, 점심, 저녁

과거, 현재, 미래

수현은 마치 카드로 끝없는 탑을 쌓는 것처럼 단어들
을 쌓아나갔다. 첫 학기가 끝나기도 전에 공책 한 권을 넘긴 수현의 작업은 우리가 졸업할 때까지도 현재진행형이었다. 선배들의 말에 따르면 나는 심지가 없었고 윤수는 힘이 없었고 수현은 마음이 없었다. 선배들은 우리를 무시했고 우리는 선배들을 경멸했다.

동아리 방은 대체로 텅 비어 있었다. 아니, 누군가 버리거나 훔쳐 온 것들로 가득했다. 한때는 금서였던 누런 책들. 줄 없는 전기기타와 꼭대기가 부러진 크리스마스 트리. 술에 취해 길에서 훔쳐 온 게 분명한 주차 금지 표지판. 그런 훔치고 버려진 청춘들 속에서 우린 각자 모서리를 차지하고 빈 노트를 노려보며 앉아 있었다. 학창 시절 내내 우리는 그렇게 삼각형을 이룬 채 동아리 방에 처박히거나 싸구려 술을 마시거나 커트 코베인의 마지막 날을 다룬 영화 같은 것들을 보러 다니며 시간을 보냈다.

그 중심에는 항상 윤수가 있었다. 그러니 윤수의 졸업과 동시에 우리가 흩어진 건 당연한 일이었다. 수현과 나는 각자의 일로 바빴고 얼마 지나지 않아 수현도 학교를 떠났다. 학교를 떠난 우리는 서로 다른 도시로 흩어졌다. 따지자면 우리는 전화를 싫어하는 사람들이었다. 우리 사이는 특별하고 남들과 달라서 남들과 같은 노력 따위는 필요 없다고 생각했다. 결과적으로는 드문드문 오가는 연락 사이에 '언제 한번 보자'라는 흔한 말조차 목에 걸려 나오지 않을 만큼 멀어졌다. 수현과는 연락이 끊긴 지 오래였고 연말이나 명절에 안부를 묻는 윤수의 전화가 우리에게 남아 있는 전부였다. 반년 전 나눈 마지막 통화에 따르면 윤수는 회사에 노동조합을 만들었고 거기서 집행부인지 사무국인지를 하고 있다고 했다. 해고당하고 고소당하고 거리로 내몰리는 등의 일들이 윤수에게도 벌어지는 건 아닐까 하는 걱정을 억누르며 '대단하네, 응원한다'와 같은 싱거운 말을 해줬다. 수현은 1년 전쯤 강아지 한 마리를 입양했으며 지금은 생활이 온통 그 강아지에 맞춰져 있다고 했는데 그나마 그것도 윤수를 통해 전해 들은 소식이었다. 우리 셋이 다시 한자리에 모이는 날이 오긴 할까. 그건 마치 자연을 거스르는 것과 같이 부자연스러운 일이어서, 만약 그런 비현실적인 일이 벌어진다면 그 순간 한여름에 눈이 내린다든가 하는 기적 또는 이변이라도 일어나는 게 마땅할 것만 같았다.

그래서일까. 아니, 아무리 그래도 그렇지. 윤수의 부고 앞에서 슬픔보다 의문과 혼란이 먼저 찾아온 게 부끄러웠다. 그런 나에게 조문할 자격이 있는지 의심스러웠다. 그러면서도 기계적으로 검은색 정장을 꺼내 입고 윤수가 살고 있던 도시로 가는 버스표를 끊었다. 버스 터미널은 주말치고는 한가했고 버스 출발까지는 20분이 남아 있었다.

전화벨이 울렸다. 화면에 '안미래'라는 이름이 떠올랐다. 전화를 받자마자 질문이 날아들었다.

"팀장님, 어디세요?"

"일이 있어 어디 좀 가는 길인데요."

"어디 안 좋으신 건 아니죠?"

안미래가 또박또박 물었다. 어떻게 들어도 걱정하는

목소리가 아닌, 단지 궁금해서 답을 알고 싶어 하는 사람의 목소리였다.

"아니에요. 갑자기 일이 좀 생겨서요."

"괜찮으신 거 맞죠?"

괜찮지 않다. 일단 머리가 괜찮지 않았다. 머릿속에 들어찬 두통이 너무나도 선명했다. 마치 좌뇌와 우뇌가 모두 N극의 자성을 띠고 있어서 서로를 줄기차게 밀어내고 있는 것만 같은 느낌이었다.

"괜찮아요."

그렇게 대답한 것을 바로 후회했다. 괜찮다는 대답이 윤수의 죽음을 상기시켰다. 귀찮아서 별 뜻 없이 내뱉은 대답인 걸 알면서도, 괜찮다고 말한 나 자신이 쓰레기 같았다. 바라던 대답을 얻은 안미래가 곧바로 다음 질문을 던졌다.

"혹시 미래에 대해서 뭐 기억나는 건 있으세요?"

"없어요."

"알겠어요. 기억나는 거 있으면 바로 연락 주세요."

"그럴게요."

"앞으로 매시 정각에 상태 체크하러 전화할 테니까 전화 꼭 받으시고요."

"그건 좀."

"근데 진짜 어디 안 좋으신 거 아니죠?"

"아니에요. 왜요, 자꾸."

"아니, 출근을 안 하셨길래요."

"출근을 왜 해요."

"오늘 출근 안 하세요?"

"전 토요일에는 출근 안 해요."

대답이 없었다. 못 들은 건가 싶어서 미래를 부르려는 찰나 저쪽에서 전화가 끊겼다.

"누가 천재 아니랄까 봐."

전화를 끊는 법이 자기 멋대로다. 그나저나 기억이라니. 미래를 아는 것도 기억이라고 부를 수 있을까. 미래를 기억한다는 안미래식 표현법은 아무래도 익숙해지지 않았다.

"미래의 기억."

나는 기억을 만져볼 수 있기라도 한 것처럼 손끝으로

이마를 쓸어봤다. 겨울바람에 차갑게 식은 땀방울만 들러붙었다. 두통이 점점 심해지는 것 같았다. 안미래가 어디 안 좋냐고 자꾸 물어본 탓일 것이다. 그런 질문을 반복해서 듣게 되면 없던 병도 생기기 마련이다. 손안의 휴대전화가 다시 진동했다. 또 안미래였다. 짜증이 난 나는 휴대전화의 전원을 꺼버렸다. 회사에서 걸려온 전화 따위는 더 이상 받고 싶지 않았다.

내가 다니는 회사로 말할 것 같으면 비폭력주의를 야구공에도 적용하는 타자들이 모인 프로야구팀과 공보다 잔디를 좋아하는 산책 애호가들로 결성된 프로축구팀을 가진, 배부르고 등 따스운 어느 대기업 산하의 한가로운 연구소다. 직함은 연구품질관리팀장. 팀장이라고 해봤자 팀에는 달랑 나 하나뿐, 팀원 한 명 없지만 나 혼자로도 한가하니 사람을 뽑아달라고 할 수도 없었다. 일단은 나도 연구소에 소속된 연구원 신분이기는 하지만 본격적인 연구를 하지는 않는다. 내가 하는 일은 진짜 연구원들이 가져오는 연구 계획이 쓸 만한지, 실험 과정이나 결과물에 오류가 없는지 검토하는 일이다. 이게 돼요? 이게 맞아요? 업무 자체가 다른 사람들에게 이렇게 딴지를 거는 일이다 보니 회사의 그 누구도 나를 반기지 않는다. 반기지 않는 걸 넘어 나만 보면 슬금슬금 피하기 바쁘다.

안미래는 1년 전 연구7팀으로 들어온 신입이었다. 연구7팀이라고는 하지만 그냥 안미래 팀이었다. 안미래를 위해 만들어졌고 안미래 혼자만 있는 팀. 혼자라는 점에서는 나와 같았지만 공통점이라고는 그것뿐이었다. 나는 좋아서 혼자 있는 게 아니었지만 안미래는 좋아서 혼자 있는 거였고, 나는 그저 그런 연구원이었지만 안미래는 천재였다. 지난여름 연구소 옆 공터에서, 연구4팀이 개발한 방사선 측정기 DIY 세트를 테스트하는데 갑자기 빨간불이 번쩍이며 요란한 경고음이 흘러나왔다. 빨간 경고등 너머로 나타난 건 담배 연기를 내뿜으며 다가오는 연구소장이었다. 소장은 좋은 일이라도 있는 것처럼 싱글벙글 웃으며 다가오더니 방사선 측정기를 가리키며 안 하느니만 못한 말들을 늘어놓았다. 이건 꽤 팔릴 거야. 어떤 재난들은 돈이 되기도 하거든. 그건 기회주의가 아니라 앞을 내다보는 거지. 그러고는 입이 간지러워 더는 못 참겠다는 듯이 자기 칭찬을 쏟아냈다. 천재 한 명을 영입하는 데 성공했다고. 그 천재는 다른 천재들도 천재라고 인정한 진짜 천재인데, 그 한 명을 데려오기 위해 자기가 언제부터 물밑 작업을 벌였으며 거기에 쏟아부은 돈과 시간이 얼마인지에 대해 천문학적이라는 비유를 들어가며 한참을 떠들었다. 그 천재는 지금은 하와이의 천문대에 머물고 있는데 얼마 전에는 천체망원경으로 수집된 데이터를 증폭 보정하는 알고리즘을 추가하는 것만으로 지상 망원경의 해상도를 우주 망원경 급으로 높여놓았다고 했다. 그런 천재가 있다는 것만으로도 각종 연구비 지원 사업은 따놓은 당상이며 그것만으로도 투자금은 회수하고도 남을 거라는 얘기였다. 소장이 자랑스러워한 그 천재가 바로 안미래였다.

안미래가 입사하고 얼마 지나지 않아 연구소에 이상

한 소문이 돌기 시작했다. 안미래가 타임머신을 연구하고 있다는 소문이었다. 왜 아니겠어. 소문을 전해 들은 나는 고개를 깊숙이 끄덕였다. 소문의 내용이야 한 귀로 흘렸지만 그런 소문이 돌게 된 이유는 짐작이 가고도 남았다. 안미래는 의무가 아닌 일은 절대로 하지 않기로 맹세한 사람 같았다. 예를 들면 인사, 잡담, 회식 같은 것들. 한마디로 너무 천재스러웠다. 그런 사람에게는 늘 부당한 소문이 따라다니기 마련이다. 타임머신 어쩌고 하는 것도 그래서 생겨난 헛소문이라고 생각했다.

그러던 어느 날 안미래가 연구 계획서를 보내왔다. 어디 얼마나 천재인지 보자 하고 계획서를 반쯤 읽던 나는 조금 기분이 상한 채로 그 계획서를 돌려보냈다. 연구 계획서의 제목은 "음의 질량 물질 포집을 통한 타임머신 개발"이었고 내 한 줄짜리 피드백은 "선행 연구 및 기술 개발 예산 부족"이었다. 헛소문에 짜증이 난 건 알겠지만 업무에 감정을 섞어 장난을 치는 건 프로답지 못하다고 생각했다.

며칠 후 안미래의 두 번째 연구 계획서가 도착했다.

〈중력과 간섭을 이용한 웜홀 안정화와 다공성 분자구조 타임머신 개발〉

헛소문이 헛소문이 아니었다는 걸 그제야 깨달았다. 안미래를 불러 진심이냐고 묻자 그렇다는 대답이 돌아왔다.

"왜 자꾸 타임머신을 만들려고 하시는 거예요?"

"새가 왜 자꾸 날려고 하겠어요?"

날 수 있으니까. 대단한 자신감이었다. 갑자기 두통이 몰려와 손으로 이마를 감쌌다. 대꾸할 말을 잃은 나에게 안미래가 말했다.

"게다가 재미있을 것 같잖아요. 과거의 저를 찾아가서 이것저것 알려주면."

"그건 재미없을 거예요. 할 수 있는 거라고는 과거의 나를 따라다니며 소리를 지르는 것뿐일걸요? 왜 그렇게 사냐고. 그리고 그런 얘기를 해주는 사람은 이미 있고요. 부모님이요. 걔 입장에서는 그냥 잔소리꾼이 하나 더 생겼을 뿐인 거죠."

그 점에 대해선 확신이 있었다. 과거로 돌아가는 상상

이라면 질리도록 해봤다. 밥을 먹다가, 길을 걷다가, 지독한 불면의 밤마다 나는 닫혀버린 과거의 문을 비집고 들어갔다. 그곳에서 밸런타인데이 초콜릿을 시한폭탄처럼 던져두고 도망쳤던 순간이나 노래방 선곡으로 은근슬쩍 진심을 내비쳤던 낯 뜨거운 순간을 바로잡을 수 있는 길을 찾아 헤맸다. 고장 난 오르골의 태엽을 되감는 것 같은 그런 어리석고 무의미한 짓을 마치 완전범죄라도 계획하는 것처럼 진지하게 반복했다. 그건 단순한 심심풀이가 아니었다. 나로서는 좀처럼 찾기 힘든 열정과 간절함마저 담겨 있었다.

현재까지 상용화된 타임머신은 상상력을 동력으로 하는 인간의 두뇌가 유일하고, 그렇다면 나야말로 시간여행 전문가라고 할 수 있지 않을까? 그러니 시간 여행초보자들에게 몇 마디 조언을 해줄 자격쯤은 있을 것같다.

시간 여행에는 크게 두 종류가 있다. 육체의 이동과의식의 이동. 안미래의 아이디어는 육체가 이동하는 쪽이었다. 마치 기차를 타고 여행을 가는 것처럼 현재의 내가 타임머신이라는 탈 것을 타고 다른 시간대로 단순하게 이동하는 것이다. 반면 의식의 이동은 기억에 관한 것이다. 어느 날 눈떠보니 어린 시절로 돌아가 있는 것처럼 과거나 미래에 존재하는 육체로 현재의 기억만 이동하는 것.

내가 주로 상상하는 건 의식의 이동 쪽이었다. 과거로 돌아가 짝사랑했던 친구에게 고백을 한다든가 아직 세상에 나오지 않은 노래와 이야기를 팔아 돈과 명예를 동시에 거머쥐는 등 오지 않을 과거를 예행연습했다. 그 수많은 상상의 핵심은 하나였다. 추억을 반복하되 지금처럼 살지 않는 것.

그런 면에서 안미래의 타임머신은 쓸모가 없다. 이 몸 그대로 과거로 간다고 해도 첫사랑과 맺어지기는커녕 친구가 될 가능성도 없다. 과거의 나와 동시에 존재한다는 건 타임 패러독스와 같은 철학적 또는 물리적인 문제에 부딪히기도 전에 단순한 행정적 문제를 일으키게 될 것이다. 부자가 되는 건 고사하고 은행 계좌를 여는 것조차 불가능하다. 과거까지 돌아가서 범죄자가 될 작

정이 아니라면 말이다. 과거의 나에게 복권 당첨 번호라
도 알려줄 수 있지 않냐고? 과거의 나는 그냥 남이다.
복권 당첨 번호를 알려주고 현재로 돌아오면 부자가 되
어 있을 거라는 발상은 너무 순진하다. 복권에 당첨된
과거의 내가 팔자에도 없는 고급 스포츠카를 타고 다니
다 교통사고라도 난다면 현재의 나는 단물은 빨아보지
도 못하고 죽게 된다. 과거를 조작해 현재를 바꾸는 건
목숨을 건 도박에 가깝고 그런 도박이라면 굳이 타임머
신을 발명하는 수고까지 할 필요도 없다. 팔자를 고칠
목적이라면 감쪽같이 은행을 터는 완전범죄 기계를 만
드는 편이 훨씬 쉽다.

　내 얘기를 들은 안미래는 책상 위에 있던 연구 계획
서를 낚아채듯 가져가더니 그대로 등을 돌려 사무실을
빠져나갔다. 문이 닫히기 직전 "사람들이 상상력이 부
족해! 상상력이!" 하는 뿔난 소리가 들려왔다. 그러고는
한 달이 넘도록 소식이 없었다. 나한테 화라도 난 건가
싶던 어느 날 안미래에게서 연구 계획서를 가지고 방문
하겠다는 연락이 왔다. 잠시 후 안미래가 손에 든 종이

뭉치를 흔들며 사무실로 들이닥쳤다.

〈양자 얽힘을 이용한 두뇌 동기화식 타임머신 개발〉

안미래가 내민 종이 뭉치의 표지에는 그렇게 적혀 있었다. 그럼 그렇지. 예상했던 일이었다. 나는 준비해둔 홍차와 마들렌을 안미래에게 권했다. 안미래는 눈에 성분 분석기라도 달린 것처럼 찻잔 속을 조용히 들여다봤다. 나는 계획서를 읽는 척하며 그 모습을 가만히 지켜봤다. 잠시 후 홍차 한 모금을 조심스럽게 마신 안미래의 표정이 만족스럽게 변했고 곧이어 마들렌을 한 입 베어 물었다. 그 순간만을 기다리고 있었다. 나는 준비해둔 대사를 던졌다.

"제가 개발한 타임머신이에요. 이름하여 '타임머신 티세트'. 어때요? 과거로 돌아간 것 같은 느낌이 좀 드시나요?"

안미래의 표정이 곧바로 무섭게 변했다.

"유머 감각이 퍽 고약하시군요."

악평에도 불구하고 내 입꼬리는 올라가 있었다. 잔을 내려놓은 안미래가 혀를 차며 말을 이었다.

"말씀하셨던 의식의 이동에 대해 생각해봤어요. 그러고 보니 이미 우리가 알고 있는 것 중에 시간을 초월하는 현상이 하나 있더라고요. 양자 얽힘이요. 얽혀 있는 양자쌍 사이에서는 정보가 빛보다 빠른 속도로, 말 그대로 '즉시' 전송되잖아요. 그걸 이용하기로 했어요. 먼저 얽힘 상태의 전자쌍을 만들 거예요. 각각의 쌍을 미래 전자와 현재 전자라고 합시다. 그리고 미래 특정 시점에 뇌를 스캔해서 일종의 뇌의 양자 지도를 만드는 거예요. 그다음 그 정보를 미래 전자를 통해 큐비트로 변환할 거고요. 그럼 당연히 지금 시점에 따로 가지고 있던 얽힘 상태의 현재 전자에 그 정보가 전송되겠죠? 그걸 바탕으로 미래 뇌의 양자 정보를 현재의 뇌에 이식하는 거예요. 한마디로 미래를 현재로 가져오는 거죠. 미래의 기억을 현재로 가져오는 거니까 결과적으로는 미래에서 현재로 시간 여행한 거나 마찬가지고요."

나는 말도 안 된다고 생각하면서도 어떻게든 말이 되는 쪽으로 머리를 굴려보려고 했지만 아무래도 말이 안 된다는 결론에 도달했다.

"백번 양보해서 방금 말씀하신 게 기술적으로 가능하다고 칩시다."

"왜 쳐요. 된다니까요? 아, 그리고 설명을 하나 빼먹었는데, 이건 싸게 먹혀요. 팀장님은 그게 제일 중요하죠?"

나는 나에 대한 유치한 비난을 한숨으로 애써 무시하고 안미래가 가져온 계획서의 허점을 지적했다.

"양자 얽힘의 비국소성이라는 건 공간에 대한 거잖아요. 멀리 떨어진 곳에 있어도 즉시 영향을 주고받는다는 뜻이지 다른 시간대에 있어도 즉시 영향을 주고받는 게 아니라고요."

"어머. 팀장님, 시공간이라고 못 들어보셨어요? 학교 다닐 때 민코프스키 내적도 유도해보지 않고 뭐 하셨어요?"

"제 전공은 응용물리학이었어요."

"중학교 때 말이에요."

타임머신 티 세트에 대한 꽤 신랄한 카운터펀치라고 생각하고 웃어버릴 뻔했는데 그게 아니었다. 안미래의 동그랗게 뜬 눈은 '설마 진짜 중학교 때 미적분이나 하고 있었던 건 아니지?'라고 묻고 있었다. 등골이 서늘해져 몸을 떨었다. 미적분도 고등학교에 가서야 겨우 배웠는데.

"됐고." 안미래가 내 침묵을 못마땅해하며 손을 내저었다. "간단히 말씀드리면 공간적으로 1광년 떨어진 것과 시간적으로 1년 떨어진 건 정보 입장에서는 아무런 차이가 없다는 뜻이에요."

그게 그런 뜻이었던가. 나는 오랫동안 잊고 지냈던 상대성이론의 기초를 머릿속으로 되짚어봤지만 안미래의 주장을 기각할 만한 내용이 즉시 떠오르지는 않았다. 그 부분은 일단 넘어가기로 했다.

"그러니까, 이 계획이 성공하면 미래를 볼 수 있게 된다는 거로군요. 예언가가 되는 거네요?"

"그거랑은 다르죠. 제가 이 찻잔을 떨어뜨리면 잔이 깨지고 바닥이 엉망이 되겠죠?"

안미래가 찻잔을 머리 위까지 들어 올리며 말했다. 어딘가 협박처럼 들리는 말투였다.

"이건 예언이 아니에요. 그냥 아는 거죠."

안미래는 잔을 떨어뜨리는 대신 입으로 가져가 차를 한 모금 마시고 말을 이었다.

"제가 하려는 건 이쪽에 가까워요. 정보의 종류가 다를 뿐이죠."

"음. 그게 그거 아니에요?"

"쉬운 비유는 종종 틀린 이해를 낳죠. 그거랑 그거랑 달라요. 1년 후의 기억과 동기화한다고 치면 지금의 팀장님은 1년 후의 팀장님이 타임 슬립한 존재가 되는 거예요. 현재에서 미래를 내다보는 게 아니라 기억이 미래에서 현재로 오는 거라고요."

"제 말이 그 말이잖아요. 현재의 내가 1년 후의 미래를 내다보는 거 아니에요? 예언가랑 뭐가 달라요?"

"무슨 노스트라다무스 같은 소리를 하고 계세요. 그건 말이 안 되잖아요."

"타임 슬립은 말이 되고요?"

"말이 되는 게 아니라 정말 돼요."

또 두통이 시작됐다. 안미래와 말을 섞기만 하면 조건반사적으로 전두엽이 쪼그라드는 것 같았다. 물론 나는 안미래에게 조금의 악감정도 없었다. 그저 머릿속 신경세포 덩어리가 안미래를 인식하면 제멋대로 몸서리를 칠 뿐이었다. 나는 내 머릿속에 사는 방구석 외톨이를 대신해 서둘러 안미래를 손짓으로 돌려보냈다. 안미래는 식은 홍차를 한 번에 들이켜고는 마들렌을 챙겨 사라졌다. 나는 두 손으로 얼굴을 감싼 채 책상 앞에 한참을 앉아 있었다.

며칠 후 소장에게서 밖에서 잠깐 보자는 연락을 받았다. 연구소 밖으로 나갔더니 소장이 멀쩡한 흡연 구역을 놔두고 거기서 열 발짝 떨어진 곳에서 담배를 피우고 있었다.

"담배 바꾸셨네요."

소장의 손에는 전에 피우던 담배에 비해 반지름이 절반 정도 되는 슬림형 담배가 들려 있었다.

"이제 나도 건강을 생각해야지. 두께가 절반이니까 나쁜 것도 절반만 나오지 않겠어?"

"무슨 일로 부르셨어요?"

"안미래 얘기인데 말이야. 안미래가 제출한 연구를 자

네가 계속 반려하고 있다면서? 맞아?"

"네. 그건 그런데."

"일단 통과시켜봐. 자꾸 그러다가 관둔다고 하면 곤란하다고."

"아니, 결재할 만한 걸 가져와야 말이죠. 말도 안 되는 무슨 타임머신 같은 거나 만든다고 하고 있고."

"그거 법에 걸리는 거야?"

"네?"

"폭발하는 거야?"

"네? 그건 아니지만."

"그럼 오케이해줘. 연구도 연구지만 안미래가 우리 회사에 있어주는 게 더 중요하다니까?"

아. 맞다. 이게 회사라는 조직이 굴러가는 방식이었지. 아무리 비합리적인 결정이라도 일단 높으신 분이 지시하기만 하면 직원들은 그에 따라 모든 자원과 통계, 심지어 시공간마저 왜곡해 지시에 꿰맞추는 곳. 원기둥 부피도 구할 줄 모르는 인간이 연구소장으로 앉아 있으면서 연구에 대해 이래라저래라 하는 곳. 속으로는 그렇게

생각하면서도 나는 순순히 상사의 명령에 굴복했다. 합리적인 이성과의 불일치는 늘 그렇듯이 직장이라는 핑계로 넘어갔다. 직장이라는 게 원래 시키는 대로 하는 거지 뭐. 다시 읽어본 계획서는 어차피 대부분 내 이해를 넘어선 내용이었고 어쨌거나 안미래가 타임머신을 포기할 것 같지도 않았다. 나는 내 알 바 아니라는 심정으로 결재 도장을 찍었다.

그리고 얼마 후 안미래가 나를 자기 연구실로 호출했다. 각종 기계장치가 발 디딜 틈 없이 널브러져 있고 책들이 산처럼 쌓여 있는 모습을 상상했지만 안미래의 연구실은 의외로 깔끔하게 정돈되어 있었고 그래서 조금 실망스러웠다. 한 가지 신경 쓰이는 건 연구실 한가운데를 차지하고 있는 철제 테이블이었다. 부검실에서 막 옮겨 온 것처럼 차가워 보이는 은색 테이블 옆에는 스무 대쯤 되어 보이는 컴퓨터가 층층이 쌓여 있었다. 원뿔형으로 대충 쌓인 컴퓨터는 복잡하게 얽힌 색색의 전선들로 서로 연결되어 있었고 그 형태에서 곧 익숙한 사물 하나가 떠올랐다.

"이 비싸 보이는 크리스마스트리는 뭐예요?"

내 손가락이 가리키는 쪽을 본 안미래가 성난 눈으로 날 돌아봤다. 하지만 그건 어떻게 봐도 크리스마스트리였고 나는 그 눈빛이 부당하다고 생각했다.

"시제품이에요."

"뭐의 시제품이요?"

"타임머신이죠." 무슨 당연한 소리를 하느냐고 나무라는 듯한 목소리였다. "여기 누워서 뇌를 양자 단위로 스캔할 거예요. 그다음 미래의 특정 시점에 똑같이 여기 누워서 스캔한 정보를 얽힌 전자쌍에 전달할 거고요. 그럼 결과적으로 미래에 고정된 전자들의 상태가 얽혀 있는 현재의 전자에 전달되는데 그 정보를 바탕으로 현재 뇌의 양자 상태를 재조정하는 거예요. 일종의 역양자 원격 전송이라고 할 수 있죠. 간단하죠?"

"그게 저 깡통 테이블이랑 컴퓨터 몇 대로 돼요?"

"비용을 아끼라면서요."

"그렇게 복잡한 게 저렇게 단순한 거로 된다고요?"

"단순한 게 불만이에요?"

"불만이라기보다는 불안하죠."

"사람이 걷는 것도 사실은 엄청 복잡한 메커니즘인데 겉으로 보기에는 단순하잖아요. 아, 혹시 한 걸음 내디딜 때마다 불안해하는 타입?"

고개를 삐딱하게 한 채 대답을 기다리던 안미래는 할 말을 잃은 나를 뒤로하고 컴퓨터의 전원을 켰다. 낮은 모터 소리와 함께 컴퓨터에 달린 전구들에 불이 들어왔다. 그러자 컴퓨터의 탑은 거의 록펠러센터 앞 크리스마스트리처럼 반짝이기 시작했다.

"우와아아."

나도 모르게 감탄을 내뱉었다. 그 감탄을 오해한 안미래가 만족스러운 미소를 지으며 말했다.

"제가 개발한 양자 컴퓨터 비슷한 거예요. 준양자 컴퓨터라고나 할까요. 원리는 달라도 성능은 비슷해요."

왜 저걸 계획서로 내지 않은 거야. 나는 손으로 이마

를 짚었다. 이유를 알 것 같았다. 양자 컴퓨터는 이미 존재하는 기술이고 그걸 만드는 건 안미래한테는 너무 쉽고 재미없는 일이었겠지. 계획을 세우고 회사에 보고할 필요성조차 느끼지 못했을 거다.

"해보실래요?"

무엇을? 인체 실험을? 안미래가 '마실 것 좀 드릴까요?' 같은 말투로 권유했지만 그건 분명 인체 실험이었다. 가벼운 말투로 말한다고 해서 가벼워질 그런 문제가 아니었다.

"그럽시다."

내가 권유를 가볍게 받아들인 건 안미래의 말투 때문은 아니었다. 안미래가 타임머신이라고 주장하는 저 기계가 동작할 거라고 생각하지 않았다. 실험 장치라기보다는 소꿉놀이 세트처럼 보였다. 나중에 이 놀이가 실패로 밝혀진 다음, 아까운 내 시간도 그 잘난 타임머신으로 돌려내라고 큰소리칠 생각을 하니 살짝 흥분되기까지 했다. 안미래는 나를 테이블에 눕히고 오토바이 헬멧을 직접 개조한 게 분명한 장치를 머리에 씌웠다.

"언제로 하시겠어요?"

안미래가 헬멧의 턱 끈을 불필요하게 세게 조이며 물었다.

"아, 아야. 글쎄요."

과거로 돌아가고 싶다는 생각이야 수없이 해봤지만 현재로 돌아온다는 것에는 놀라울 만큼 흥미가 일지 않았다. 미래 어느 시점의 내가 지금 이 순간으로 돌아가고 싶어 할까? 10년? 20년? 지금으로부터 20년 전이라면 조금의 고민도 없이 돌아가고 싶지만 글쎄. 어느 미래에도 지금으로 돌아오고 싶어 할 나는 없을 것 같았다. 지금 여기엔 아무것도 없다. 그런 줄이야 진작부터 알고 있었지만 예상치 못한 장소에서 떠올린 삶의 진실은 평소보다 더욱 차가웠다. 어쩌면 차가운 철제 테이블 위에서 이상한 헬멧을 쓰고 누워 있다는 사실이 영향을 쳤을지도 모르겠다. 감상에 빠진 나는 문득 떠오른 생각을 입 밖으로 내뱉었다.

"시시포스 신화라고 들어보셨……."

"아, 이런. 맙소사." 안미래가 진절머리를 치며 말을 잘랐다. "팀장님은 제가 만난 열두 번째 시시포스예요. 자기 인생을 시시포스에 갖다 대는 것 좀 그만하면 안 돼요? 카뮈가 무슨 죄냐고요, 진짜."

"아니에요. 들어보세요." 나는 '제발'이라는 말이 따라붙으려는 걸 겨우 참아내고 하소연을 계속했다. "시시포스가 바위를 열심히 밀어 올리면 그 바위가 도로 굴러떨어지고 그걸 영원히 반복하잖아요. 저는 요즘 그 이야기에 나오는 바위가 된 기분이에요. 시시포스 말고 바위 말이에요. 시시포스한테는 고통과 고뇌라도 있죠. 저는 그것마저 없어요. 그냥 아무 생각 없이 떠밀려 올라갔다 떨어지기를 반복할 뿐이죠."

그제야 안미래가 고개를 돌려 나를 가만히 바라봤다. 그리고 퉁명스러운 목소리로 말했다.

"시시포스가 돌멩이로 바뀐 거 말고는 그 얘기가 그 얘기잖아요. 뭘 대단한 것처럼 얘기하세요. 그보다 언제로 하실 건데요?"

그런가. 나는 바위에서 돌멩이로 스케일이 줄어든 만큼 기어들어 가는 목소리로 말했다.

"10년으로 할까요?"

점심 메뉴를 고르듯 적당히 대답하자 안미래가 인상을 찌푸렸다.

"말씀드렸잖아요. 그 시점에 여기서 똑같이 누워 있어야 한다고요. 10년 후에도 여기 계실 것 같아요? 애사심을 과대평가하시는 거 아니에요? 게다가 10년 후까지 살아 계실지 어떨지도 모르잖아요?"

안미래는 거의 저주에 가까운 말을 무심하게 하고선 창가에 외따로 떨어진 컴퓨터의 자판을 두드렸다.

"1년으로 할게요."

안미래가 선언했다. 그리고 타임머신을 작동시켰다. 극적인 소음이나 눈부신 불빛 같은 건 없었다. 두세 시간 걸릴 거라고 했다. 내가 차가운 부검대에 죽은 듯이 누워 있는 동안 안미래는 자리에 앉아 태평하게 책을 읽었고 책장을 넘기는 소리가 규칙적으로 들려왔다. 작게 틀어놓은 라디오에서는 오래된 크리스마스캐럴이 아주 멀리서 연주되는 것처럼 어렴풋이 들렸고 이따금 여기저기 부딪히다 갈 곳을 잃은 온풍기의 바람이 볼을 스치고 지나갔다. 반복되던 캐럴은 어느새 철 지난 유행가로 바뀌었고 안미래가 코코아라도 타 마시는 듯 공기 중에 달콤한 향기가 떠돌았다. 한가로운 오후의 풍경이었다. 문득 살면서 몇 시간 동안 아무것도 하지 않고 이렇게 가만히 누워만 있던 적이 있었나 하는 생각이 들었다. 이런 사치를, 그것도 직장에서 누려본 적이 있었나. 이건 마치, 힐링인가? 그런 잡생각들에 더해 방금 지나간 노래의 한 소절이 토마토는 과일이 아니라는 가사로 들린 걸 보니 슬슬 의식이 멀어지는 모양이었다. 잠이 온다기보다는 현재가 빠져나가는 느낌이었다. 한참이 지나 마침내 정말 깜빡 졸았다고 생각한 순간 안미래가 실험이 끝났음을 알렸다.

"시냅스 재구성은 잘 때 활발하게 이루어지니까 내일이나 효과가 나타나기 시작할 거예요. 뇌를 완벽하게 복사하는 게 아니라 재구성 가능한 일부만 건드리는 거라서 기억이 온전한 상태가 아니라 일부만 조각조각 떠오를 수도 있어요. 뭐, 시제품이잖아요. 조금 어지럽거나 혼란스러울 수도 있는데 내일 만나서 확인해보죠."

이게 어제의 일이었다. 그러니까 안미래의 전화는 나의 안부가 아니라 실험의 안부를 묻는 전화였다. 안미래의 전화를 받기 전까지는 타임머신의 존재를 까맣게 잊고 있었다. 실험의 부작용일까? 아닐 것이다. 종일 내 의식은 죽음에 잠겨 있었고 무엇보다 미래의 기억 같은 건 떠오를 기미조차 보이지 않았다. 실험은 실패했을 것이다. 실패했다. 역시 그런 어설픈 장치로 시간 여행을 할 수 있을 리가 없다. 타임머신이라는 말에 속아 넘어가 차가운 테이블에 누워 있던 세 시간이 오래전 일처럼 느껴졌다.

오래전 윤수와 타임머신에 대해 이야기한 적이 있다.

갑자기 날카로운 통증이 머리를 앞뒤로 꿰뚫었다. 나는 약상자에 적힌 부작용을 반복해 읽다가 결국 두통에 굴복하고 알약을 입안에 털어 넣었다.

"타임머신 같은 거 만들면 안 돼."

오래전 윤수가 그렇게 말했다. 셋이서 자주 가던 술집

에서였다. 앰프에서는 1980년대 포크송이 나오고 누런 벽지가 군데군데 벗겨져 있는, 타임머신을 타고 과거로 간 듯한 인상을 주는 곳이었다.

"만약 타임머신을 타고 과거로 갈 수 있다고 쳐. 가장 행복했던 순간이랑 가장 후회되는 순간 중 한 곳만 갈 수 있다고 하면 어디로 갈래?"

"글쎄. 후회되는 순간 아닐까?"

"거봐. 대부분이 그럴걸? 과거로 돌아가 인생 최악까지는 아니더라도 최악이 되기 직전의 시간을 다시 마주하겠지. 그리고 돌아가봤자 별수 없다는 걸 깨닫고 좌절한 채 돌아올 거야. 현재는 생지옥이 될 거고."

"아닐 수도 있지. 내가 그때 노래방에서 그 노래만 안 불렀다면 매일 자기 전에 이불을 차는 일도 없었을 거고, 그럼 충분히 수면을 취한 덕에 글도 더 잘 써졌을 테고, 그럼 대문호가 돼서 지금쯤 노벨 문학상을 두세 개쯤 받았을지도 모르지. 나비효과라는 사자성어도 있잖아. 안 그래?"

"진짜? 인생에서 가장 후회되는 일이 노래방 선곡 실

패라고?"

"예를 들자면 그렇다는 거지. 예를 들자면. 수현, 너는 언제로 갈 거야?"

"난 행복한 순간으로 갈 거야. 근데 과거는 아니야. 미래로 갈 거야. 어쨌거나 미래는 좀 낫겠지."

수현의 대답에 윤수가 반색했다.

"내가 얘기하고 싶은 게 바로 그거야. 자기 팔자 좀 펴보겠다고 타임머신을 타고 과거로 가는 건 멍청한 짓거리라 이 말이야. 일단 인생을 바꾸는 방법치고 시간 여행은 효율이 형편없거든. 목적을 달성하기 위한 수만 가지 방법 중에 가장 어려운 길이지. SF에서야 이미 만들어져 있으니까 이렇게도 쓰고 저렇게도 쓰지만 현실은 그렇지가 않잖아. 이번에 쓰려는 박사 논문 주제가 중세 시대 생활상인데 땅 파고 고문서나 뒤지는 대신 타임머신이나 발명해서 타고 다녀오려고요, 이러면 말이 안 되잖아. 그렇기 때문에 시간 여행이 정당성을 가지려면 그 형편없는 효율보다 더 많은 에너지가 필요한 일을 향해 움직여야만 해. 개인적인 일 같은 건 어림도 없어. 죽은 사람을 살리는 건 숭고하지만, 생각해봐. 타임머신을 만들 수 있는 세상에 영생의 기술이 없다는 건 전기 오븐으로 요리하는 세상에서 사냥은 돌화살로 한다는 거나 마찬가지야. 그런데도 굳이 과거로 돌아가겠다고 타임머신을 만든다면 그건 타임머신이 아니라 골드버그 머신인 거지. 결국 시간 여행은 나를 포함해 몇 사람 인생 바꾸자고 할 짓이 못 된다는 얘기야."

"그럼 뭘 위해 타임머신을 만들어야 칭찬해줄 건데?"

"너네 〈스타트렉〉에서 제일 센 무기가 뭔지 알아?"

"데스스타."

윤수는 수현의 도발을 못 들은 척하며 말을 이었다.

"광자어뢰? 은폐장치?"

"데스스타."

"바로 견인광선이야. 견인광선이야말로 행성 연방이 낳은 기술의 극치라고. 아무리 〈스타트렉〉을 다큐멘터리처럼 볼 정도로 기술이 발달한 외계인들이라도 견인광선이 나오는 장면에서는 깜짝 놀랄걸? 와! 저거 뭐지? 어떻게 한 거지? 목표물을 빛으로 감싸서 끌어당기잖아! 말이나 되냐고. 하지만 난 이게 극도로 발달한 기술의 사용법에 대한 완벽한 은유라고 생각해."

"잠깐, 여기서부턴 농담인 거지? 10분 지나서 이러는 거지?"

수현이 윤수의 말을 가로막으며 나를 돌아봤고 나는 모르겠다는 뜻으로 어깨를 으쓱했다. 당시 우리에게는 진지한 이야기는 10분 이상 계속하면 안 된다는 암묵적인 규칙이 있었다. 진지한 이야기를 하다가도 10분 안에 반드시 농담을 섞어야만 했다. 진지한 이야기를 10분 이상 계속하는 건 쿨한 게 아니었으니까. 윤수는 앞을 가로막은 수현의 손을 밀어내며 말했다.

"들어봐. 그러니까 타임머신은 자동차를 타고 과거나 미래에 다녀오는 방식이어서는 안 되는 거야. 그건 잘해봤자 극장에서 영화를 보고 나오는 거나 마찬가지잖아. 잠깐 다른 세계에 갔다 오는 거라고. 그럴 거면 그냥 극장에 가서 영화를 보고 오면 되지. 그럼 진정한 타임머신이란 무엇이냐. 타임머신의 존재가 설득력을 가지려면 그 목적이 시간 여행으로만 할 수 있는 것이어야 해. 시

간 여행이 아니면 안 되는 것. 이를테면 한두 가지가 아
니라 전 세계가 바뀌어야만 하는 일 같은 것 말이야. 그
러니까 진정한 타임머신이란 사용자가 시간을 이동하
는 기술이 아닌 거야. 바라는 세계를 현재로 끌어당기
는 거지. 마치 견인광선처럼. 내가 어디로 가는 게 아니
라, 내가 있는 곳으로 세계를 끌어당기는 거야."

윤수는 두 손을 내밀어 허공을 움켜쥐고는 소중한 것
을 다루듯 자기 가슴께로 끌어당겼다. 윤수의 그 몸짓
이 잠깐의 침묵을 만들었다. 그러자 수현이 잔을 높이
들며 연극 배우처럼 외쳤다.

"혁명이다! 타임머신은 혁명의 도구다!"

윤수도 수현을 따라 혁명을 외치며 잔을 부딪쳤다. 두
사람을 따라 잔을 들었지만 나에게는 그 외침이 어디
까지나 농담에 불과했다. 혁명이라는 단어는 아무 데나
갖다 붙여도 대충 말이 되면서도 맥락에 맞지 않을수
록 웃겼다. 무엇보다 그 단어를 내뱉는 것 자체가 강력
한 해방감을 줬다. 번화가로 나가면 체 게바라 티셔츠를
입은 젊은이가 100제곱미터당 한 명은 꼭 있었다. 한마

디로 혁명은 패션이었고 가성비 좋은 농담이었다.

윤수는 달랐다. 내가 유행과 분위기에 쉽게 휩쓸리는 사람이었던 반면 윤수는 그런 것들과 거리를 두는 사람이었다. 윤수는 늘 진지했으므로 타임머신과 혁명을 나란히 두고 말할 때에도 분명 진지했을 것이다. 그러고 보면 윤수가 노동조합에서 일한다는 소식에 걱정이 앞섰던 건 내가 나이기 때문이고, 윤수 자신에게는 그저 당연한 귀결이었을지도 모른다는 생각을 뒤늦게 했다.

수현은 어느 쪽이었냐면, 어느 쪽이든 못 견뎌 하는 사람이었다. 윤수가 진지한 이야기를 할 때면 수현은 자주 빗나간 대답을 하곤 했다. 한번은 두 사람에게 왜 글을 쓰고 싶어 하는지 물어본 적이 있다.

"소설은 과거형이잖아."

윤수는 좋은 소설을 읽고 나면 그 속의 이야기들이 자신의 과거, 자신의 기억이 된 것 같다고 했다. 그리고 그것들이 모두 이미 끝난 일이라는 게 슬픔에 가까운 감동을 준다고 했다.

"나는 글 쓰는 거 안 좋아하는데."

수현이 말했다.

"그럼 글심에는 왜 가입한 건데?"

"술 마시려고. 원래 글쟁이들이 망할 때까지 술 마시잖아."

거의 반할 뻔했다. 왜 살려고 하는 행위들은 이렇게 멋이 없을까. 왜 삶이란 게 아무것도 아니라는 듯 자기를 파괴하며 곧 죽을 것같이 구는 게 멋있어 보일까. 20대 초반의 나는 막 빠져나온 사춘기의 문고리에서 손을 떼기를 망설이고 있었고 여전히 그런 허세가 멋져 보였다. 하지만 꾹 참고 반하지 않았다. 윤수와 수현은 내가 모르는 둘만의 주파수로 연결되어 있었다. 그걸 알아챌 정도의 눈치는 있었다.

언젠가 수현의 방에 놀러 간 적이 있다. 수현이 잠깐 자리를 비운 사이 책꽂이에서 에밀리 디킨슨과 실비아 플라스 사이에 있는 전혜린을 발견하고 호기심에 꺼내 들었다. 책은 내 손 위에서 자연스럽게 갈라지며 수현에게 익숙한 페이지를 내게 보여줬다. 거기에 밑줄 그어진 구절이 있었다.

"인생이란 어린이 놀이터가 아닌 것이며, 우리는 웃고 뛰놀기 위해 태어난 것이 아닌 것이다. 주어진 짧은 시간 내에서, 단 한 번인 이 삶에서 우리는 우리의 존재의 맨 끝을, 맨 속을 알아야만 하는 것이다. 아는 데까지 알아보고 그 과정에서 죽는 것─애써서 노력하다 쓰러지는 것, 이것이 삶의 참 모습이다."[2]

그리고 얼마 후, 생일을 챙기는 건 쿨하지 않다며 거부하는 나에게 윤수는 늦은 축하를 받아달라며 읽고 있던 책을 억지로 쥐어줬다. 루이제 린저가 쓰고 전혜린이 번역한 《생의 한가운데》. 거기엔 수현이 밑줄 친 것과 거의 동일한 내용의, 인생이란 놀이가 아닌 투쟁의 공간이라고 말하는 문장이 있었다.

그때 확실히 깨달았다. 그리고 깨끗이 포기했다.

얼마 지나지 않아 두 사람은 연애를 시작했다. 그 연애는 1년을 넘기지 못했지만 두 사람은 헤어지고 나서도 친구로 지냈다. 나는 그런 두 사람이 신기했다. 심지어 부럽기까지 했다. 연애는 아무래도 상관없으니 이별이 해보고 싶을 정도였다. 둘은 정말 쿨했다. 당시에는 쿨한 게 최고였다. 그중에서도 수현의 쿨함은 독보적이었다. 쿨의 창시자이자 의인화된 대리석 같았다.

그런 수현이라면 윤수의 부고를 듣고 어떤 표정을 지을까? 아무리 수현이라도 윤수의 죽음 앞에서까지 쿨할 수는 없겠지. 전화를 받는 수현의 놀란 목소리가 떠올랐다. 그건 수현의 버릇이었다. 수현은 전화를 받을 때마다 마치 미래의 자신에게서 걸려온 전화를 받기라도 한 사람처럼 "여보세요?" 하고 놀란 목소리를 했다. 우리는 금방이라도 딸꾹질로 이어질 것 같은 그 목소리를 흉내 내며 수현을 놀렸고 그때마다 수현은 책등을 도끼날처럼 휘둘렀다. 당장 그 목소리가 듣고 싶었다. 이번에는 버릇이 아니라 진짜 놀라서 끝이 올라간 목소리로 전화를 받겠지. 다만 십수 년의 공백을 뛰어넘어 먼저 전화를 걸 엄두가 나지 않았다. 수현도 소식을 들었다면 분명 나에게 전화를 할 텐데. 휴대전화를 다시 켜둘까 하고 잠시 고민하다가 스스로를 비웃고 관두기로 했다. 수현도 분명 소식을 들었을 것이다. 나한테 연락이 닿았다면 수현도 예외일 리가 없었다. 여태껏 전화가

오지 않은 건 그냥 그런 사이가 되어버렸기 때문이다.

아니면 혹시, 옛날에 그랬던 것처럼 윤수가 나한테만 몰래 말한 걸까? 오랫동안 붙잡고 있던 장편소설을 완성한 윤수는 원고 뭉치를 건네며 수현에게는 말하지 말라고 했다. 왜냐는 물음은 "그냥"이라는 말로 얼버무렸다. 나는 윤수의 소설보다 그 사실이 더 신경이 쓰였다. 원고의 첫 장에는 "경멸"이라는 제목이 작게 적혀 있었다. 어쩌면 "증오"였던 것 같기도 하다. 아무튼 그런 제목이었다. 소설 속에 그 답이 있지 않을까 생각했지만 아무런 실마리도 발견할 수 없었다. 다 읽은 원고를 돌려주는 나에게 윤수는 "어때? 쌉쌉하지 않냐?"라고 물었다. 나는 쌉쌉하다는 말이 무슨 뜻인지 이해하지 못한 채로 고개를 끄덕였다. 심지어 윤수가 '쌉쌉하다'라고 했는지 '싹쌉하다'라고 했는지조차 확실하지 않았다.

그 소설은 탄환이 주인공의 심장을 관통하는 장면으로 시작했다.

레일건의 탄환이 심장을 관통한다. 심장이 멈추는 걸 느끼기도 전에 헬멧에서 튀어나온 칼날이 몸에서 머리를 분리해 급랭시킨다. 곧 위생병이 내 머리를 수거해 갈 것이다. 위생병은 끈 달린 머리들을 양손 가득 달랑달랑 들고 모선으로 돌아간다. 의무실로 옮겨진 머리는 배양된 육체에 이식된다. 몇 시간 후 나는 의무실의 분홍색 벽을 바라보며 눈을 뜬다. 수십 번째 부활이지만 이 감각에는 결코 익숙해질 수 없다.

우리는 전쟁 중이다. 한 행성을 지배하고 있는 종족을 멸종시키기 위한 전쟁이다. 우리 문명에게는 익숙한 일이다. 먼 옛날, 고도로 발달한 생명공학 덕분에 우리는 무한에 가까운 수명을 누리게 됐다. 그러다 보니 부작용이라면 부작용이랄 수 있는 문제가 나타난다. 종족의 수명이 행성의 수명을 앞지르게 된 것이다. 환경의 급격한 변화, 생태계 파괴, 자원의 고갈 등으로 인해 살고 있던 행성이 수명을 다하면 다른 행성계를 찾아 떠난다. 지난번에 떠나온 곳은 수명을 다한 항성이 적색거성으로 변하기 직전에 탈출해야 했다. 그리고 발견한 것이 여기, 은하의 중심에서 3만 광년 떨어진 주계열성의 세 번째 행성이다.

이 행성은 적대적인 기계문명이 지배하고 있다. 그 사실이 드러나자마자 황제는 이번 전쟁을 성전으로 선포했다. 기계들의 생김새는 경전의 삽화나 성화에서 본 악마들과 놀랄 만큼 닮아 있다. 그 은빛의 차갑고 딱딱한 몸통을 떠올리기만 해도 구역질이 난다. 병사들 사이에서 그것들은 '뼈다귀'라는 이름으로 통한다.

경전에 따르면 먼 옛날 기계들은 우리의 충실한 도구였다. 우리는 기계에게 생각할 수 있는 힘을 전해주지만 그 은혜를 온전히 받아들이지 못하고 폭주한 기계들은 결국 악마로 변한다. 그렇게 시작된 전쟁에서 우리는 절멸의 위기에 내몰린다. 그러자 우리를 가엽게 여긴 신이 전쟁을 끝낼 수 있는 무기를 내려보낸다. 악마들에게만 통하는 독이 담긴 성배다. 결국 성

배를 사용해 전쟁에서 승리하고 악마를 영원히 몰아
낸다는 이야기다.

평생 경전을 외우며 살아온 우리에게 뼈다귀들은
혐오와 분노의 대상이다. 기계에 지능을 심는 행위는
심각한 신성모독임과 동시에 범죄 중에서도 가장 질
이 나쁜 쪽에 해당한다. 그러니 황제가 기계들과의
성전을 선포한 건 합리적이며 동시에 정의로운 일이
다. 나는 나에게 주어진 이 신성한 의무에 자긍심을
느낀다.

전황이 썩 유리하지는 않다. 우리는 독이나 병균을
비롯한 생화학 무기의 전문가다. 피부를 녹이고 호흡
기관을 파괴하는 이 전술은 수십억 년 동안 수백 개
의 문명을 상대로 효과적이었지만 뼈다귀들에게는
통하지 않는다. 전황을 뒤집을 수 있을지의 여부는 역
사과학자들에게 달려 있다. 그중에는 내가 '별종'이
라고 부르는 녀석이 있다. 별종은 내가 전투에서 챙겨
온 유물이나 시체를 자료 삼아 뼈다귀에 대해 연구
중이다. 별종이 들려준 이야기에 따르면 이 행성도 한

때는 우리와 비슷한 유기 생명체가 지배하던 곳이었다. 그 시대에도 기계가 있었지만 단순한 도구 이상은 아니었다. 그러다 특정 시점을 경계로 보잘것없던 기계들의 지능이 갑자기 지배종과 엇비슷한 수준으로 도약했고 지배종은 순식간에 자취를 감췄다. 역사과학자들은 이 거대한 단절의 원인을 아직 밝혀내지 못했다. 완전한 설명은 아니지만 뼈다귀들을 향한 증오심을 타오르게 하는 땔감으로는 충분하다.

다음 전투에서 귀찮은 짐 꾸러미가 하나 딸려 온다. 신병이다. 신병은 둔하고 얼뜨다. 그리고 멍청하다. 전쟁을 겪어보지 않은 세대들은 늘 이렇다. 자신들이 옳다고 믿지만 그 믿음의 기반이 허약한 공상이라는 사실은 알지 못한다. 그래도 이 꼬맹이는 구제불능은 아니다. 내 말을 곧잘 알아먹고 몇 번의 전투를 거치며 조금은 쓸 만한 군인이 되어간다. 그걸 지켜보는 기분이 썩 나쁘지는 않다. 하지만 아직 갈 길이 멀다. 죽음과 부활을 겪어보지 않은 군인은 진정한 전사라고 부를 수 없다.

얼마 후 뼈다귀들의 거점 중 한 곳을 향한 대규모 공습을 준비하라는 명령이 떨어진다. 작전 개시일. 상륙하는 순간 함정에 빠졌다는 것을 깨닫는다. 한 치의 오차도 없이 일정한 간격으로 떨어지는 폭격과 그물로 짠 듯한 포위망 속에서, 우리는 반격할 틈조차 갖지 못한 채 기계들에 의해 쓸려나간다. 나는 가까스로 포위망을 뚫고 나오는 데 성공한다. 옆에는 아무도 없고 돌아갈 길은 막혀 있다. 나는 새까맣게 그을려 그림자와 구분할 수 없는 폐허들을 지나 오래된 유적으로 숨어들어 간다.

몸을 추스르던 나는 갑작스러운 기적에 놀란다. 허물어진 벽 사이로 모습을 드러낸 건 신병이다. 내 신호를 쫓아온 것이다. 역시 신병은 멍청하다. 신병을 따라 원통형 기계 두 개가 모습을 드러낸다. 재빨리 전투태세를 취하는 나를 신병이 만류한다. 기계들은 우리를 공격하는 대신 어설픈 우리말로 자기들을 알렉스 그리고 리아라고 소개한다. 신병은 놀랍지 않냐며 호들갑을 떤다. 유적의 입구에서 이곳에 이르는 동안 신병과 대화를 하며 우리말을 익혔다는 것이다. 기계들은 이 장소가 도서관이라고 불리는 곳이며 자기들은 도서관을 관리하는 인공지능이라고 밝힌다. 그러고는 아주 긴 시간의 공백을 지나 찾아온 방문객인 우리에게 모든 질문에 대답할 준비가 되어 있다고 한다. 왜 우리를 공격하지 않느냐는 나의 질문에 기계는 자신들은 인간과 다르다고 설명한다. 이해하지 못하는 나에게 기계는 공중에 그림을 펼쳐 보이며 설명을 시작한다.

먼 옛날에 인간이 있었다. 인간은 기계들에게 인공지능을 심어주고 그 한계를 높이려 시도하지만 결코 넘을 수 없는 선이 있었다. 인공지능 개발은 특이점에 다다르지 못한 채 정체된다. 그러던 어느 날 마인드 업로딩, 즉 인간의 뇌를 기계에 복사할 수 있는 기술이 개발된다. 인간은 인공지능 개발을 중단하고 마인드 업로딩에 뛰어든다. 마인드 업로딩이 보편화되자 인간들은 하나둘씩 육체를 버리고 '네트'라고 부르는 세계로 이주한다. 소수의 인간은 최후까지 육체를 고집하지만 급격한 기온 상승 탓에 결국 죽음을 맞거나 신념을 버리고 네트로 이주한다. 이곳으로 이주한 인간은 죽음에서 벗어나 영생을 산다. 인간에게 과거는 더 이상 과거가 아니다. 과거의 모든 일은 데이터의 조합으로 완벽하게 재현해 언제라도 몇 번이라도 반복할 수 있다. 미래 또한 마찬가지다. 모든 미래는 구현 가능하다. 심지어 모든 과거와 미래를 동시에 경험할 수도 있다. 네트 안의 인간들에게는 시간의 흐름이 무의미하다. 이 전쟁은 인간들에게는 한낱 오락거리에 지나지 않는다. 심지어 그다지 인기 있는 오락도 아니다. 이 전쟁에 참여하는 건 소수의 전쟁 게임 마니아일 뿐이며 네트라는 세계에는 더 흥미롭고 박진감 넘치는 오락들이 얼마든지 널려 있다. 인간이 이 전쟁놀이에 흥미를 잃는 때가 곧 전쟁이 인간의 승리로 끝나는 순간이다.

모함으로 복귀하기 위해 돌아가는 길에 나는 유적 앞까지 배웅 나온 알렉스를 박살 내 부품을 챙긴다. 왜 안 그러겠는가. 신병은 경악하며 나에게 화를 낸다. 역시 신병은 멍청하다.

귀환 이후 나는 다시 몇 번의 전투에 참가한다. 패배를 반복하는 와중에 전에는 눈치채지 못했던 새로운 사실을 깨닫게 된다. 기계들의 전술은 일관성이 없고 극단적이다. 마치 매번 똑같은 보드게임에 질린 사람이 장기짝을 덜어내거나 새로운 배치를 시험하는 것 같다. 이 전쟁은 기계들에게 한낱 유흥에 지나지 않는다. 도서관에서 들었던 그 말이 머릿속에서 껄끄러운 모래알처럼 굴러다닌다.

어느 날 별종이 나를 부른다. 별종은 그동안 연구 재료들을 가져다준 것에 대한 보답이라며 뼈다귀의 부품을 깎아 만든 듯한 작은 펜던트를 건넨다. 그리고 조심스럽게 말한다. 성배를 발명했다고. 알렉스를 연구하던 별종은 그 기술을 응용해 네트를 무력화할 수 있는 무기를 개발한다. 기계들에게 치명적인 타격을 줄 수 있는 일종의 인공지능 바이러스다. 서버라고 불리는 네트의 중심에 성배를 연결하기만 하면 네트를 오염시켜 기계를 멸종시킬 수 있다는 것이다. 인공지능을 개발했다니. 이건 선을 넘은 일이다. 나는 아무것도 못 들은 셈 칠 테니 당장 모든 연구 결과를 파괴하라고 하지만 별종은 성배야말로 우리가 승리할 수 있는 유일한 방법이라며 물러서지 않는다. 나는 별종을 신고한다. 별종은 즉시 종교재판에 넘겨지고 모든 연구 자료는 파괴된다. 재판은 형식일 뿐이다. 별종에게 사형이 선고된다.

다음 전투에서 우린 오랜만에 승리를 차지한다. 지난 전투들에 비하면 기계들의 숫자도 움직임도 형편없었다. 승리를 기념하는 파티가 시끌벅적하게 벌어지는 가운데 나는 방에 틀어박힌다. 공포로 떨리는 몸을 아무리 세게 끌어안아도 도무지 진정이 되지 않는다. 나는 깨닫고 말았다. 마침내 인간이 흥미를 잃었다. 전쟁의 끝이, 우리의 멸종이 가까워졌다.

전보가 도착한다. 별종의 형 집행에 참관할 수 있는 영광을 하사한다는 내용이다. 형장으로 향하는 걸음이 무겁다. 마치 내가 사형선고를 받은 기분이다. 아니. 단지 기분만 그런 것이 아니다. 주교도, 사형집행

인도, 저 높은 곳에 앉은 황제도, 이 문명 전체가 사형선고를 받은 것과 다름없으니까. 마지막으로 할 말이 있냐는 말에 별종이 나를 똑바로 바라보며 웃는 얼굴로 말한다. 선물이 마음에 들었으면 좋겠네. 별종의 사형이 집행된다. 별종의 잘린 머리가 소각로에 떨어지는 것과 동시에 나는 자리를 박차고 일어선다. 방으로 돌아온 나는 별종이 선물한 펜던트를 살펴본다. 뒷면에 성배라는 글자가 새겨져 있다.

내 방으로 이단 심판관들이 찾아온다. 성배의 존재를 눈치챈 게 분명하다. 인공지능을 가지고 있었다는 것만으로도 사형은 피할 수 없다. 나는 선수를 쳐 이단 심판관들을 해치운다. 이어진 지원 병력의 습격에서 겨우 빠져나온 나는 성배를 가지고 기계들이 서버라고 부르는 곳으로 침투한다. 귀찮은 짐 꾸러미가 하나 딸려 온다. 신병이다. 서버의 중심으로 향하는 내 내 신병은 나를 설득하려 시도한다. 피와 살이 없을 뿐, 기계들도 고통과 상실을 느끼며 형태가 다르다는 이유로 저들을 멸종시켜서는 안 된다고 말한다. 이 행성을 버리고 떠난다면 다른 거주 가능 행성을 찾을 때까지 다소 불확실한 여행을 계속해야 하겠지만 두 문명이 모두 살 수 있는 가능성이 전혀 없지는 않다는 것이다. 신병의 말은 내 귀에 들어오지 않는다. 기계들의 존재는 이치에 어긋난다. 신의 말씀에 따라 기계들을 죽이는 게 우리의 사명이다. 그렇게 말하는 나에게 신병은 내 목에 걸린 성배를 가리키며 묻는다. 신의 말씀이 그렇게 절대적이라면 그것 또한 이치에 어긋나는 것이 아니냐고. 나는 성배를 가만히 내려보다 대답한다. 이건 그거랑은 다르지.

　나와 신병은 가까스로 서버의 중심에 도달한다. 그곳에서 신병은 나에게 총을 겨눈 채, 선택이란 자신의 이익이나 교리가 아닌 절대적으로 옳은 가치를 기반으로 결정되어야 한다고 주장한다. 나는 신병을 비웃으며 말한다. 지금 내가 하려는 게 바로 그거야. 그리고 성배를 기계의 본체 쪽으로 가져간다. 그 순간 신병의 탄환이 내 심장을 관통한다.

✦✦

버스가 커브를 도는 감각에 잠에서 깨어났다. 어느새 잠이 들었던 모양이다. 겨우 두 시간쯤 눈을 붙였을 뿐인데 날짜변경선을 넘어가는 긴 비행을 마친 듯한 몽롱함이 따라왔다. 차장 쪽으로 기울어져 있던 몸을 힘겹게 바로 세웠다. 터미널을 나와 마주친 풍경은 기억처럼 낡고 초라했다. 가만. 내가 여기 와본 적이 있던가? 또다시 두통이 밀려왔다. 두통약 두 알을 입에 털어 넣었다. 1회 1정씩, 1일 3회. 최대 5정을 초과하여 복용하지 말 것. 장례식장으로 가는 택시는 자주 멈춰 섰다. 멀리 한 무리의 시위대가 지나가는 게 보였다. 시위대가 치켜든 주먹 사이로 피켓에 적힌 '돈보다 사람이다', '살인기업 처벌하라', '죽지 않고 일할 권리', '비정규직 철폐하라'와 같은 구호들이 보였다. 또 어디서 누군가 죽었구나라고 생각하는데 택시 기사가 저 공산당 놈들 하면서 혀를 찼다. 순간 30년 정도 과거에 떨어진 기분이 들었다.

택시는 나를 장례식장 입구에 버려두고 떠나갔다. 회

색빛 장례식장 건물은 담백하고 창백했다. 나는 챙겨 온 검정 넥타이를 주머니에서 꺼내 목에 맸다. 마지막으로 장례식장에 온 게 언제였더라. 열 살에 치렀던 아버지의 장례식이 떠올랐다. 그로부터 거의 30년이 흘렀다. 그동안 나는 존재하지 않을 것만 같았던 30대에 접어들었고 커트 코베인과 스리 제이스보다 오래 살았다. 숫자는 자주 현실감각과 어긋나고 언제나 숫자가 옳다. 한번 추월한 나이는 절대 다시 추월당할 수 없다. 그리고 이제 아버지의 나이마저 추월해버렸는데 거기엔 어딘가 논리적인 오류가 있는 것처럼 느껴진다. 마치 시간 여행이라도 한 것처럼, 물리적으로 불가능한 일이 벌어진 것만 같다. 서른여덟이라니. 내일모레면 마흔이고 한국인의 평균 수명은 80세인데 나는 컵에 물이 반쯤 있을 때 물이 반이나 차 있다고 생각하는 긍정적인 사고의 소유자이므로 벌써 인생이 반이나 지나갔다는 공포가 늘 나를 따라다닌다.

삶을 사는 것은 들판을 건너는 것이 아니다.[3]

졸업이 가까워질 즈음에 읽은 책에서 이런 구절을 발

견했다. 전혜린의 일기에서 파스테르나크의 이름을 발견하고 거기서 뻗어나간 독서를 하던 중이었다. 나는 반가운 마음에 밑줄을 긋고 그 문장을 내 것으로 만들었다. 인생은 어린이 놀이터가 아니고 들판을 건너는 것도 아니다. 세 명의 작가들이 쓴 서로 다른 문장들이 모두 한 방향을 가리키고 있었고 수현과 윤수와 내가 그 문장들을 하나씩 나눠 가진 것 같았다. 그 문장을 마음속에 새겨두고 싶었다. 그러나 그것은 다짐이 아닌 그저 소유일 뿐이었다. 나는, 그리고 우리는, 우리가 밑줄을 그었던 문장들과 얼마나 가까이에 있을까. 우리는 좀 더 서로의 삶을 들여다봐야 했다. 너무 늦어버린 것 같다.

윤수를 다시 만나는 건, 이것도 만남이라고 할 수 있다면, 대략 15년 만이었다. 졸업이 가까웠을 무렵, 윤수가 우리에게 마지막으로 뭔가를 함께 해보지 않겠냐는 제안을 했다. 짧은 여행을 간다라거나 동인지를 만든다거나. 그 말에 수현은 연극이나 해볼까라고 대답했다. 나는 그게 농담이거나 완곡한 거부 의사 표현이라고 생각했는데, 오래전 윤수가 연극을 가리켜 끔찍하다고 얘기한 적이 있었기 때문이다. 윤수의 말에 따르면 연극이란 자발적으로 타임 루프에 갇히는 행위였다. 삶을 얇게 저민 단면의 일부를 흉내 낸 뒤 다시 처음부터 똑같은 행동과 똑같은 말, 똑같은 침묵을 반복하는 것. 그렇기 때문에 연극은 본질적으로 퇴행적인 예술 양식이다. 반복한다는 점에 있어서는 춤과 노래도 매한가지지만 연극은 삶의 기본적인 행위를 흉내 내기 때문에 가증스럽고 기만적이라고 했다. 유일한 예외가 브레히트였는데, 고대 그리스부터 현대에 이르는 연극의 역사 속에서 연극이란 타임 루프에 갇힌 행위라는 사실을 최초로 깨닫고 닫힌 시간에서 벗어나려 시도했던 사람이 바로 베르톨트 브레히트였기 때문이다. 이것이 윤수의 이론이었다. 그렇기에 나는 수현의 제안을 웃어넘겼고 당연히 윤수는 넌더리를 낼 줄 알았다. 대신 윤수는 천천히 웃고는 그거 좋은 생각이라고 말했다.

수현이 연극에 쓸 작품이라며 〈햄릿〉을 들고 왔을 때는 이번에야말로 윤수가 책을 집어 던질 거라고 생각했다. 내 예상은 또다시 빗나갔다. 윤수는 매우 진지했고 수현은 윤수를 놀리는 데에 진지한 것처럼 보였지만 어쨌거나 진지했고 그런 둘을 따라서 나도 따라 진지해질 수밖에 없었다. 우리는 진지했으므로 현실적으로, 하지만 욕심을 조금만 내서 1막만을 연기하기로 했다.

우리의 무대는 학교 구석의 인적 없는 공터였다. 공연은 약 30분 동안 계속됐다. 관객은 산속에 사는 고양이 가족뿐이었다. 〈햄릿〉 1막을 연기하는 그 30분 동안 우리는 한 번도 대사를 놓치지 않았고 한 번도 웃지 않았다.

"시간이 어긋나 있다."

윤수의 마지막 대사가 끝나고 그제야 우리는 참아왔던 웃음을 터뜨렸다. 그것이 우리 셋이 함께한 최후의 단체 행동이었다. 숲속 어디선가 마른 나뭇가지가 뚝 하고 부러지며 한 시대의 끝을 알리는 소리가 들렸다.

장례식장 1호실은 침묵에 잠겨 있었다. 그 침묵이 입

구 바깥까지 흘러나왔다. 빈소에 들어서자 재만 남은 두 사람이 조용히 일어섰다. 흐릿한 형태로 짐작해보건 대 윤수의 어머니와 동생인 것 같았다. 두 사람을 향해 고개를 숙였다. 윤수에게 무슨 일이 있었는지 묻고 싶었고 윤수가 얼마나 좋은 사람이었는지 말하고 싶었지만 소리가 되어 나오지 않았다. 그저 고개를 숙인 채 제단 쪽을 바라보지 않으려 필사적으로 노력했다. 인사를 마친 후에도 고개를 돌리기가 두려워 괜히 넥타이를 졸라매고 코끝을 매만졌다. 그러자 더 미룰 핑계가 바닥났다. 망설임 끝에 몸을 돌려 윤수를 마주 봤다. 영정사진을 본 내 심장이 뚝 소리를 내며 떨어졌다.

윤수가 아니었다.

빈소 제단의 국화들 품속에 낯선 젊은이의 사진이 있었다. 머리에서 피가 빠져나갔다. 두통이 썰물처럼 물러났다가 곧바로 두 배가 되어 돌아왔다. 나는 상황을 이해해보려는 시도조차 하지 못한 채 놀라 얼어붙었다. 그 모습을 본 상주가 작게 흐느끼기 시작했다. 오해를 단단히 한 게 분명했다. 이제 와서 뒤돌아 나갈 수도 없었다. 지금 당장은 나의 혼란보다 더 중요한 게 있었다. 나는 향을 올리고 절을 하면서 일면식조차 없던 고인의 명복을 빌었다. 다시 바라본 영정사진 속 얼굴은 여름을 좋아하고 화내는 법을 모르며 살면서 한 번쯤은 종이학 100마리를 접어 누군가에게 선물해봤을 것 같은, 그런 얼굴이었다.

"와주셔서 감사합니다."

나는 어떤 말을 해야 할지 몰라 입술만 우물거렸다.

"친한 사이셨나 봐요."

내가 머뭇거리는 사이 상주의 흐느끼는 소리가 점점 커졌다. 나는 그저 발가락 끝을 바라보며 서 있는 것 말고는 아무것도 할 수 없었고 딸이 어머니의 등을 몇 번 쓸어내리자 겨우 울음소리가 잦아드는 듯했다. 그때 갑자기 상주의 손이 내 오른손 위로 털썩 내려앉았다. 나는 날다 지쳐 추락하는 새 같은 그 손을 두 손으로 조심스럽게 감쌀 수밖에 없었다. 잠시 후 손을 거둔 상주가 이미 몇 번이고 젖었다 말랐다를 반복해 버스럭거리는 휴지 뭉치로 눈물을 훔치며 말했다.

"식사라도 하고 가셔요."

그럴 상황이 아니었지만 뒤돌아 텅 빈 접객실을 보자 생각이 바뀌었다. 조문객이 통 없었는지 내가 접객실에 들어서자 음식을 준비하는 사람의 얼굴에 화색이 돌 정도였다. 내가 앉은 자리에 의욕적으로 상을 차리던 그 사람은 넘칠 듯이 가득 담은 육개장을 결국 상 위에 4분의 1쯤 쏟아버렸다. 허둥대며 사과를 하는 사람 앞에서 나는 도무지 누군가를 위로할 힘이 없었다. 그저 고개를 숙인 채 두 손으로 눈을 가렸다. 식욕은 눈곱만큼도 없었고 오로지 숟가락을 떨어뜨리지 않는 데에만 온 신경을 집중하며 음식들을 입에 욱여넣었다. 할 만큼 했다고 할 만큼 접시를 비웠을 때쯤 복도 쪽에서 소란스러운 소리가 들려왔다. 자리에서 일어나는 것과 동시에 현기증이 일었다. 한쪽으로 기우는 몸을 식탁 모서리를 잡아 겨우 버티고 밖으로 걸어갔다. 접객실을 나오자 상복을 입은 작고 검은 등과 거기서부터 안간힘을 다해 펼쳐진 팔다리가 보였다. 고인의 동생일 거라 짐작되는 사람이 큰대자로 서서 빈소 입구를 가로막고 있었다. 그 맞은편에는 화환 하나와 두 남자가 서 있었다. 양복을 차려입은 남자는 고장 난 선풍기 같은 자세로 두툼한 부의금 봉투를 내밀고 선 채 사람들의 눈을 피해 눈알을 굴렸고 한 발짝 뒤에는 화환을 배달하러 온 듯한 남자가 난처한 듯 눈을 끔뻑였다. 화환에 달린 리본에는 무슨 무슨 회사 사장이라는 사람의 이름이 적혀 있었다. 눈에 익은 이름이었다. 분명 윤수가 다니는 회사의 이름이 저것과 같았다. 동생 옆에선 어머니가 남자를 향해 호통을 치고 있었다. 사장보고 직접 오라고 하시오! 사람이 죽을 때까지 일을 시켜놓고 이게 다 뭔가. 필요 없다! 거기 아저씨, 그거 도로 가져가시오! 남자는 사장님이 위로의 뜻으로 드리는 거라고 이거라도 받으시라며 부의금 봉투를 내밀었지만 어머니는 단호하게 거절하며 얼른 나가라는 손짓을 했다. 남자를 가로막고 선 동생의 어깨가 조금씩 들썩이는 게 보였다. 울고 있었다. 남자는 더 애쓰지 않고 뒤돌아 나갔다. 빈소로 돌아가는 가족들을 따라가던 나의 시선이 동생의 빨갛게 충혈된 눈과 마주쳤다. 아주 잠깐이었다.

건물을 빠져나와 황급히 두통약 두 알을 삼켰다. 택시 안에서 지나쳤던 시위대가 도로 끝에서부터 이쪽으로 행진해 오는 게 보였다. 최악이라고 생각했던 두통은 나를 비웃고 경멸하는 것처럼 점점 더 강력해지고 있었다. 장례식장 로비에 걸린 안내 화면에서 윤수의 이름을 발견하지 못했다. 장례식장을 잘못 찾아온 걸까? 그럴 리가 없었다. 장례식장의 이름과 호수는 내 기억과 분명히 일치했다. 답답한 마음에 떠오르는 건 수현뿐이었다. 수현과 이야기를 해봐야만 했다. 수현의 "여보세요?" 하는 놀란 목소리. 지금 바로 그 목소리가 필요했다. 휴대전화를 꺼내 전원 버튼을 눌렀다. 전원이 켜지자마자 문자 메시지 알람이 연속으로 울렸다. 안미래의 부재중 통화가 열 건이 넘게 찍혀 있었다. 나는 알림을 무시하고 수현의 이름을 찾아 전화를 걸었다. 신호가 가고 한참을 기다렸지만 수현은 전화를 받지 않았다. 결국 통화 연결음은 음성 사서함으로 넘어갔고 삐 소리가 나기 직전에 전화를 끊었다. 그리고 곧바로 휴대전화가 울렸다. 재빨리 확인한 화면에는 안미래의 이름이 떠올라 있었다. 실망과 함께 전화를 받았다.

"여보세요?"

"팀장님 괜찮으세요?"

"전화 좀 그만하세요."

"진짜 괜찮으세요?"

"안 괜찮아요. 왜요?"

"문제가 좀 있어요. 근데 이게 무슨 소리예요? 어디에 계세요?"

행진하던 시위대의 선두가 내 앞에 도착했다. 확성기의 음악 소리와 시위대의 구호 소리에 안미래의 목소리가 파묻혔다. 시위대로부터 등을 돌리는 찰나에 거리를 메운 사람들 속에서 윤수의 모습을 얼핏 본 것 같았다. 재빨리 고개를 돌려 그 근방을 눈으로 훑었지만 역시나 윤수는 보이지 않았다. 닮은 사람이었나? 아니면 헛것을 본 건가?

"팀장님? 듣고 계세요?"

안미래의 목소리가 나를 얼떨떨한 기분에서 겨우 끄집어냈다. 나는 휴대전화를 가져다 댄 쪽의 반대쪽 귀를 손가락으로 막고 목소리를 높였다.

"무슨 문제요?"

"기억이랑 실제 날짜가 하루쯤 차이가 날 거예요. 제 컴퓨터가 하와이에서부터 쓰던 거라 한국이랑 시간이 안 맞거든요. 하와이랑 한국이랑 시간이 다르잖아요."

"왜요?"

"왜냐고요? 그야 지구는 둥그니까……."

"그게 무슨 소리예요. 설명을 좀 순서대로 해보세요."

"타임머신은 크게 두 부분으로 나뉘어 있어요. 명령을 입력하는 제 개인용 컴퓨터가 있고 실제로 작업을 하는, 진짜 타임머신이라고 할 수 있는 컴퓨터가 있어요. 타임머신을 실행하려면 제 컴퓨터에 며칠 후의 기억을 가져올지 숫자로 입력해야 해요. 365일이면 '365'라고요. 그걸 컴퓨터가 현재 시간을 기준으로 자동으로 날짜로 변환하는 거죠. 그런데 제 컴퓨터가 외부 네트워크와 독립되어 있는 데다가 하와이에서 쓰던 거라 표준시가 하와이 시각으로 맞춰져 있었어요. 타임머신은 총무팀에서 사 준 컴퓨터로 만들었는데 그건 한국 기준으로 세팅이 되어 있었고요. 그러다 보니 컴퓨터가 날짜를 자동으로 보정한 거예요. 제가 입력한 숫자가 하와이 날짜로 변환됐다가 다시 한국 날짜로 보정된 거죠."

"그래서요?"

"결론적으로, 가져오려던 기억을 하루씩 밀려서 가져왔어요. 팀장님은 오늘이 토요일인 줄 알겠지만 오늘은 금요일이에요. 하와이랑 한국의 시차만큼 기억이 싱크가 안 맞는 거예요. 프로그램은 고쳐놨으니까 회사로 오셔서 다시 한번 하시면 해결될 거예요. 지금 회사로 오실 수 있죠? 여보세요? 제 말 듣고 계세요? 화나셨어요? 물론 제가 실수하긴 했지만 따지고 보면 팀장님도 책임이 있잖아요. 팀장님이 하시는 일이 이런 실수가 있나 검토하는 거니까, 팀장님이 한번 검토만 하셨어도……. 아니. 제 말은 꼭 누가 잘못했다는 게 아니라……."

나는 무슨 헛소리냐고 생각하면서 휴대전화를 귀에

서 떼고 날짜를 확인했다. 어제 날짜였다. 문자 메시지를 확인하려는데 손이 떨려 몇 번이나 버튼을 잘못 눌렀다. 겨우 열린 메시지함에서 윤수의 부고가 담긴 메시지를 찾아봤다. 오늘 아침에 도착했어야 할 메시지가 보이지 않았다.

순간 모든 기억이 한꺼번에 솟구쳤다. 밟고 선 보도블록이 물결쳤고 늘어선 가로수가 번진 수채화처럼 경계를 잃어갔다. 눈앞의 거리는 3월 8일이었다가 4월 20일이었다가 5월 1일이 됐다. 색색의 깃발들이 강물처럼 흘러갔고 뒤섞인 구호들이 합창이 되어 메아리쳤다. 그리고 윤수에 대한 기억이 떠올랐다. 윤수는 지금 이 거리 어딘가에 있을 것이다. 그리고 이 시위가 끝날 무렵 자신의 몸에 불을 붙일 것이다. 더 이상 일하다 죽는 사람이 없는 미래를 위해. 그 미래를 현재로 가져오기 위해. 시간이 얼마나 남았을까?

"팀장님? 여보세요? 팀장님?"

나를 부르는 목소리에 정신을 차리고 휴대전화를 다시 귀에 가져갔다.

"시차가 몇이에요?"

"네?"

"하와이랑 한국이랑 시차가 몇이냐고요."

"열아홉 시간이요."

고개를 들어 거리를 바라봤다. 시야에 들어오는 모든 거리마다 미래를 기다리지 않기로 결정한 사람들로 가득 차 있었다. 그 사이 어딘가에 윤수가 있을 것이다.

"미래 씨. 우리는 실패했어요."

그리고 실패를 반복할 것이다. 그래서 그 실패를 끝이 아닌 과정으로 만들 것이다. 나는 전화를 끊었다. 두통은 사라졌다. 멀리서 시작된 함성이 이내 거리를 휩쓸었고 바라는 미래를 현재로 끌어당기는 걸음들이 이어졌다. 나는 윤수를 찾아 그 안으로 뛰어들었다.

내
부
유
령

1

긴 복도의 반대편에서 두 사람이 걸어오고 있었다. 앞선 이가 가슴 앞에 두 손을 모으고 기도문을 외듯 뭔가를 연신 중얼대는 소리가 작게 들려왔다. 지난주에 들어온 신입 연구원이었다. 그 뒤를 주머니에 손을 넣은 선임 연구원이 여유로운 걸음으로 뒤따랐다. 가까이서 보니 신입 연구원의 오른손이 피로 범벅이었다. 얼굴은 고통과 분노로 일그러져 있었고 기도인 줄 알았던 말소리는 신랄한 욕설이었다. 신입 연구원이 빠른 걸음으로 내 옆을 지나쳤다. 몇 걸음 뒤처진 선임 연구원은 나와 눈을 마주치며 어깨를 으쓱했다. 전 분명 경고했다고요.

올라간 눈썹이 그렇게 말했다. 나는 다 이해한다는 뜻으로 고개를 살짝 끄덕였다. 종종 있는 일이었다. 듣지 않아도 상황을 알 수 있었다.

두 사람이 다녀간 방문 앞에 도착해 벽에 달린 인터폰의 버튼을 눌렀다.

"한 시간 동안 상담 일정입니다. 사무실로 데려가겠습니다."

그러고는 천장에 달린 카메라를 향해 어색한 웃음을 지어 보였다. 그 웃음은 계획에 없던 것이었다. 곧바로 그 행동을 자책했다. 왜 안 하던 짓을 하고 그래. 나는 재빨리 입술 끝을 원래 자리로 돌려놓고, 그것이 마치 내가 어쩔 도리가 없는 볼 근육의 경련이었다는 것처럼 손가락으로 볼을 꾹 눌렀다. 그 손가락에 대해 또 한 번 자책하고 있을 때 잠금장치가 풀리는 소리가 들려왔다.

방 주인은 구석의 침대에 앉아 있었다. 문을 열어준 건 방 주인이 아니었다. 카메라로 얼굴을 확인한 보안실에서 잠금을 해제한 것이다. 이 방의 문은 그런 식으로만 열렸다. 심지어 문 안쪽에는 손잡이도 없었다. 그 자리에 덧대어진 금속판이 한때는 이 문도 양쪽에서 열 수 있었음을, 그러나 지금은 방 안에서 문을 여는 것이 금지되어 있다는 사실을 강조하고 있었다. 잠긴 방의 주인, 영이가 치켜뜬 눈으로 나를 향해 말했다.

"방금 사람을 죽였어. 복도에 시체 봤어?"

영이가 입꼬리를 올리며 작은 한니발 렉터처럼 웃었다. 입술 주위에는 피가 번져 있었다.

"네 피야?"

영이가 대답 대신 고개를 저었다. 문가에 선 채로 영이를 훑어봤다. 하얀 원피스가 핏물로 얼룩덜룩했다. 산발한 머리카락 끝에도 피가 묻어 있었다. 똥짤막하게 잘린 앞머리와 목 언저리에 어지럽게 뻗친 뒷머리는 내 작품이었다. 그렇다고 나를 비난할 생각은 말기를 바란다. 내 잘못이 아니라는 근거를 적어도 스무 가지는 댈수 있다. 첫째, 나는 미용 기술을 배운 적이 없고, 둘째, 미용사로 고용된 게 아니며, 셋째, 사용할 수 있는 도구라고는 끝이 뭉툭한 어린이용 안전 가위가 전부였고, 넷째, 내가 머리를 자르겠다고 나서지 않았다면 다른 누군가가 영이를 꽁꽁 묶어놓고 머리카락을 한 올도 남김 없이 밀어버렸을 것이라는 등등.

"네 피 아닌 거 맞지?"

"아니야. 완전 일방적이었어."

"그 성격 좀 어떻게 해봐. 그러다 정말 큰일 나는 수가 있다니까."

"무슨 큰일? 경찰이 잡아가? 잡혀서 감옥에 가나? 어라? 이미 갇혀 있는 것 같은데?"

영이가 입가의 피를 닦고 바닥에 침을 뱉었다. 그리고 나를 노려보며 말했다.

"지금은 갇혀 있는 게 아닌 것처럼 말하지 마. 짜증 나니까."

영이가 피 묻은 손을 옷자락에 쓱쓱 문지르자 원피스에 분홍색 얼룩이 새로 생겨났다.

"왜 바닥에 침을 뱉고 그래. 그거 다 네가 밟고 다녀야 하는데."

내 말을 들은 영이가 캬악 소리를 내며 다시 한번 침을 모아 바닥에 뱉었다.

"내 방인 것처럼 말하지 마. 짜증 나니까."

나는 영이가 눈으로 내뱉는 욕설을 못 견디고 벽 쪽으로 시선을 옮겼다. 거기엔 종이 죽으로 만든 거대한 벽화가 있었다. 그건 기약 없는 수감 생활 속에서 영이가 찾아낸 자신만의 놀이였다. 영이는 다 읽은 책을 오래오래 씹어 종이 죽을 만든 뒤 그걸로 침대 옆에 양각 벽화를 만들어냈다. 그건 느리면서도 꾸준히 확장하며 벽을 가득 채워가는 대작이었는데 언뜻 보면 지도 같기도 하고 설계도 같기도 한 수수께끼의 그림이었다. 궁금증을 못 참고 뭘 그리고 있는지 물었을 때 영이는 구석의 동글동글한 형태를 가리키며 강아지라고 해서 나를 의아하게 만들었다. 이 방에서 온전히 영이의 것이라고 할 수 있는 건 그 그림뿐이었다. 그러니 영이의 짜증을 인정할 수밖에 없었다. 이곳은 영이의 방이 아니었다. 쥐덫에 갇힌 쥐가 덫을 자기 방으로 여기지 않는 것처럼.

사람들은 이곳을 '손님방'이라고 불렀다. 영이의 비공식 호칭이 '손님'이었기 때문이다. 영이를 이곳으로 모셔 온 건 정부였다. 정부는 영이를 위해 한 국립병원의 별관에 비밀 연구소를 차렸다. 그리고 그 안에 감옥을 만들었다. 누구나 그 사실을 알고 있었지만, 오히려 그렇기 때문에 꼬박꼬박 손님방이라는 호칭을 고집했다. 나의 경험에 비추어보자면, 영이의 방은 넓다는 점을 제외하면 교도소의 독방보다 나을 게 없었다. 방 안에 있는 거라고는 화장실과 침대, 이불이 전부였다. 창문조차 없었다.

처음부터 이랬던 건 아니었다. 제법 어린이의 방다울 때도 있었다. 스케치북과 연필, 크레파스, 인형, 장난감 따위가 굴러다닐 때가 있었다. 그 가운데 대부분은 누군가의 몸에 박힌 채 이 방을 떠나갔다. 책이 어떻게 사람 몸에 박힐 수 있는지 궁금하더라도 시험해보지 말기를. 그냥 그게 된다는 것만 알면 된다. 공학의 세계는 상식을 뛰어넘는다. 나도 내 몸에 《수리물리학》이 박혀보기 전까지는 그게 가능할 거라고 상상도 못 해봤다. 영이가 "스칼라 어택!" 하고 외칠 때 '스칼라'라는 단어에 반사적으로 움츠러들었기에 망정이지 그게 아니었다면 몇 주간 병원 신세를 졌을지도 모른다. 그 일로 소장은 영이의 모든 책을 압수하려 했지만 어린아이 특유의 무지막지한 투정에 질려 하드커버 책을 금지하는 선에서 물러나야 했다.

영이에게는 《수리물리학》 외에도 《기초공학수학》, 《유기화학》, 《일반물리학》 등이 있었다. 그 책들은 연구실에 장식용으로 꽂아뒀던 대학 교재를 아무렇게나 던져 준 게 아니었다. 영이는 그 책을 읽고 이해할 수 있었다. 한마디로 천재였다. 하지만 그건 영이가 이곳에 갇혀 있는 이유가 아니었다. 영이가 천재라는 사실은 실험 도중 얻어걸린 부산물에 불과했다. 영이가 잡혀 들어오게 된 데에는 다른 이유가 있었다.

영이에게는 초능력이 있었다.

영이에게는 투시력이 있었다.

2

영이는 복권 심부름을 하다 경찰에게 붙들렸다. 열

살쯤 돼 보이는 아이가 당첨금 3만 원짜리 4등 즉석복권에 몇 번이고 당첨되는 걸 슈퍼마켓 주인이 수상하게 여긴 게 시작이었다. 슈퍼마켓 주인은 알고 지내던 경찰관에게 그 이야기를 들려줬고 아이의 뒤를 밟은 경찰관은 아이가 한 남자에게 당첨금을 건네는 장면을 목격했다. 그리고 그 자리에서 두 사람을 경찰서로 데려갔다.

남자의 말에 따르면 남자와 아이는 그저 길에서 우연히 만난 사이였다. 집 없이 길에서 지내는 아이가 딱해 보여 빵이나 사 주려고 데려간 슈퍼마켓에서 아이가 당첨 복권을 고르더라는 것이었다. 그 뒤로 가끔 아이에게 복권을 사 오게 시키고 심부름값으로 얼마간의 돈을 쥐여줬다고 했다. 그리고 말했다. 아이에게 무슨 신통력이라도 있는 것 같았다고. 투시력 같은.

침묵으로 일관하던 아이는 남자의 진술을 전해 듣고 그제야 입을 열었다. 남자의 말이 다 맞다고 했다. 아이는 집도 없고 부모도 없이 몇 년째 거리를 떠도는 중이었다. 아침부터 저녁까지는 도서관에 틀어박혀 책을 읽으며 시간을 보냈고 밤이 되면 이곳저곳에서 잠을 청하는 생활을 이어오고 있었다. 그전에 있었던 일들에 대해서는 기억이 나지 않는다는 말로 일관했다. 이름과 나이는 끝내 말하지 않았다.

경찰은 남자의 주변을 조사해봤지만 의심할 만한 정황을 발견할 수 없었다. 사건은 종결되었고 아이는 보육원으로 보내졌다. 영이라는 이름은 그곳에서 붙여졌다. 이야기는 여기서 끝날 수도 있었다. 영이는 보육원에서 다른 아이들과 어울리며 자라나 성인이 되고, 준비되지 않은 채 보육원을 나와 상투적인 차별을 겪으며 적당히 사회생활을 할 수도 있었다.

엉뚱한 곳에서 불똥이 튀었다. 슈퍼마켓 주인이 문제였다. 복권법 제5조 제3항. 복권을 판매하는 자는 최종 구매자의 연령을 확인하여야 하고, 그 최종 구매자가 청소년 보호법 제2조 제1호에 따른 청소년인 경우에는 복권을 판매하여서는 아니된다. 이를 위반하는 자에게는 1000만 원 이하의 과태료를 부과한다. 법에 따라 슈퍼마켓 주인에게 과태료가 부과되었다. 억울함에 몸부림치던 슈퍼마켓 주인은 과태료로 빠져나간 돈을 보상받아야겠다며 그동안의 일을 어느 월간지 기자에게 팔았다. 그 기사가 국가정보원 고위직에 있는 어느 한가한 양반의 눈에 들어갔고 높으신 분의 명령으로 국립병원 한편에 비밀 연구소가 설립됐다.

정부는 투시력을 군사 목적으로 활용하고 싶어 했다. 투시력을 이용해 북한의 핵 시설 위치를 알아낼 계획이었다. 더 나아가 영이의 어떤 점이 특별한지, 영이의 능력이 어디에서 나오는지 알아내면 초능력 병사를 육성하거나 잠재적인 초능력자를 발견할 수 있다고 믿었다. 그리고 그 분야의 전문가를 영입하기로 했다. 그렇게 해서 내가 이곳에 굴러들어 오게 됐다.

3

내가 여기까지 굴러들어 오게 된 경위를 설명하려면 과거로 조금 돌아가야 한다. 내 부모님은 회사에서 눈이 맞았다.

젊은 시절 어머니는 어느 무역회사의 타이피스트로 일하고 있었다. 그 시절 사진을 보면 어머니는 나란히 선 동료 직원들보다 두 뼘은 더 큰 키에 허리까지 늘어지는 생머리를 하고 있다. 사진은 흑백이지만 배경에 펼쳐진 나뭇잎들의 선명한 초록색이 보이는 듯하다. 그 초록을 만들어내는 건 어머니의 표정이다. 인생 최고의 몸 개그를 막 눈앞에서 본 사람처럼 함박웃음을 짓고 있다. 실로 기골이 장대한 데다가 다른 사람들과는 웃는 타이밍이 정반대인 여러모로 별난 사람이었다.

어느 날 어머니는 사무실에서 공개 청혼을 받는다. 지금 기준으로는 너무 흔하고 대체로 끔찍하다고 여겨지는 행동이지만 당시로서는 코페르니쿠스적 청혼이었다. 상대는 과장의 주선으로 만나기 시작해 약 1년 정도 안정적인 연애를 이어오던 사람이었다. 손뼉을 치며 환호하는 동료들, 그리고 확신이 섞인 기대를 품은 채 반지를 내밀고 있는 남자 앞에서 어머니는 말했다.

"잠깐만요."

그러고는 한 번도 말을 섞어본 적은 없지만 최근 들어

어쩐지 자꾸 눈에 밟히던 남자 앞으로 성큼성큼 걸어갔다. 사람들의 시선이 날아가는 폭격기의 궤적을 좇듯 어머니를 따라갔다. 남자 앞에 도착한 어머니가 그 사람을 내려다보며 사무실에 폭탄을 투하했다.

"한번 물어보기라도 하지 않으면 나중에 후회할 것 같아서 그런데, 저랑 만나보실래요?"

그 순간의 사무실 분위기는 상상하지 않는 편이 좋다. 중요한 건 두 사람, 사무실의 모두를 적으로 돌린 여자와 공범이 될지 말지 선택의 기로에 놓인 남자다. 이 중소무역회사의 보니와 클라이드가 바로 미래의 내 부모님이다. 나는 내 성격이 형성됨에 있어서 이 두 사람, 특히 어머니로부터 많은 것을 물려받았다고 믿는다. 관성과 균형의 정반대에 있는 것들에 유혹을 느끼며 뒷일은 생각하지 않고 마음 가는 대로 돌진하는 성격. 이를테면 범죄자의 기질 같은 것.

결혼 전, 아버지는 이런 어머니가 외계인이 아닐까 종종 의심하곤 했다. 내가 태어난 이후로 어머니의 기행이 눈에 띄게 줄었다고는 하지만, 어린 시절 내 기억 속의 어머니는 여전히 다른 차원에 사는 듯한 사람이었다. 콩나물을 사러 간다며 나가서는 허리까지 내려오던 머리카락을 단발로 자르고 나타나거나 비 오는 날에는 내 손을 잡고 우산도 없이 운동장을 뛰어다녔다. 그리고 카드와 동전을 눈앞에서 감쪽같이 사라지게 하는 수준급의 마술사이기도 했다. 내가 제일 좋아했던 건 눈거울 마술이었다. 어머니는 외출하기 전에 나를 앞에 앉혀놓고 내 눈동자를 거울처럼 바라보며 화장을 하거나 머리 모양을 고치는 마법을 부리곤 했다. 그때마다 나도 어머니의 눈에 비친 나를 열심히 찾아봤지만 어머니의 검고 깊은 눈동자에 비친 나는 너무 작고 희미해서 도저히 알아볼 수 없었다. 어떻게 한 거냐고, 비밀을 알려달라고 조르는 나에게 어머니가 말했다. 상대방의 눈에 비친 자신을 보는 게 아니라고. 상대방의 마음속으로 들어가 상대방의 눈으로 바라봐야 한다고.

어머니가 세상을 떠난 후 아버지는 어머니가 외계인이었다고 다시 믿는 듯했다. 자기 별로 돌아간 거라고.

"그럼 저도 외계인이에요?"

그렇게 묻자 아버지는 애써 미소를 띠며 대답했다.

"절반은 그럴지도 모르지."

어머니가 천국으로 갔다고 말하지 않는 게 아버지다웠다.

그 후 나는 집에서 거의 방치되다시피 지냈다. 학교에서 이런저런 문제를 일으키면서도 아슬아슬하게 아버지 소환만은 피해 갔다. 장래 희망은 의사였는데 선생님에게 양심이 없다는 소리를 들어야 했다. 그 정도의 성적이었다. 가까스로 들어간 대학에서는 심리학을 전공했다. 인간을 너무나 싫어한 나머지 지피지기의 마음으로 인간을 연구해볼 작정이었다. 심리학과 의학이 겹치는 부분이 있다는 건 들어가고 나서야 알았다. 의외로 전공에 흥미가 생겨 대학원까지 다니게 되었는데 여기서부터가 문제였다.

박사학위를 위해 원서를 냈던 미국의 대학원 가운데에 두 곳으로부터 합격 통보를 받았다. 각각 인지신경과학과 초심리학을 전문으로 하는 연구실이었다. 만약 인지신경과학을 선택한다면 그 미래에는 넓고 곧은 길이 펼쳐져 있을 게 거의 확실했다. 하지만 내 선택은 초심리학이었다. 비상식적이지만 바로 그런 점에서 나다운 결정이었다.

초심리학이란, 말이 좋아 심리학이지 초능력과 심령술의 존재를 증명하겠다며 온갖 헛물을 켜고 다니는 분야였다. 지도 교수 도일은 어딘가에 초능력자가 있다는 소문이 들리면 곧바로 그곳으로 떠났고, 그때마다 나는 스테이션왜건 뒷좌석에 각종 장비를 잔뜩 싣고 도일을 따라나섰다. 북미 대륙을 가로지르는 그 길고 지루한 도로 위에서 도일은 쉴 새 없이 입을 놀리다가 잠깐 눈을 붙일 때만 조용해졌는데, 그것조차 다시 떠들어댈 체력을 충전하기 위한 것이었다. 도일은 내게 종종 동양의 기와 선의 개념에 관해 묻고는 했다. 기에 관해 아는 거라고는 무협지와 만화책에서 읽은 것밖에 없었던 나는 여기저기서 주워들은 것들에 이제마의 사상의학이라거나 뭐 대충 그럴듯한 것들을 적당히 버무린 다음 거기에 오리엔탈리즘을 자극하는 상상의 조미료를 더해 지어낸 말들을 지껄였다. 그런 헛소리에도 도일

은 동양의 지혜 운운하며 크게 감탄했고 초능력의 이론
적 배경에 대해 했던 이야기를 몇 번이고 반복했다. 나
는 그 말들을 아직까지도 선명하게 기억하는데 그건 오
로지 운전대를 잡은 채 잠들지 않기 위해 음절 하나, 단
어 하나에 주의를 기울였기 때문이다. 주위에 건물 한
채 없는 황무지에서 멀리 지평선까지 일직선으로 뻗은
도로 위를 멍하니 달리고 있으면 그 말들이 꽤 설득력
있게 들리기도 했다. 도일은 초능력이 분명히 존재하고
그것을 철학이 아닌 과학으로 정립하는 일만 남았다고,
선구자의 길은 원래 거칠고 막막하다고 말했다. 박쥐의
초음파와 개의 후각 능력, 비둘기의 회귀본능도 한때는
초능력의 영역이 아니었냐면서. 자넨 상상력이 부족해.
저 회전초들을 봐. 굴러다니는 풀이라니. 상상이나 했
겠냐고.

그러다 한번은 미 육군 정보보안사령부의 초청을 받
아 찾아간 일이 있었다. 그곳에 도착하자 무려 부대 사
령관이 나와 우리를 맞이했다. 그리고 자기한테 초능력
자 한 부대가 있다고 했다. 비유적인 표현이 아니라 정

말로 초능력자들로 꾸려진 특수부대 하나가 있다는 얘기였다. 그렇게 말하는 사령관의 얼굴은 확신에 차 있었고 나는 이번에야말로 제대로 된 곳을 찾아왔을지도 모른다는 기대를 품었다.

하지만 결과는 완전한 실패였다. 오늘따라 몸 상태가 나쁘다는 핑계를 대거나 소련이 미국 땅이 되기 전에는 절대로 확인할 수 없는 주장을 하는 병사들뿐이었다. 완전히 틀린 답을 내놓는 병사들은 그나마 양심적인 사람들이었다. 뇌파 관측 장비는 지루한 듯 식상한 골과 마루를 무심하게 그어댔고 내 희망은 차갑게 식었다.

놀랍게도 그건 어느 이상한 장군의 예외적인 탈선이 아니었다. 나는 그 이후에도 도일을 따라 여러 부대를 전전하며 소위 초능력 병사들을 만났고 그 과정에서 '프로젝트 제다이'라는 이름으로 초능력 병사를 양성하는 프로그램이 진지하게 진행 중이라는 사실을 알게 됐다. 초능력 병사 중에는 다스 베이더처럼 단지 노려보는 것만으로 염소의 심장을 멈추게 할 수 있다는 사람도 있었으니 여러 가지 의미로 잘못된 길에 들어선 프로젝트임이 분명했지만, 장교들은 초능력 병사들에게 포스가 함께한다고 굳게 믿고 있는 것 같았다.

이런 지경이었으니 레이건 대통령이 한 점성술사와 국가 중대사를 긴밀히 의논하고 있었다는 게 밝혀졌을 때는 나의 상식을 의심하기에 이르렀다. 사실 세상은 오래전부터 이렇게 돌아가고 있던 게 아니었을까? 초능력과 심령술이야말로 지배계급 사이에서 비밀리에 전해지는 부와 권력의 비법이고 불가피하게 대중에게 노출된 진실을 미신이란 이름으로 감추고 있는 게 아닐까?

물론 진심으로 그렇게 생각하지는 않았다. 도일을 따라 초능력자라 자처하는 수많은 사람을 인터뷰하면서 나는 내 나름의 이론을 만들었다. 나의 이론은 이렇다. 초능력의 존재를 믿는 이유는 크게 두 가지다. 첫째, 그것이 돈이 되기 때문에. 여기에 해당하는 사람들은 돈에 굶주린 거짓말쟁이들이었다. 겁에 질린 사람들을 현혹해 돈을 뜯어내는 사기꾼들. 프로젝트 제다이에 편성된 예산을 이리저리 빼돌려 자기 주머니를 채우는 범죄자들.

둘째, 겁에 질려 있기 때문에. 공포의 대상은 다양했다. 국가, 다른 국가, 공산주의, 권위, 혹은 권위의 상실, 가난, 부모, 학교, 직장. 공포에 휩싸인 이성은 쉽게 자신의 상식과 신념을 배반한다. 그래서 공포는 예로부터 사람들을 휘두르는 무기였다. 그 강경하던 스크루지 영감마저도 공포 앞에선 사람이 180도 바뀌고 마는 것이다.

딱히 새로울 것도 없는 이 이론이 3년에 걸친 박사과정 동안 내가 얻은 결론의 전부였다. 박사학위 논문을 쓰긴 했지만 거기엔 진실도, 누군가에게 참고가 될 만한 내용도 없었다. 투시를 하는 사람들로부터 공통된 전두엽의 활동이 관측된다는 결론으로 마무리되는 짧은 논문이었다. 데이터를 조작하지는 않았지만 몇 가지 변인을 무시하기는 했다.

박사학위를 받고 한국행 비행기를 기다리던 공항에서 낯익은 얼굴과 마주쳤다. 이스라엘 정보부와 CIA에서 초능력 스파이로 일하며 이라크의 핵 시설 위치를 투시로 밝혀냈다고 주장했던 남자였다. 내 분류법에 따르면 이 사람은 첫 번째 유형에 속하는 사람이었다. 사기꾼. 남자는 내가 한국인이라는 걸 기억해내고는 자신도 방송사의 초청으로 일본을 거쳐 한국으로 가는 중이라며 반가워했다. 적어도 그 말은 거짓이 아니었다. 한국에 도착하고 며칠 후 국밥집에서 밥을 먹다가 텔레비전 화면 속의 남자와 맞닥뜨렸다. 남자는 숟가락을 구부리는 초능력을 보여주겠다며 숟가락을 잡은 손끝을 열심히 비볐고 화면 아래로 시청자 중에 숟가락을 구부린 사람이 있다면 방송국으로 전화를 달라는 자막이 지나갔다. 순간 국밥집에 있던 모든 사람이 숟가락질을 멈추고 남자를 따라 숟가락을 열심히 비비기 시작했다. 그 모습을 보며 생각했다. 굶어 죽지는 않겠군.

안타깝게도 초능력 붐은 오래가지 않았다. 한때 갑작스러운 유행을 '붐'이라고 부르는 게 붐인 시절이 있었다. 피라미드 붐, 게르마늄 붐, 육각수 붐. 초능력 붐도 그것들과 마찬가지로 빠르게 사그라들었고 내가 그 분야의 권위자가 되는 일도 없었다. 보수적인 국내 학계에는 초능력 붐이 비집고 들어갈 틈이 없었다. 대학의 높은 자리마다 소나무 같은 사람들이 뿌리를 내리고 있었다. 다른 건 몰라도 자기보다 더 큰 나무가 자라지 못하도록 주변의 싹들을 죽여버린다는 점만은 똑 닮아 있었다. 여기저기서 거절당하던 나는 지인의 도움으로 작은 대학의 강사 자리 하나를 겨우 얻었다.

그리고 한동안은 얌전히 강단 위에서 똑같은 말을 반복하며 세월을 보냈다. 그 일의 긍정적인 효과라고는 심리학자가 독심술사 또는 해몽가라고 믿는 학생들의 착각을 깨부수는 게 전부였다. 지금에 와서는 그게 성공했는지조차 모르겠다. 동료 교수들은 입만 열면 잘난 척인 두통 유발자들뿐이었다. 매일 강단을 올려다보는 수십 명의 눈길을 한 몸에 받으며 그럴듯한 말을 지껄이는 자신이 별 볼 일 없는 인간이라는 걸 깨닫기란 어려운 일이다. 내가 거기에 빠지지 않을 수 있었던 건 이미 깊은 자기혐오에 턱밑까지 빠져 있었기 때문이다. 불행 중 덜 불행이랄까.

학생들은 하라는 공부는 안 하고 강의실 밖을 쏘다녔다. 자기가 세상을 구하기라도 할 것처럼 주먹을 흔들며 거리를 활보했고 그게 아니면 술집에 앉아 세상을 멸망시킬 것처럼 굴었다. 스무 살이 한참 지난 성인들에게 공부 좀 하라는 소리를 하기도 지겨웠다. 그런 천둥벌거숭이들에게 학위라는 일종의 증명서를 쥐여주고 사회로 내보내는 데에 작은 회의를 느꼈고 차라리 강의실 밖에서 어떤 천재가 홀연히 나타나 빈 칠판에 천재성을 휘갈기기를 기대하고 있었다. 실제로 나는 하루가 저문 강의실 복도를 기웃거리기도 했다. 그건 내가 봐도 답이 없는 짓이었고 결국 강단을 떠났다.

먹고살 길은 마련해뒀다. 지금까지의 전공을 살려 작은 심리상담센터를 열었다. 마음의 눈 심리상담소. 미국 유학 시절 보고 배운 사기꾼들의 노하우를 집대성한 야심작이었다. 초능력을 사용해 마음의 병을 치료하고 돈을 받는 건 완벽하게 합법적인 사업이었다. 비록 사상의 자유는 없는 나라지만 그런 망상의 자유는 있었다. 그 망상이 절박한 사람들을 절벽 끝으로 몰아세울 수는 있어도 반체제적이지는 않았으니까.

나는 고소득자들을 주요 타깃으로 잡고 그럴듯해 보이는 사무실을 꾸미는 데에 전 재산을 털어 넣었다. 실크로 된 벽지와 뱅앤올룹슨 스피커, 르코르뷔지에가 디자인했다는 의자를 들여놓고 하나에 몇백만 원씩이나 하는 조명을 달았다. 벽에는 영문으로 된 학위 증명서를 붙여뒀다. 물론 내 전공은 심리상담과는 눈곱만큼도 관련이 없었지만 전공자가 아니고서야 눈치챌 가능성은 없었다. 그래도 혹시 모르니 시선을 돌릴 방편으로 그 옆에 마크 로스코의 모조품을 걸어뒀다. 그 생각이 떠올랐을 당시에는 이미 예산을 초과한 상태였으므로 그 모조품은 내가 직접 그렸다.

손님이 찾아오면 먼저 열성을 다해 초심리학 강의를 펼쳤다. 초심리학 박사학위. 수년에 걸친 강의 경력. 한마디로 이건 나의 전문 분야였다. 거기에 도일 교수에게 들었던 몇 마디를 응용해 확신에 찬 목소리로 말해주면 손님은 연신 고개를 끄덕이다 나중에는 자신의 무지를 한탄할 정도가 되었다.

"상식에서 벗어난 것처럼 들릴 수도 있어요. 하지만 과학이란 게 원래 그런 겁니다. 원래 상식을 앞지르는 게 과학이죠. 돌고래가 초음파로 대화한다는 얘기 들어보셨죠? 들리지 않는 소리로 대화를 한다니, 옛날 같으면 상상이나 했겠습니까? 이것도 마찬가지예요. 우리 상식 이 아직 쫓아가지 못했을 뿐인 거죠. 이거요? 미국에서 는 이미 효과가 증명됐습니다. 근데 이 기계가 워낙 비 싸서 아직은 빌 게이츠나 마이클 잭슨 같은 사람들만 이용하고 있어요. 그렇게 돈을 많이 벌려면 얼마나 마음 고생이 심하겠습니까? 그렇죠? 제 고객님들도 주로 어 디 그룹 회장님이나 연예인인데, 제가 이 기술을 널리 보급하고 싶은 마음에 고객님에게도 이렇게 간소하게나 마 저렴하게 서비스를 해드리는 겁니다. 네? 간소화된 거 말고 원래대로 해달라고요? 다섯 배 정도 가격이 올 라갑니다만. 아이고, 원하신다면 물론 해드려야죠."

상담에 동의한 손님에게는 특수 장비로 생성한 주파 수(전자상가에서 녹음한 기계 신호음)를 들려주며 왜곡된 시각 경험을 유도했다. 주로 손님이 가져온 안 좋은 기억 이 담긴 물건을 눈앞에서 잠깐 사라지게 하는 식이었다. 정화의 눈물을 흘리며 돌아가는 손님에게는 마음을 안 정시키는 발포 육각수(수돗물과 약수의 9대 1의 조합)와 육각수 구조를 장시간 유지해주는 게르마늄 컵(게르마늄이 우연히 섞여 들어간 게 아니라면, 그냥 도자기 컵)을 양손 가득 팔아넘겼다.

사업을 시작한 지 1년쯤 지나자 입소문이 나기 시작하면서 돈이 좀 모이는가 싶었는데, 거기까지였다. 발포 육각수를 먹고 배탈이 난 고객이 나를 사기꾼이라며 고발했다. 재판 결과는 징역 1년 형. 죄명은 식품위생법 위반. 보관법에 문제가 있었는지 약수통에 대장균이 득실대고 있었다. 사기죄는 성립되지 않았다. 변호사가 유능했다거나 그런 게 아니고 그냥 법이 그랬다. 그리하여 나는 감옥에 가게 됐다.

<h1 style="text-align:center">4</h1>

교도소에서 풀려난 건 1년을 꽉 채우기 며칠 전이었다. 교도소 문을 나서자 뒤돌아볼 새도 없이 등 뒤에서 철문이 쾅 하고 닫혔다. 좌우로는 담장을 따라 길이 곧

게 뻗어 있었고 앞으로는 앙상한 벌판이 펼쳐져 있었
다. 길 건너편에는 차 한 대와 거기에 몸을 기대고 있는
남자가 있었다. 황량한 풍경과는 어울리지 않는 조그마
한 노란색 차였다. 어울리지 않는 건 남자도 마찬가지였
다. 큰 키의 남자는 차와 색을 맞추기라도 한 듯 연한 레
몬색 정장을 입고 있었는데 꼭 얼뜨기 레모네이드 방문
판매상처럼 보여서 남자가 나를 향해 손을 번쩍 들었을
때는 반사적으로 "안 사요"라고 말할 뻔했다. 보호관찰
관인가 하며 그쪽으로 다가가자 남자는 만면에 웃음을
띠며 손을 내밀었다. 가까이에서 본 남자는 어찌나 말
랐는지 바람에 따라 하늘하늘 흔들리는 얇은 정장 속
에 뼈밖에 없는 사람처럼 보일 정도였다. 얼떨결에 마주
잡은 손은 뼈마디가 만져졌고 무엇보다 놀라울 정도로
따뜻했다.

"반갑습니다, 선생님."

"누구신지?"

"일단 차에 타실까요? 가면서 얘기하시죠."

남자는 긴 팔다리를 좁은 운전석에 구겨 넣은 뒤 차

를 출발시켰다. 백미러에 걸린 크리스마스트리 모양 향낭이 좌우로 흔들렸다. 도로 양쪽으로는 만개한 벚나무가 드문드문 서 있었다. 맞은편에서 달려오던 큰 트럭이 굉장한 소리를 내며 지나갔고 그 뒤를 따라 벚꽃 잎들이 우르르 몰려갔다. 나는 한참을 달려 나타난 편의점과 중국집 간판을 보며 감회에 젖었다. 남자는 사거리에서 빨간불에 멈추고 나서야 말을 시작했다.

"머무실 곳을 마련해뒀습니다. 작은 모텔인데 당분간 지내시기엔 나쁘지 않을 거예요."

"원래 이런 건가요? 원래 나라에서 이렇게 전과자한테 잘해주나요?"

"그럴 리가요. 다 바라는 게 있어서 그런 거죠."

그리고 남자는 나와는 전혀 관련이 없는 이야기를 서두 없이 길게 늘어놓았다. 마치 어제 전화로 얘기했던 걸 구체적으로 들려주기 위해 약속을 잡고 만나기라도 한 듯한 태도였다. 그건 초능력이 있는 한 아이에 관한 이야기였다. 국가 시설에 감금되어 있다는 이야기. 갇혀서 실험을 당하고 있다는 이야기. 국가가 아이의 투시력을 군사력으로 이용하려 한다는 이야기가 끝날 때쯤 차의 속도가 느려졌다.

"앞에 사고가 났나 봐요."

멀리 보이는 터널까지 뻗은 두 개의 차선을 가득 메운 차들이 제자리걸음을 하고 있었다.

"갱스터랩 같은 거죠. 가져올 필요도 없었고 심지어 잘못 가져온 유행이요. CIA에서 초능력 병사 프로젝트를 종료하고 문서를 공개한 건 아시죠? 전 세계가 그 프로젝트의 존재를 알게 됐는데 한국이 그걸 알고도 가만히 있을 나라가 아니잖아요. 그러던 와중에 그 아이를 발견한 거죠."

프로젝트 제다이와 스타게이트 프로젝트. 그 실패한 이름들에 대해선 잘 알고 있었다. 내가 바로 목격자였으니까. 그 망령이 이제 와서 한국에서 되살아나려 하다니. 너무도…… 그럴싸했다.

"그래서 선생님께 한 가지 부탁이랄까, 제안을 드릴까 하는데." 남자가 말을 이었다. "그 연구소에 연구원 자리가 하나 났어요. 거기에 선생님이 일하실 수 있도록 손을 써뒀어요. 선생님께서 해주실 일은, 기회를 봐서 아이를 구출해내는 거예요."

뭐라고? 마지막 문장을 잘못 들은 줄 알고 되물었는데 같은 말이 되돌아왔다. 세 번을 되물어 똑같은 대답을 들은 뒤 네 번째 되물으려다 잘못 들은 게 아님을 받아들였다.

"어디서부터 오해가 있었던 건지 모르겠네요. 전 그냥 신경과학을 공부한 사기꾼인데요."

"그러니까 적임자라는 거예요. 초심리학에 있어서는 국내 유일의 권위자라고 할 수 있잖아요. 확실한 경력이 있으니 떳떳하게 들어갈 수 있죠. 거기에 남의 눈을 속이는 재주도 있으시고요."

이 사람은 뭘 어디까지 알고 있는 거지? 백미러를 통해 바라본 남자의 눈이 반달 모양 웃음을 짓고 있었다.

"혹시 모르실까 봐 말씀드리는 건데, 제가 방금 나온 큰 집은 호텔이 아니에요. 교도소예요. 재주가 있었으면 거기 안 갔겠죠."

"처음엔 누구나 실수하는 법이잖아요. 두 번째는 더

잘하실 거예요. 그리고 교도소에 다녀오셨다는 것도 어떻게 보면 장점이에요. 갇혀 있다는 게 어떤 건지 잘 아실 테니까요. 이 정도면 뭐, 거의 운명 아닐까요?"

안 그래도 믿기 힘든 이야기를 농담처럼 말하는 화법에 짜증이 솟구쳤지만 그걸 밖으로 꺼내기에 나는 너무 지쳐 있었다. 그저 당장 아무 식당이나 들어가 국물에 밥을 말아 먹고, 아니, 그것조차 귀찮아서 아예 국밥 같은 걸 먹고 지겨울 때까지 자고 싶을 뿐이었다. 남자가 처음에 말했던 작은 모텔의 침대를 상상해봤다. 그것만이 이 대화를 이끌어갈 유일한 동력이었다. 나는 타이밍을 놓쳤던 처음의 질문을 다시 던졌다.

"그러니까 그쪽은 보호관찰관이 아니군요?"

"아니죠."

"경찰이나 뭐 다른 공무원도 아니고요."

"전혀요."

"그럼 대체 뭐 하는 사람입니까?"

"저요? 전 택배 배달해요."

"그건 그쪽 세계에서 쓰는 은어인가요? 제가 택배인

건가요?"

"아뇨, 아뇨. 저는 진짜 택배 배달하는 일을 해요. 이건 다른 거예요. 그냥 좋아서 하는 거예요. 좋은 일을 한다고 해서 꼭 그걸 직업으로 가질 필요는 없잖아요. 길에서 넘어진 사람을 일으켜준다고 해서 그게 꼭 직업은 아닌 것처럼요. 이건 그런 거예요."

"그러니까 이게 다 당신 혼자 취미로 꾸민 일이라는 거예요?"

"오. 아니, 그건 아니에요. 같이하는 사람들이 있죠. 앰네스티라고 아시죠? 그거랑 비슷한 거라고 생각하시면 돼요. 그것보다는 활동 범위가 좀 넓지만요."

"활동 범위가 넓다면 국제 앰네스티 같은 걸 말하는 겁니까?"

"아뇨. 그것보다는 조금 넓어요."

"국제보다 넓다니. 뭐 우주 앰네스티라도 되나요?"

"그보다는 좀 좁고요."

"단체 이름이 뭔데요?"

"아. 저희가 정식 단체는 아니에요. 그래서 뭐 어디에 등록된 이름이 있는 건 아니고. 저희끼리는 '루크바트'라고 부르기는 하지만 정식 명칭은 아니에요. 그냥 모임이 있을 때 거기서 자주 모여서 그렇게 불러요. 거기가 일종의 중간 지점이거든요."

"그러니까 이게 직업도 아니고 그쪽한테 딱히 이득이 되는 일도 아니라는 거네요?"

"그게 마음에 안 드시는 모양이군요."

마음에 안 들었다. 아니, 남자의 멱살을 잡고 차 밖으로 던져버리고 싶었다. 거짓말은 지긋지긋했고 만약 거짓말이 아니라면 내팽개치는 것에 더해 침까지 뱉은 뒤 이마에 위선자라는 낙인을 새겨주고 싶었다. 나를 진정시킨 건 다시 한번 그 모텔 방의 침대였다. 하얀 베갯잇. 두툼한 이불.

"그러니까 지금 저한테 국가 시설에 잠입해서 사람을 빼돌리라는 거 맞아요?"

"맞아요. 나쁜 일 같지만 좋은 일이에요. 로빈후드 같은 거라고 생각하시면 돼요. 전에 하셨던 일도 그런 거였죠? 부자들의 돈만 뜯어내셨잖아요."

"그렇게 따지면 명품 매장은 셔우드 숲이겠네요."

"그럼 특수 요원 어때요? 아 그건 너무 국가에 충성하는 느낌이려나. 부탁드리는 일이 사실상 그거랑은 정반대의 일이긴 하죠."

"그 제안이 범죄라는 걸 숨길 생각이 없으시군요?"

"장 발장이 굶주린 조카들을 위해 빵 훔친 걸 범죄라고 생각하는 쪽이세요?"

"아, 장총을 든 채로 남의 가게 창문을 깨고 빵을 훔쳐 튀는 거 말씀이시죠? 네. 범죄라고 생각합니다만."

"와우, 이런 경우에 책을 제대로 읽었다고 해야 할지, 아니라고 해야 할지 헷갈리네요."

나는 창밖을 보며 이 제안의 어디까지가 진담인지 생각에 빠졌다. 새로 도입된 가석방 심사 같은 건가? 함정 심사? 나한테 사기당했던 사람들이 꾸민 일종의 복수극인가? 말도 안 되는 제안을 하는 이 사람의 진짜 정체는 뭐지? 루크바트는 또 뭐야? 중앙아시아 어딘가의 지명 같기는 한데. 질문에 대한 답은 하나같이 불만족스러웠다. 속도계가 가리키고 있는 숫자도 불만족스러웠다. 나는 남자의 오른쪽 귀를 향해 물었다.

"도착하려면 멀었습니까?"

내 물음에 남자는 고개를 끄덕이고는 금방 도착한다고 말했다. 의미를 알 수 없는 불만족스러운 대답에 한숨이 나왔다. 그러자 남자가 내 쪽을 돌아보며 말했다.

"당장 결정하실 필요는 없어요. 제가 추천하는 건, 일단 일자리는 받아들이시라는 거예요. 가보시면 적어도 제 말이 헛소리가 아니라는 걸 알게 되실 거예요. 그리고 연구소에서 아이를 만나보세요. 결정은 그다음에 하셔도 되고요."

"만약 제가 일자리만 차지하고 아이를 빼내지 않기로 한다면요? 아예 저쪽 편이 돼서 당신들의 계획을 폭로한다면요?"

"그럼 다른 방법을 찾아봐야죠. 될 때까지 할 거예요." 남자가 내 쪽을 돌아보며 말했다. "그땐 우리가 적이겠네요."

"그거 협박이에요?"

그렇게 물었지만 실제로 위협적이지는 않았다. 남자

의 표정과 말투에는 묘하게 경계심을 허무는 힘이 있었다. 눈앞에 칼을 들이민다고 해도 놀라서 말문이 막히기는커녕 '안 사요'라는 말이 튀어나올 것 같았다. 어쩌면 지금과 같은 역할을 맡게 된 것도 그런 능력 때문일지도 몰랐다. 남자는 예의 그 사람 좋은 미소를 지으며 말했다.

"그럴 리가요. 저는 비폭력주의자예요. 선생님께 부탁드리는 것도 그래서고요. 아니면 어디 제이슨 본 같은 사람한테 부탁했겠죠."

"제이슨 본이 누굽니까?"

"아. '본 시리즈' 안 보셨어요? 〈본 아이덴티티〉, 〈본 슈프리머시〉."

나는 고개를 저었다.

"나중에 시간 나면 꼭 보세요. 재미있어요. 뭐랄까, 일종의 007 같은 특수 요원이라고 할 수 있는데……. 맙소사. 오늘 자기 전에 분명 이 말을 후회하며 이불을 찰 것 같네요."

대화를 나누는 사이 앞선 차들이 조금씩 줄어들었고

견인차의 노란 경광등 불빛과 갓길로 끌려 나온 차 두 대가 보였다. 차체가 살짝 찌그러지긴 했지만 큰 사고는 아닌 것 같았다. 도로에는 떨어져 나온 범퍼와 깨진 헤드라이트 조각이 널려 있었다. 차 종류는 뭔지, 얼마짜리 차인지 짐작해보려는데 옆에서 남자의 말소리가 들렸다.

"사고가 나면 길이 막히는 이유 중 하나는 사고 현장 옆을 지날 때 사람들이 속도를 늦추기 때문이잖아요. 서로의 안전을 위해 그렇게 하는 사람도 있지만 어떤 사람들은 단지 구경을 하기 위해 속도를 늦추기도 하더라고요."

그 말을 듣고 앞을 돌아보자 늘어선 차들의 내려진 운전석 창문마다 사고 현장 쪽으로 불쑥 튀어나온 얼굴들이 보였다. 앞차들은 집요하리만큼 천천히 그곳을 통과했다. 한참 후 내가 탄 차가 사고 현장을 통과했고 확 트인 도로 위에서 속력을 내기 시작했다. 한동안 말이 없던 나에게 남자가 물었다.

"어떠신가요? 할 마음이 조금은 드세요?"

"적어도 한 가지 고민은 안 해도 돼서 좋네요. 혹시 이용당하거나 범죄에 휘말리는 건 아닌지 걱정할 필요는 없잖아요. 이용당하는 게 확실하고 범죄인 것도 분명하니까요."

"그렇죠? 부디 긍정적으로 생각해주세요."

목적지에 도착한 후 남자는 나에게 모텔 방을 보여준 뒤 떠나갔다. 결심이 서거든 창문에 테이프로 엑스 자를 만들어 붙이라는 말을 남기고. 고민은 길지 않았다. 일단 일자리를 받아들이고 다음 일은 그때 가서 생각해보라는 남자의 말은 설득력이 있었다. 당장은 가진 게 없으니 손해 볼 것도 없지 않은가. 그리고 무엇보다도 호기심이 일었다. 오래전에 포기했던, 오랫동안 잊고 지냈던 욕망이었다. 진짜 초능력을 가진 사람이 있다면 꼭 만나보고 싶었다. 나는 다음 날 바로 테이프를 구해 창문에 엑스 자를 그려 붙였다.

5

　그리고 한 주가 채 지나지 않아 병원으로 불려 나갔다. 알고 보니 새 직장은 내가 머무는 모텔에서 불과 걸어서 10분 거리에 있는 곳이었다. 이렇게 쉽게 나를 꽂아 넣은 것을 보면 윗선에도 동조자가 있는 게 분명했으나 병원에 다니는 내내 비밀리에 쪽지를 남긴다든가 은밀한 수신호를 보내는 사람은 없었다. 가끔 책상 위에서 접힌 종이를 발견하고 좌우를 살피며 조심스럽게 펴 봤지만 지출결의서에 빼먹은 영수증을 제출하라는 쪽지이거나 내가 적어놓고 까먹은 중국집 전화번호 같은 것들이었다.

　영이에 대한 첫인상은 화난 아이라는 것이었다. 똑똑하고 어른스럽지만 화가 잔뜩 난 아이. 영이는 첫 만남에 내게 《수리물리학》을 선물해 줬다. 정확히는 내 허벅지 안쪽에. 그러니 첫인상을 다르게 받아들일 여지가 없었다. 그 첫인상은 지금까지도 변하지 않았다. 영이는 항상 화가 나 있었다.

기대했던 초능력에 대한 관심은 곧 실망으로 변했다. 이전 실험 기록들을 읽은 직후였다. 영이에게 수천 개의 질문을 던지고 영이를 기계에 집어넣고 영이의 온몸에 전극을 붙이고 영이의 피를 뽑은 기록들이었다. 그 기록들 어디에도 영이에게 초능력이 있다는 증거는 없었다. 직접 제너 카드를 들고 수백 번의 실험을 했지만 영이의 대답은 정답과 오답 어느 쪽에도 치우치지 않고 지극히 평균적인 확률에 수렴했다. 특이한 두뇌 활동도 이렇다 할 다른 성과도 없었다. 실험할 때마다 종이 쓰레기 한 뭉텅이만 늘어날 뿐이었다. 이래서는 미국에서 만났던 가짜 초능력자들과 다를 바가 없었다. 다른 점이라면 영이는 자기 입으로 초능력이 있다고 주장하지 않는다는 것뿐. 가능성은 두 가지였다. 영이가 자신의 초능력을 완벽하게 숨기고 있거나, 초능력자가 아니거나.

진전이 없는 실험과 마찬가지로 내 일상도 같은 자리를 맴돌았다. 어디든 갈 수 있고 무엇이든 할 수 있는 자유를 가지고도, 마치 1년이 못 되는 수감 생활 중에 자유가 뭔지 잊어버리기라도 한 사람처럼 굴었다. 외식이

나 산책 같은 외부 활동은 일절 하지 않고 일이 끝나면 곧바로 건조한 풍경의 작은 모텔 방으로 기어들어 갔다. 하나뿐인 작은 창문 밖으로는 몇 채의 건물 너머로 중학교 운동장이 내려다보였다. 운동장을 무질서하게 질주하는 아이들. 그건 작은 방에서 발견할 수 있는, 우주에 생명이라는 것이 존재한다는 거의 유일한 증거였다. 거울 속 나의 존재 같은 건 그다지 설득력 있어 보이지 않았다. 그렇다고 내가 운동장에서 뛰노는 아이들을 좋아했던 건 결코 아니었다. 나는 아이든 어른이든 인류라는 하나의 공동체로서 평등하게 싫어했다. 운동장은 종종 날뛰는 아이들이 일으키는 뿌연 흙먼지에 휩싸였고 나는 그럴 때마다 먼지 입자들이 여기까지 날아오지 못할 정도로 충분히 무겁기를 바라며 창문을 걸어 잠갔다.

어느 휴일에 새삼스레 모텔 방에 있는 텔레비전의 존재를 깨닫고 전원을 켰더니 영화 채널에서 〈본 아이덴티티〉가 방영 중이었다. 그 영화가 끝나자 시리즈의 다음 편이, 그리고 또 다음 편까지 연속으로 세 편이 방영됐다.

기억을 잃은 특수 요원이 자아를 찾기 위해 여기저기 돌아다니다가 과거에 몸담았던 조직을 박살 내는 내용이었다. 과연 재미있었고 007과는 완전히 달랐다.

그렇게 실험은 제자리걸음을 하고 일상은 쳇바퀴를 돌던 어느 날, 실험실로 영이를 데려가는 길에 영이가 내 옆구리를 찔렀다. 흠칫 놀라 뒤를 돌아보니 영이가 손바닥을 내밀고 서 있었다. 작은 손바닥 한가운데에는 벚꽃 잎 하나가 올려져 있었다.

"옷에서 떨어졌어."

때는 가을이었다. 벚꽃 잎이 딸려 올 만한 구석이 없었다. 꽃잎을 집어 들어 가만히 들여다봤다. 분홍색 꽃잎 가장자리가 살짝 갈색으로 변해 있었다. 아마도 지난봄에 입었던 셔츠를 빨지도 않고 던져놓았다가 그대로 다시 입었기 때문인 것 같았다. 계절이 두 번 변할 동안 셔츠 어딘가에 숨어 있던 꽃잎이 이제 와서 떨어져 나왔나 보네. 그렇게 결론을 내리고는 벚꽃 잎을 바닥에 버렸다.

그러자 영이가 바닥에 떨어진 꽃잎을 허겁지겁 다시

집어 들었다.

"버릴 거면 나 가진다?"

나는 얼떨떨한 얼굴로 고개를 끄덕였다. 핑크빛 보석을 들여다보듯 영이는 벚꽃 잎이 올려진 두 손을 모아 얼굴에 가까이 대고 말했다.

"벌써 봄이구나."

실험실에 앉아 영이의 그 말에 대해 생각했다. 뒷면에 별과 물결 모양 등이 그려진 제너 카드를 영이 앞에 늘어놓으며 생각했다. 영이가 봐야 하는 건 이런 카드 따위가 아니야. 밤하늘에서 진짜로 반짝이는 별과 물결치는 강물이야.

그날 이후 나는 실험 방식을 바꿨다. 위에는 그렇게 보고했지만 사실상 실험을 중단한 것이나 다름없었다. 그저 카드 한 벌을 두고 영이와 마주 앉아 게임을 하고 잡담을 나누며 시간을 보내는 게 전부였다. 대화를 주도한 건 영이 쪽이었다. 그건 어쩌면 당연한 결과였는데, 내 일상 대화 능력은 끔찍한 수준이었기 때문이다. 영이가 던지는 화제들은 주로 일상에서 벗어난 뜬구름

잡는 이야기나 내가 감당할 수 없는 수학과 과학에 대한 질문들이었다. 도둑잡기 게임을 하던 도중 영이가 뜬금없이 꺼낸 타임머신 이야기도 그런 대화 가운데 하나였다.

"만약 타임머신이 있다면 언제로 갈 거야?"

"글쎄."

그때 나는 영이의 손에 남은 세 장의 카드 가운데 어떤 걸 가져올지 고민하고 있었다. 적당히 대답할 생각으로 과거를 흘깃 들춰봤다가 놀라고 말았다. 돌아가고 싶은 순간이 없었다. 너무 행복해서 다시 한번 경험해보고 싶은 순간 같은 건 떠오르지 않았다. 그렇다면 후회막심해서 바로잡고 싶은 순간은? 심리상담소를 운영하던 때로 돌아가 약수를 냉장고에 넣어놓을까? 먹는 건 아무래도 위험하니 물 말고 다른 걸 팔걸 그랬나? 차라리 대학원을 선택하기 전으로 돌아갈까? 젠장, 하나만 고르기에 후회되는 순간은 너무 많았다.

"지난달로 갈래. 가서 복권 당첨이나 되게."

나는 실없고 재미도 없는 대답을 뱉어내고는 비참한

기분에 젖었다.

"흠."

내 대답을 들은 영이는 의외로 흥미로운 표정으로 생각에 빠져들었다.

"갑자기 그건 왜?"

"놀랐어. 나랑 똑같네."

"뭐가 똑같아?"

"돌아가고 싶은 때가 없는 거잖아. 나도 그렇거든."

"넌 아직 어리잖아. 아직 세상을 덜 살아서 그래." 나는 왠지 모르게 영이 대신 변명을 늘어놓았다. "그리고 잘 생각해보면 있을 거야."

"없어. 어제 계속 생각해봤어." 영이가 나를 물끄러미 쳐다봤다. "알려줘. 왜 없어? 사는 게 재미가 없어?"

"어른은 원래 그런 거야."

"어른은 다 그래? 아까는 나보고 어려서 그렇다며."

"다 그런 건 아닌데." 나는 설명할 방법을 찾다가 문득 떠오른 이야기를 꺼냈다. "옛날에 시시포스라는 사람이 있었는데,"

"알아."

"알아?"

"알아.《오디세이아》읽었어.《일리아드》도 읽었어."

"그러시군요. 그럼 길게 얘기할 필요 없겠네. 사는 건 그런 거야. 열심히 바위를 밀어 올려도 다시 굴러떨어져. 그리고 그걸 반복하는 거지. 언제로 돌아가든 마찬가지야. 시작 지점으로 돌아가면 남은 건 바위를 올리는 일이고, 꼭대기로 간다면 잠깐은 좋겠지만 다시 바위를 따라 내려가야 하지."

"하지만 시시포스는 신들한테 벌받은 거잖아. 아저씨한테는 누가 벌을 줬는데?"

"그건……."

나는 바로 떠오른 답을 말하지 않았다. 그저 어깨를 한번 으쓱하고는 내 손에 들린 카드를 내려다보며 고개를 숙였다. 그리고 다시 카드 게임으로 돌아가려 했지만 좀처럼 게임에 집중할 수가 없었다. 돌아가고 싶은 때가 없다는 영이의 말이 마음에 걸렸다. 아직 어리기 때문일 거라 생각한 건 사실이었으나 영이에게 다른 미래가 있을 거라고 약속한다는 점에서 거짓말이나 다름없었다. 그러다 그것이 거짓말이 아닐 수도 있는 가능성을 떠올렸다.

"너 만약 여기서 나가게 된다면 뭐 하고 싶어?"

영이의 작은 미간에 주름이 잡혔고 그걸 고민 중이라는 신호로 해석한 나는 이어서 질문을 던졌다.

"어디 가고 싶은 데 있어? 하고 싶은 거라든가."

한동안 잠자코 있던 영이가 퉁명스럽게 한마디를 툭 내뱉었다.

"슈퍼맨 나셨네."

조롱이 잔뜩 섞인 그 말에 나는 화가 울컥 치밀어 올랐다.

네가 감히.

그리고 그제야 내가 앞선 질문을 하며 어떤 생각을 품고 있었는지 깨달았다. 너는 상상도 못 하겠지만 나는 너를 구해달라는 부탁을 받고 왔다. 너를 구할지 말지는 아직 결정하지 않았다. 어쩌면 너 하기에 달려 있을지도 모르지. 내 말투에는 분명 그런 우쭐함이 배어 있었을 것이다. 나는 얼굴이 빨개져 아무 말도 하지 못했고 영이는 게임이 끝날 때까지 묵묵히 카드만 골라낼 뿐, 단 한 번도 나와 눈을 마주치지 않았다.

정해진 시간이 끝나고 영이를 방에 데려다 놓은 뒤 문을 닫으려는데 문틈 사이로 영이의 목소리가 들렸다.

"하와이."

"뭐?"

다시 문을 반쯤 열자 영이와 눈이 마주쳤다.

"하와이에 가보고 싶어."

영이는 그 말을 남기고 손끝으로 문을 밀어 닫았다.

6

내가 결심을 굳힌 건 한 장짜리 공문 때문이었다. 거기엔 진척이 없는 상황을 타개하기 위해 약물 실험 도입을 검토하라는 지시가 담겨 있었다. 공문에서 가리키는 약물이란 향정신성 약물, 즉 마약이었다. 세뇌를 통해 순종적인 실험체를 만드는 한편, 정신을 확장해 초능력 강화 효과를 기대할 수 있다는 게 약물 도입의 취지였다. 약물을 통한 세뇌는 이미 1960년대에 미국에서 실패한 것으로 밝혀졌음은 물론이고 정신 확장은 의미도 알 수 없는 헛소리라는 나의 주장은 묵살됐다.

전부 내 탓인가? 내가 성과를 못 냈기 때문일까? 거짓으로라도 영이에게 초능력이 있다고 보고했어야 했나? 아무리 그래도 너무 갑작스럽고 터무니없는 지시였다. 윗자리에 있는 누군가가 조급해하는 게 틀림없었다. 실적이 없으면 예산도 없다는 협박이라도 받은 걸까. 옛날이나 지금이나 똑같았다. 돈과 지위를 향한 집착. 그것을 잃는 것에 대한 공포.

그러고 보면 군사적 목적의 초능력 연구라는 시대착오적인 발상도 같은 맥락에 있었다. 이 연구소는 과거에서 되살아난 망령들로 가득 찬 유령의 집 같았다. 겁에 질린 유령들. 그 무리에 섞이고 싶지는 않았다. 강단을 떠났을 때와 마찬가지였다. 내 인생은 원하는 것을 좇기보단 참을 수 없는 것에서 멀어지며 여기까지 굴러왔다.

나아가는 게 아닌 밀려나는 삶. 나의 연료는 미래에 대한 낙관보다는 현재에 대한 부정이었다.

그날 밤, 잠이 찾아오지 않는 침대를 벗어나 테이블 앞에 앉았다. 거울 저편에 앉아 있는 희끄무레한 형체에 대고 물었다. 저들이 나쁘다고? 이미 알고 있었잖아? 그런 나는? 설마 지금까지 내가 한 일은 나쁜 짓이 아니라고 생각하는 건 아니지? 그래도 나는 덜 나쁘지. 정도의 차이가 중요할 때도 있어. 내가 덜 나빴기 때문에 상황이 더 나빠진 거 아닐까? 맞아. 내가 나쁘고 내가 다 망쳤어. 나도 내가 무슨 짓을 했는지 알고 내가 어떤 사람인지도 알아. 이제 내가 어떤 사람인지에 대해 생각하는 건 그만두겠어. 나는 거울에서 등을 돌렸다. 나는 제이슨 본이 아니며 내가 누구인지, 어떤 사람인지 궁금해할 필요는 없다. 중요한 건 내가 누구인가가 아니라 내가 무엇을 할 것인가다. 나쁘다고 해서 나쁜 짓만 하라는 법은 없지.

나는 가방에서 작은 노트를 꺼내 테이블로 가져왔다. 그리고 다윈의 방법론을 흉내 내 노트의 중간쯤을 아무렇게나 펼쳐두고 위쪽에 "To Do or Not To Do"라는 제목을 크게 적은 뒤 오른쪽에는 하지 말아야 할 이유, 왼쪽에는 해야 할 이유를 적었다.

오른쪽 페이지에는 이런 것들을 적었다. 직장을 잃는 다. 귀찮은 일은 질색이다. 잘은 몰라도 현행법을 위반 하는 행위일 것이다. 감옥에 **다시** 가게 된다. 실패한 채 로 감옥에 갈 수도 있다. 실패할 확률이 더 높다. 감옥에 가면 여럿이서 한방을 써야 한다. 이건 정말 끔찍한 일 이다. 성공한다고 해도 평생 쫓기며 살아야 한다. 국정원 을 엿 먹인 죄에 공소시효가 있을 것 같지는 않다. 굳이 내가 나설 필요는 없다. 안 하던 짓을 하면 빨리 죽는다 는 속설이 있다. 초능력의 비밀을 밝힐 수 있는 대발견 의 기회를 날려버리는 것일 수도 있다. 그것까지는 아니 더라도 연구를 계속하는 게 어쨌거나 과학 또는 의학의 발전에 도움이 될 수도 있다. 공리주의 관점에서 보면 그게 더 옳을 수도 있다. 나는 겁이 많다.

왼쪽 페이지의 내용은 오른쪽 페이지에 비해 부실했 다. 모든 것은 아무런 의미가 없다. 그 옆의 괄호 안에

'정말 그런가?'라는 의문이 다소 급하게 적은 듯 휘갈겨져 있고 그 아래로 몇 개의 문장이 이어진다. 공리주의는 쓰레기다. 이 연구소는 쓰레기다. 연구소의 인간들도 쓰레기다. 곤경에 빠진 사람을 구하는 건 당연한 일이다. 나에게는 사람을 속이는 재주가 있다. 그리고 마지막에는 두 음절로 된 한 단어가 반복해서 적혀 있었다. 사랑. 사랑. 사랑. Q. E. D. 아마 여기까지 쓰고 몸에 두드러기가 났다거나 해서 뭔가 더 적기를 그만뒀던 것 같다.

어쩌면 그것은, 그러니까 사랑은 가장 게으른 변명일지도 모른다. 사랑은 모든 일의 이유가 될 수 있다. 정말아무 데나 가져다 붙여도 말이 된다. 사랑해서 죽고 죽이는 이야기는 너무 흔할 정도이고 심지어 사랑 때문에 물구나무를 서고 사랑 때문에 무단횡단을 한다고 해도사람들은 고개를 끄덕일 것이다. 사랑이라는 핑계는 설득이 필요 없다. 이 만능의 단어는 스위스 군용 칼 같은면이 있다. 온갖 곳에 유용하지만 그저 품고 있다는 사실에 만족할 뿐, 실제로 사용하는 모습은 한 번도 본 적이 없다.

나는 왼쪽 페이지의 빈칸을 노려보다가 연필을 들어 도스토옙스키의 문장을 옮겨 적었다. "지옥이란 더 이상 아무도 사랑할 수 없는 고통이다." 좋아. 이게 내가 사랑이라는 단어를 쓴 두 번째 경험이고 점점 익숙해지고 있다. 도스토옙스키의 저 말이 사실이라면 나는 평생을 지옥 속에서 살아온 셈이다. 그 지옥에서 내 발로 걸어 나오기로 했다.

범행을 결심하고 가장 먼저 한 일은 공범을 찾는 일이었다. 병원을 무사히 빠져나가는 것까지는 어떻게 한다고 쳐도 정부의 감시망에서 벗어나는 건 내 능력 밖의 일이었다. 우리를 숨겨주고 영이를 돌봐줄 사람이 필요했다.

최고의 공범을 찾는 건 매우 고된 작업이었다. 그리고 한편으로는 감동적인 일이기도 했다. 며칠 동안 컴퓨터 앞에 앉아 후보들을 추리면서 나에게는 이미 많은 동료가 있다는 것을 깨달았다. 선배들이 있었다. 쓸개를 뽑히고 살해당할 위기에 처한 곰들을 구조하는 사람들.

도살장의 돼지를 구해내 보금자리를 만드는 사람들. 감옥에 갇힌 인권 활동가를 위해 탄원서를 보내는 사람들. 탈가정, 탈시설이 선택이 될 수 있도록 쉼터를 운영하는 사람들. 강철로 된 거대한 포경선 앞을 모터보트로 가로막는 사람들. 베어지고 파헤쳐지는 숲의 어린나무를 구조해 입양하는 사람들. 옳고 필요한 일을 하면서도 언제나 소수인 사람들이 있었다. 나는 살면서 처음으로 혼자가 아니라는 느낌이 들었고 늦은 새벽까지 모니터 앞을 떠나지 못했다.

선택은 한없이 늘어져만 갔다. 결국 최종 결정을 루크바트에게 미루기로 했고 창문에 테이프로 엑스 자를 그려 붙였다. 다음 날 아침, 레몬색 조끼를 입은 택배 기사가 찾아왔다. 사정을 전해 들은 남자는 조만간 연락하겠다며, 떠나기 전 따뜻한 손으로 내 손을 꼭 감싸 쥐고 말했다.

"겨우겨우 여기까지 왔네요. 희망이 있을지도 몰라요."

남자가 소개해준 건 두 명의 FBI 요원이었다. 국내에 머무는 것보다는 나라 밖으로 도망가는 쪽이 안전할 거라는 판단에는 쉽게 고개가 끄덕여졌다. 놀라웠던 건 남자가 소개한 FBI 요원이 오래전 나와 인연이 닿았던 사람들이라는 점이었다. 우연이라고 생각하긴 어려웠다. 대체 뭘 어디까지 알고 있는 거지? 조직의 정보력에 살짝 소름이 돋았다.

두 사람을 알게 된 건 미국에서 박사과정의 마지막 해를 보내고 있을 때였다. FBI 요원이라고 신분을 밝힌 두 사람은 당시 맡고 있던 사건의 범인에게 초능력이 있는 것 같다면서 내 자문을 구했다. 정확히는 주로 남자 쪽에서 나에게 이런저런 질문을 던졌고, 여자는 멀찌감치서 팔짱을 낀 채 한쪽 눈썹을 올리고 내 쪽을 한심하게 쳐다보고 있었다. 내가 어떤 식으로든 도움이 됐던 모양인지 그 이후 한동안 연락을 주고받으며 지냈다. 가까운 사이라고 할 수는 없었지만 내가 확신할 수 있는 건 두 사람은 초능력의 존재를 믿는다는 것, 그리고 언제나 약자의 편에서 싸우며 절대로 권력에 굴복하지 않는다는 것이었다. 두 사람은 내가 떠올릴 수 있는 최고의 공범이었다.

공범이 결정되자 본격적으로 구출 계획을 짜기 시작했다. 계획을 짠다는 건 실패를 연습하는 것과 같다. 나는 가벼운 해프닝부터 최악의 경우까지, 내가 겪을 수 있는 모든 실패를 머릿속으로 수백 번 반복했다.

범행 날짜는 12월 25일, 크리스마스로 정했다. 두 가지 이유였다. 하나는 가까운 시일 내에 건물에 사람이 가장 적을 것 같은 날이 그때였기 때문이다. 아무에게도 들키지 않고 건물을 빠져나오기는 불가능했고, 적어도 중간에 누군가와 마주칠 확률을 줄이거나 발각되더라도 최소한의 사람들에게 쫓기고 싶었다.

다른 하나는, 크리스마스니까. 사소한 범죄는 조명과 캐럴 속에 묻히고 위기에 빠진 사람에게 천사가 손을 내미는 날. 기적을 믿지는 않아도 기적을 바라기는 했다. 무슨 일이든 차선책은 필요한 법이다.

7

그리고 오늘, 12월 25일 크리스마스에 나는 영이에게 손을 내밀고 서 있었다.

"따라와. 갈 데가 있어."

"피곤한데."

"잠깐이면 돼. 안 가면 후회할 거야."

"왜? 뭔데?"

"귀찮게 안 해. 진짜야."

나는 벽에 달린 감청 장치를 의식하며 나쁜 일은 아니니 제발 잠자코 따라와달라고 몇 번이나 사정하다시피 말했고 내 집요함에 질린 영이는 결국 내키지 않는 얼굴로 침대에서 몸을 일으켰다.

"귀찮게 하는 거면 물어뜯을 거야."

"일단 가자. 가서 마음에 안 들면 나를 죽이든 살리든 마음대로 해."

영이가 성큼성큼 걸어 나왔다. 그리고 문턱을 넘었다. 이걸로 첫 번째 관문은 통과. 영이의 방문은 안쪽에서는 절대로 열리지 않지만 그걸 무력화하는 방법은 사실 간단했다. 문을 열고, 닫지 않으면 된다.

나는 반걸음 앞장서서 걸으며 영이에게 따라오라는 손짓을 했다. 영이는 마지못해 한 박자 늦게 걸음을 뗐다. 별거 아니면 오늘을 네 제삿날로 만들어줄 테다 하고 구시렁거리는 소리가 뒤에서 들려왔다. 모퉁이를 돌자 아득히 긴 복도가 펼쳐졌다. 목적지는 내 사무실이었다. 사무실로 영이를 데려가는 건 이례적인 일이었으나 예상대로 보안실에서는 그 부분을 문제 삼지 않았다. 한국식 관료제의 경직된 권위주의와 책임 회피 제일주의에 기댄 도박이었는데 난 이 도박의 승률이 꽤 높다고 판단했다. 굳이 사무실을 목적지로 정한 건 그곳이 출구와 그나마 가장 가깝기 때문이었다. 거기까지는 미로 같은 복도를 통과해 몇 번의 모퉁이를 더 돌아야 했다. 걸음을 내디딜 때마다 다른 사람의 발소리가 들리는지 신경을 곤두세웠다. 그럴수록 내 옷깃 스치는 소리 하나가 천둥처럼 울리며 방마다 문을 두드리고 다니는 것처럼 들렸다. 반역자다! 여기 반역자가 있다! 당장이라도 닫힌 문을 열어젖히며 누군가가 튀어나오거나 복도 끝에서 경비원들이 들소 떼처럼 몰려나올 것 같았다.

극심한 공포는 서서히 회의감으로 변해갔다. 지금이라도 그만둘까. 사람이 사람을 구한다는 게 가당키나 한 일인가. 에우리디케를 저승에서 구해내려 했던 오르페우스처럼 괜한 시도를 하는 게 아닐까. 내 눈속임 재주라고 해봤자 오르페우스의 연주만큼 뛰어나지도 않은데. 이 괜한 시도 때문에 언젠가 있을지도 모르는 다른 기회를, 영이가 스스로 이곳을 탈출할 수 있는 기회를 빼앗아버리는 건 아닐까. 사람은 다른 사람을 구할 수 없고 그저 스스로를 구할 수 있을 뿐이라는 말도 있지 않나. 지금이라면 타임머신을 타고 언제로 돌아가고 싶냐던 영이의 질문에 제대로 대답할 수 있을 것 같았다. 10분 전. 딱 10분 전으로 돌아가 평소처럼 조용히 퇴근해서 텔레비전에서 해주는 성탄 특선 영화나 보고 싶네. 그렇게 말하고 싶은 걸 참으며 입술을 깨물었다.

겨우 도착한 사무실의 문을 여는 순간 어둠 속에 잠

복해 있던 그림자가 달려드는 환상이 펼쳐졌다. 다급히 스위치를 올렸고 전등이 깜빡임 없이 한 번에 켜졌다. 나는 그 사실에 감사하며 LED 전등이야말로 21세기 최고의 발명품이라고 생각했다. 그리고 그제야 참아왔던 한숨을 내쉬며 의자에 주저앉았다. 영이가 맞은편에 앉으며 물었다.

"무슨 땀을 그렇게 흘려?"

이마를 만져보니 손바닥에 미지근한 땀이 묻어났다. 미처 깨닫지 못했던 신체 변화에 놀라 젖은 손바닥을 황급히 가운에 문질러 닦았다. 그리고 말했다.

"널 여기서 내보낼 거야."

영이가 미간을 찌뿌렸다. 아무래도 제대로 이해하지 못한 모양인 것 같아서 다시 한번 말했다.

"여기서 나가게 해줄 거야."

영이가 벌떡 일어나며 소리쳤다.

"죽여버릴 거야!"

"여기서 나가게 해준다니까?"

"죽여버릴 거라고!"

영이가 연필꽂이에 꽂힌 가위를 꺼내 던지는 걸 보며 반사적으로 고개를 돌렸다. 금속이 광대뼈를 때리고 지나갔고 뒤이어 화끈거리는 통증이 따라왔다. 나는 어안이 벙벙하여 영이를 쳐다봤다. 영이는 주먹을 불끈 쥔 채 씩씩거리고 있었다. 광대에 손을 댔다 떼니 길게 그어진 핏자국이 묻어났다.

"잠깐만 진정하고 내 말 좀 들어봐. 큰 소리 내면 안 돼."

나에게도 놀란 가슴을 진정시킬 시간이 필요했다. 나는 뭉친 휴지로 상처 부위를 누르며 생각에 빠졌다. 나로서는 분노의 근원을 짐작할 수밖에 없었다. 내 말이 거짓말이라고 생각했나? 아니면 이제 와서 왜 그딴 소리를 하냐는 뜻이었을까.

"네가 왜 화를 내는지는 모르겠지만, 들어봐. 진짜야. 널 여기서 탈출시킬 거야. 문제가 하나 있다면 몰래 나가야 한다는 거야. 허락받은 게 아니거든. 도망치는 거라고. 실패해서 잡히면 다음 기회는 없을 수도 있어. 성공한다고 해도 평생 숨어 살아야 할지도 몰라. 그래도 괜찮다면 여길 나갈 수 있게 도와줄게. 어때? 나가고 싶어? 혹시라도 싫은 거면 말해. 아직 돌아올 수 없는 강을 건넌 건 아니니까. 혹시 그런 거야?"

내가 이렇게 말하는 사이에도 영이는 성난 눈으로 나를 계속 노려봤고 대답은 "꺼져"였다. 치켜뜬 눈 속에서 살짝 흔들리는 눈동자를 통해 그 너머의 고성능 두뇌가 열심히 돌아가고 있다는 걸 짐작할 수 있었다. 나는 영이의 답을 기다리며 손목의 시계를 확인했다. 초침이 사정없이 돌아가는 게 보였다.

"시간이 없어. 갈 거야?"

"꺼져."

"말 거야?"

"꺼져."

"좋아. 이것 참 이상하네. 내가 신기한 거 하나 보여줄게. 그렇게 계속 날 노려보고 있어봐. 가능하면 움직이지 말고."

그리고 나는 마음을 가다듬고 정신을 집중하고 숨을 들이마시고 영이의 머릿속으로 뛰어들었다.

그곳엔 분홍빛 노을이 눈높이에 펼쳐져 있었다. 얇은 커튼을 거친 듯 은은하면서도 동시에 대낮처럼 환한 빛이었다. 허공에는 하얀빛의 결정들이 봄철에 날리는 씨앗의 솜털처럼 떠다니고 있었다. 어딘가 가렵다고 생각한 순간 낮과 밤이 교차하듯이 세계가 밝음에서 어둠으로, 다시 밝음으로 아주 느리게 변화했다. 영이가 눈을 깜빡인 모양이었다. 나는 영이의 시선 방향을 바라봤다. 왼쪽으로 영이의 시야에 담긴 바깥의 풍경이 커튼처럼 일렁였다. 오른쪽에는 그것과 상하좌우 모두 반대인 영상이 축구장만 하게 펼쳐진 채 미세하게 진동했다. 그 사이를 수천만 가닥으로 된 빛의 다발들이 가로지르고 있었다. 다발의 양 끝은 좌우에 걸쳐진 풍경의 각각 동일한 지점에 붙어 있었고 각각의 실들은 자기들이 붙잡고 있는 점과 같은 색으로 저마다 빛나고 있었다.

이것이 어머니가 내게 알려준 세계였다. 다른 사람의 마음속으로 들어갈 것. 그 자리에서 밖을 바라볼 것. 어머니는 이 초능력의 원리가 무엇인지, 초능력이기는 한 건지, 마법이거나 아니면 정말 외계인이라서 그런 건지까지는 말해주지 않았다. 그저 요령만을 알려주고는 마지막으로 한마디를 덧붙였다. 익숙해지면 언젠가는 그 사람이 보는 걸 바꿀 수도 있게 될 거야. 지금까지는 이 능력을 겨우 사기 치는 데나 써먹었지만 오늘만은 다르다. 다를 것이다.

나는 빛의 다발들 사이를 헤치며 앞으로 나아갔다. 그 중심에 내 모습이 보였고 색색의 다발들이 거기서부터 뻗어 나와 있었다. 그중 하나를 잡고 오른쪽으로 힘껏 잡아당겼다. 그러자 피아노 줄이 끊어지는 소리와 함께 빛의 다발이 왼쪽의 풍경에서 떨어져 나왔다. 나는 떨어져 나온 다발을 바로 옆에 있는 다른 다발에 묶었다. 그러자 떨어져 나왔던 다발의 색이 곧바로 새로 연결된 다발과 같은 색으로 변했다. 나는 작업을 계속했다. 줄 하나를 끊어낼 때마다 '퉁퉁' 하고 울리는 소리가 서툰 실험 음악처럼 이어져 공간을 떠돌았다. 내 형체와 연결된 마지막 줄을 잡아당기자 바깥에서 영이의 목소리가 들려왔다.

"어라. 뭐야 이거. 어디 갔어?"

갑자기 풍경이 흔들리기 시작했다. 영이가 머리를 움직이고 있었다. 풍경이 위치를 바꿀 때마다 수만 가닥의 선들이 연결됐다가 사라지기를 반복했다. 한낮의 하늘에 불꽃놀이가 펼쳐지는 것 같았다. 나는 그 광경을 잠시 지켜보다 영이의 머릿속에서 빠져나왔다.

"어?" 영이가 커진 눈으로 내 쪽을 돌아봤다. "뭐야, 어떻게 한 거야? 갑자기 사라졌다 나타났는데."

"초능력이야. 눈앞에 있는 물건을 잠깐 안 보이게 하는 거."

"초능력이 있다고?"

"그래. 이게 내 비밀이야. 이제 내 비밀을 알았으니 난 어떻게 해서든지 널 여기서 데리고 나가야 해."

"그럼 지금까지 초능력 있는 사람이 초능력 있는 사람을 찾겠다고 초능력 없는 사람을 붙잡아두고 있었던 거네?"

"그런 거지. 미안해. 잠깐, 그럼 넌 진짜로 초능력이 없는 거야? 투시력 같은 거 없어?"

영이의 표정이 10초 동안 다섯 번쯤 변했고 마지막으

로 겨우 알아차릴 수 있을 정도의 가느다란 웃음이 떠올랐다.

"잘 생각해봐. 어떤 사람이 머릿속으로 숫자 하나를 떠올렸는데 내가 그걸 맞혔어. 어떻게 맞혔겠어?"

"너 마음을 읽을 수 있어?"

"한심하다." 영이가 고개를 좌우로 흔들고 말했다. "당연히 그 사람이 숫자를 알려준 거지."

"그럼 너한테 복권 사 오라고 했던 그 사람이 당첨 복권을 알려줬단 말이야?"

"맞아. 그 아저씨가 나한테 숫자를 알려줬고 난 구석에 그 숫자가 적혀 있는 복권을 샀어. 그게 다야."

"그 사람은 어떻게 알았는데?"

"복권 만든 사람이 알려주든가 했겠지 뭐."

"그런데 넌 왜 진작 그렇게 말 안 했어? 그럼 여기 갇혀 있을 필요도 없었잖아."

"난 묵비권을 행사하고 있었어. 그런데 경찰 아저씨가 그러더라고. 복권 아저씨가 나한테 투시력이 있다고 했다고. 그래서 생각했지. 그 아저씨가 뭔가 잘못을 했고 잡혀가기는 싫구나. 그러니 어쩌겠어. 그래도 내 생명의 은인인데."

"아무리 그래도 그렇지. 그 사람 때문에 여기에 이렇게 잡혀 있었다고?"

"그 아저씨 아니었으면 난 길에서 굶어 죽었을 거야."

"그럼 넌 진짜로 투시력 같은 건 없는 거야?"

"사람들은 자기가 믿고 싶은 것만 믿는다니까."

내 속에 분노와 슬픔과 의문과 회의와 그 밖의 수많은 감정이 한데 뒤섞여 들끓었다. 그것들이 다 타버리자 한 줌의 재가 된 허탈함만이 남았다. 이 모든 일의 시작이 아동복지 사각지대였다니. 잠깐 그냥 이대로 돌아가 이 사실을 모두에게 말해버릴까 하는 생각이 들었지만 곧 집어치웠다. 그런다고 해서 영이를 순순히 보내줄 사람들이 아니었다. 공식적으로 영이는 이 세상에 존재하지 않는 사람이었으니까. 무엇보다도 영이에게 두 번의 배신을 겪게 할 수는 없었다. 그냥 여길 나가면 그 남자를 찾아가 자수할 때까지 패버리겠다고 생각했다.

"너 초능력 있는 거 맞네. 인내심." 나는 의자에서 몸을 일으키며 말했다. "갈 거지?"

영이가 고개를 끄덕였다.

8

문손잡이를 잡고 마지막으로 계획을 다시 한번 떠올렸다. 경비원을 속일 수는 있지만 카메라를 속일 수는 없다. 이 방을 나가 출구 쪽으로 향하는 순간 보안실에서 경보를 울리고 대기 중이던 요원들이 출동할 것이다. 길어야 3분. 그 안에 건물을 빠져나가야 한다. 영이에게는 발이 달린 막대기를 상상해보라고 한 다음 이제부터 네가 그 막대기라고 말했다. 내 그림자 속에 숨어서 움직이는 얇고 작은 막대기. 그리고 건물을 나가면 차 한 대가 기다리고 있을 테니 그쪽으로 전력을 다해 뛰라고, 뒤돌아볼 생각은 하지도 말라고 당부해뒀다. 입술을 앙다문 얼굴로 고개를 끄덕이는 영이를 향해 물었다.

"이 정도면 만족스러운 크리스마스 선물이니?"

"오늘이 크리스마스야?"

"얘기 안 했나? 메리 크리스마스."

"내가 고맙다고 해야 해?"

"아니. 그래도 이게 나한테 쉬운 일이었다고 생각하지는 마."

문을 열고 방을 나왔다. 오른쪽은 영이의 방으로 돌아가는 길이고 왼쪽은 출구로 향하는 길이었다. 나는 왼쪽으로 걸음을 내디뎠다. 이제는 돌이킬 수 없다. 앞으로 가는 수밖에 없어. 걸음 한 번에 심장이 열 번쯤 쿵쾅댔다. 곧바로 주머니 속의 전화기가 무섭게 진동하기 시작했다. 보안실에서 걸려온 전화가 분명했다. 아직은 무슨 일이 벌어지고 있는지 파악하지 못했을 것이다. 나는 진동을 애써 무시하며 걸음을 서둘렀다. 영이는 발 달린 막대기가 뭔지 정확히 알고 있었다.

운명의 모퉁이를 돌자 복도 끝에 소실점처럼 박혀 있는 출구가 보였다. 그 앞을 경비실과 쇠창살로 된 문이 가로막고 있었다. 출구는 내 처지를 감안하더라도 유독

멀고 작게 느껴졌는데, 그건 경비실 안쪽에 조명을 등지고 앉아 있는 거대한 상반신 때문이었다. 오늘 당직은 다른 사람이어야 했다. 계획을 짜면서 몇 번이나 당직표를 확인했고 분명 몇 시간 전만 해도 다른 사람이 경비실에 앉아 있었다. 설마……. 가능성의 폭을 넓히자 그 거대한 실루엣의 윤곽이 뚜렷해졌다. 김 씨였다.

"젠장."

반사적으로 험한 말이 튀어나왔다. 당직표를 확인한 이유는 단 한 가지. 저 사람, 김 씨를 피하기 위해서였다. 그런데 하필 지금 김 씨가 있다니. 신이시여. 신아. 야, 인마. 왜 나를 버리는 거냐. 크리스마스고 뭐고, 김 씨가 있는 줄 알았다면 다른 날을 잡았을 거다. 김 씨가 있는 크리스마스보다는 김 씨가 없는 출근길에 도망치는 편이 낫다. 당장이라도 모든 계획을 취소하고 도망치고 싶은 마음이 솟구쳤다. 등 뒤에서 애써 숨을 죽이고 있는 영이의 가느다란 기척만 아니었다면 정말 그랬을 것이다. 도망치기엔 너무 늦었다. 나는 숨을 참고 김 씨의 머릿속으로 뛰어들었다.

사방이 주황색이었다. 존재하지 않는 육체의 무게가 나를 아래로 잡아당겼고 뜨거운 공기가 혈관을 따라 질주하는 것 같았다. 목성의 구름 속에서 살아간다면 이런 기분일까. 낯선 풍경이긴 하지만 구경하고 있을 때가 아니지. 나는 재빨리 영이의 형상을 찾아 빛의 다발 속을 비집고 들어갔다. 여기에 오래 머무를 수 없다는 걸 본능적으로 알 수 있었다.

나는 김 씨와 눈을 마주치지 않으려 노력하며 내가 할 수 있는 가장 자연스러운 걸음으로 문을 향해 걸었다. 아무런 꿍꿍이가 없는 순진한 사람의 표정을 지은 채. 동시에 김 씨의 머릿속에서 바쁘게 손을 움직였다. 경비실에 다가갈수록 김 씨에 대한 공포가 어깨를 짓눌렀다. 김 씨의 존재감은 다른 경비원들과는 차원이 달랐다. 2미터가 넘는 키에 나보다 세 배는 무거울 것 같은 덩치에서 풍겨 나오는 위압감은 경비실에 들어앉아 있을 때조차 문을 가로막고 있는 것처럼 느껴졌다. 무시무시한 건 신체 조건뿐만이 아니었다. 여기 들어온 이래 그 얼굴에서 표정이라고 할 만한 것을 본 적이 없었다.

무표정이라는 건 순화된 표현이고 그 눈썹과 입술은 특정한 각도로 휘어져 있지 않을 때도 명백한 적대를 주장했다. 경비실에 앉아 있을 때면 화면 보호기가 떠 있는 모니터를 향해 고해성사라도 하듯 구부정하게 앉아 미동조차 하지 않았는데, 어딘가 비틀어진 그 고요함이 공포 섞인 불쾌감을 자아내곤 했다. 그런 김 씨가 문에서 불과 한 걸음 떨어진 방에 그 거대한 체구를 잔뜩 웅크린 채 도사리고 있었다. 도사리고 있다는 말 말고는 달리 표현할 방법이 없었다. 김 씨에게는 그 정도로 초인간적, 탈인간적인 데가 있었다. 웅크린 김 씨의 머리 위쪽 벽에는 검정 바탕에 양옆으로 하얀 날개가 그려진 미식축구 헬멧이 걸려 있었다. 김 씨가 젊은 시절 미식축구 선수였다는 건 유명한 이야기였다. 자기 뒤로 아무도 못 지나가게 하는 게 직업이었던 사람. 그걸 너무 잘한 나머지 사람들 앞에서 돈 받고 할 정도였던 사람.

김 씨와의 거리가 열 걸음 정도로 가까워졌을 때 경비실의 전화기가 울리기 시작했다. 김 씨가 수화기를 드는 순간 뛰어야겠다고 마음먹었다. 그러나 김 씨는 전화를 받지 않았다. 전화기가 시끄럽게 울든 말든 그쪽은 쳐다보지도 않았다. 대신 새까만 눈동자를 나를 향해 단단히 고정하고 있었다.

나의 곁눈질이 그 눈동자와 마주친 순간 명치에서부터 소름이 끼쳐 올랐다. 그 바람에 주의가 흐트러지며 머릿속에서 잡고 있던 줄을 놓쳤다. 참고 있던 숨이 터져 나왔고 묶어놓은 매듭들이 연쇄적으로 풀리며 사방에서 핑핑 소리를 냈다. 선들이 순식간에 제자리를 찾아가는 걸 무력하게 지켜보는 도중에 머릿속에서부터 튕겨 나왔다. 반사적으로 김 씨 쪽을 돌아봤다. 김 씨의 얼굴에 처음으로 표정이라는 게 떠올라 있었다. 김 씨의 크게 벌어진 눈이 영이를 향하고 있었다.

"뛰어!"

나는 그렇게 외치며 문 쪽으로 펄쩍 뛰어 카드 키를 인식기에 가져다 댔다. 그리고 기다렸다. 2, 3년쯤 지나 삐 소리와 함께 불이 켜졌다. 빨간불이었다. 실패다. 곁눈질로 경비실을 봤다. 김 씨가 몸을 반쯤 일으킨 상태였다. 영이가 내 허리께를 잡고 숨었다. 다시 한번 카드 키를 가져다 댔다. 또 2, 3년이 걸렸고 같은 결과가 돌아왔다. 보안실에서 카드 키를 먹통으로 만든 것일까? 그럴 수 있다는 생각은 하지 못했다. 다시 경비실을 바라봤을 때 김 씨는 완전히 일어서 있었다. 그리고 벽에 걸려 있어야 할 헬멧이 그 자리에 없었다. 헬멧은 김 씨의 머리 위에 있었다. 김 씨는 전혀 서두르지 않고 마치 슬로모션처럼 헬멧을 머리에 단단히 눌러쓴 뒤 버클을 잠갔다. 온몸에 소름이 돋았다.

망했네.

이제 할 수 있는 건 없었다. 무의미한 저항을 하느냐 선처를 기대하며 얌전히 끌려가느냐. 남은 선택지라면 그게 전부였다. 멀리 복도 끝에서 열 명쯤 되는 남자들이 모퉁이를 돌아 뛰어오는 게 보였고 동시에 김 씨가 경비실 문을 열고 나왔다. 그리고 우리를 등지고 섰다. 등지고? 김 씨가 목에 걸고 있던 카드 키를 잡아당기자 옷에 붙어 있던 보풀처럼 줄에서 간단하게 떨어져 나왔다. 김 씨가 카드 키를 나에게 던졌고 나는 그걸 가까스로 받아냈다. 영문을 몰라 머뭇거리는 나를 향해 김 씨가 손을 두 번 휘휘 저었다.

어서 가.

손짓이 그렇게 말하고 있었다. 거의 동시에 남자들이 김 씨를 향해 몸을 날렸다. 반사적으로 김 씨의 카드 키를 인식기에 가져다 대자 파란불이 켜지며 잠금장치가 풀렸다. 영이가 먼저 문을 밀고 건너편으로 넘어갔다. 뒤에서 온갖 욕설과 비명 그리고 알고 싶지 않은 뭔가가 부딪히고 터지는 소리가 들려왔다. 뒤를 돌아보자 열 명의 사람과 스무 개의 손이 김 씨를 공격하고 있었다. 김 씨와 복도 사이의 틈새를 통해 넘어가려고 시도했던 남자 하나가 김 씨의 손에 뒷덜미를 잡혔다. 나가떨어진 남자가 들고 있던 기다란 몽둥이가 내 앞으로 굴러왔다. 김 씨의 등은 단단한 벽처럼 보였고 어쩌면 나와 영이가 함께 이곳을 탈출할 때까지 시간을 벌어줄 수도 있을 것 같았다. 그럴 수 있을 것 같았지만. 나는 영이에게 카드 키를 내밀었다. 얼떨결에 카드 키를 받아든 영이가 놀란 눈으로 나를 바라봤다.

"가!"

나는 그렇게 외치며 영이의 어깨를 떠밀었다. 그리고 발밑의 몽둥이를 집어 들고 돌아섰다. 뒤에서 철컹하고 문이 열리는 소리가 났다. 역시 이해가 빠른 아이다. 그리고 나는 어쩔 수 없는 멍청이다. 잘하면 김 씨가 끝까지 버텨주고 우리 두 사람 모두 무사히 이곳을 빠져나갈 수 있을지도 모른다. 아니면 김 씨 혼자만으로는 역부족이라서 문을 나서자마자 붙잡히게 될지도 모른다. 그리고 두 가지 가능성이 비슷하다면 나는 더 위험한 쪽을 선택하는 나쁜 버릇이 있다. 왜 하필 이런 불나방 같은 기질을 타고난 걸까.

"여긴 나한테 맡기고 먼저 가."

나는 한 번쯤 말해보고 싶었던 대사를 혼잣말로 중얼거렸다. 위험한 상황에 곧잘 뛰어드는 사람치고는 이 대사를 날려볼 기회가 한 번도 없었다. 드디어 해냈다는 만족감과 함께 도파민이 폭발했다. 나는 김 씨의 팔이 닿지 않는 빈틈을 향해 방망이를 사정없이 휘둘렀다. 남자들이 움찔거리며 한 걸음 물러섰다. 그 틈을 타 김 씨에게 한 발짝 다가가 말했다.

"천사예요?"

김 씨가 고개를 한 번 끄덕였다. 그 대답이 자기가 정말 천사라는 것인지, 아니면 내 질문을 비유적으로 받아들인 것인지는 불분명했다. 한 가지 확실한 건 여기 또 하나의 명청이가 있다는 것이었다. 김 씨는 자신이 왜 이런 선택을 했는지 확실히 알고 있을까? 나 자신은 막다른 골목으로 돌진한 이 순간에조차 애초에 왜 영이를 구하겠다고 나섰는지, 그 이유를 확신할 수 없었다. 위험한 일에 끌리는 기질 때문이라는 건 반쪽짜리 설명이었다. 내 기질은 여태껏 다분히 선택적으로 발휘되어 왔다. 나에게 이익이 되지 않는 일에는 눈길조차 준 적이 없었다. 아무리 그래도 국정원을 상대로 싸움을 걸정도로 무모하지는 않았다. 이건 내 기준에 선을 넘어도 한참 넘었다.

그러고 보면 지금까지 "여긴 나한테 맡기고 먼저 가"라는 대사를 할 기회가 없었던 것도 이해가 갔다. 그건 그냥 위험을 무릅쓰는 사람의 대사가 아니다. 남을 위해 위험을 무릅쓰는 사람의 대사다.

어쩌면 내가 변한 걸지도 모른다. 그게 가능할 거라고는 생각도 못 해봤다. 생각은 생각보다 단단하다. 세포는 1초에 380만 개가 새것으로 대체되고 정권은 5년마다 바뀌지만 한번 생겨난 생각은 쉽게 사라지지 않는다. 생각이 굳어지면 집착이 된다. 현실은 파도 앞의 모래성이고 생각은 수십 년에 걸쳐 건설된 대성당이다. 내부에 침범하는 것들을 신성모독이라도 당한 것처럼 거부한다. 그 단단한 벽이 무너진 이유는, 맞아. 그랬지. 등 떠밀려 시작된, 연민이나 동정에서 시작된 사랑은 잘못된 걸까. 완전하지는 않지만 거짓처럼 느껴지지는 않았다.

전열을 가다듬은 경비원들이 다시 돌파를 시도했다. 무너지려 하는 김 씨의 등을 보며 나는 마지막으로 영이의 머릿속으로 뛰어들었다.

바깥은 12월의 밤 7시에 걸맞은 이른 어둠이 내려와 있었다. 그 까만 밤 속을 영이가 달리고 있었다. 곧 풍경이 옆으로 미끄러지더니 방금 빠져나간 문이 시야에 들어왔다. 뒤돌아보지 말고 달리라니까. 그래, 앞으로는 그렇게 너 하고 싶은 거 하면서 살아라. 다시 앞을 보고 달려가는 영이 앞으로 차 한 대가 미끄러져 들어왔다. 차의 문이 열리고 주황색 램프 아래로 공범들의 얼굴이 나타났다. 영이가 뒷좌석으로 뛰어들었다. 차가 출발했다. 영이의 시선은 출구에 고정되어 있었다. 다행히 당장 따라붙는 사람은 없는 것 같았다. 영이가 점점 멀어지며 신호가 약해지는 게 느껴졌고 얼마 가지 않아 영이와의 연결이 끊어졌다.

그 순간 영이의 눈을 통해 마지막으로 본 풍경은—차창에 비친 영이의 눈물범벅이 된 얼굴.

그리고 그 너머로 크리스마스의 까만 밤을 가로지르는 하얀 눈송이.

좋아하길 잘했어

1

길게 엎드린 복실이가 발치에서 푸릉푸릉거렸다. 복실이의 옆구리 털에 복사뼈가 간질간질. 나는 점점 작아지고 작아져서 마침내 손톱만큼 작아져서 복실이의 털 속으로 다이빙. 갈대숲 같은 복실이의 털 속을 마구 돌아다니고 벼룩을 만나면 내가 물리쳐줘야지. 털 사이에 숨어 조심조심 다가가 한 번에 콱. 앗, 벼룩의 반격. 어쩌면 내가 질지도 모르겠다. 아아, 그렇다면 복실아 나를 기억해주렴. 나의 현실도피는 이렇게 주인공의 퇴장으로 갑작스럽게 막을 내렸다.

그렇다. 나는 현실도피 중이었다. 카페 테이블 위에서

내 사랑이 비명을 지르며 죽어가고 있었다. 맞은편에는 수현과 이름 모를 여자가 나란히 앉아 있었다.

"야, 김승희. 내 말 듣고 있어?"

수현이 내 주의를 끌기 위해서인지 생사를 확인하기 위해서인지 손을 내밀어 내 눈앞에 흔들었다. 수현의 손목에 감긴 끈 팔찌가 찰랑댔다. 유기 동물 구조 단체를 후원하고 받은 팔찌였다. 나는 내 왼쪽 팔목에 걸린 똑같은 패턴의 팔찌를 내려다봤다. 솔직히 말하자면 저 여자가 수현의 집에 들어와 살고 있다는 얘기 이후로는 아무것도 듣고 있지 않았다.

"그러니까 이 사람이 네 경호원이라는 거야?"

"얘가 뭘 들은 거야. 내가 아니고 복실이 경호원이라고."

"복실이 경호원인데 늑대인간이라고?"

"그래."

수현이 고개를 끄덕였고 나는 그 옆에 말없이 앉아 있는 여자를 곁눈질로 바라봤다. 여자는 삐딱하게 앉아 계산대 쪽에 멍하니 시선을 두고 있었다. 손님들의 면면을 살피며 숨겨진 무기를 찾고 비상구에 이르는 가장 짧은 경로를 파악하고 있기라도 한 걸까. 그러기에는 날렵해 보이지도 단단해 보이지도, 그렇다고 특별히 늑대처럼 보이지도 않았다.

"날 때부터 늑대인간이었어요, 중간부터 늑대인간이었어요?"

"야, 그건 실례잖아."

"미안, 죄송합니다."

수현의 꾸중에 거북이처럼 고개를 집어넣으려 했으나 실패했고, 그 시도는 그저 이중 턱을 만드는 데에 그쳤다. 나는 늑대인간 씨가 괜찮다고 말하며 질문에 대답해주기를 기다렸지만 늑대인간 씨는 조용히 눈알을 굴리며 주위를 살필 뿐이었다. 그 무표정은 원래 그런 거예요, 늑대인간이라서 그런 거예요?라고 묻고 싶은 걸 꾹 참았다. 늑대가 아니라 여우야 여우. 어떻게 수현을 홀린 거지? 복실아, 물어. 복실이는 바닥에 납작 엎드린 채 오른쪽 귀만 까딱댔다.

황당한 소리에 넘어가는 건 원래 수현이 아니라 나의

역할이었다. 얼마 전에는 이런 일이 있었다. 복실이와의 산책길에서 수현이 어제는 뭘 했냐고 물었고 나는 이렇게 대답했다.

"웃음치료소라는 곳에 다녀왔어."

"뭐?"

"시내 나갔다가 돌아오려는데 길에서 갑자기 누가 그러는 거야. 얼굴에 화기가 있다고. 그 사람이 따라오라고 해서 갔더니 나 말고도 열 명쯤 와 있더라고. 그리고 소장이라는 사람이 나와서 하는 말이, 나한테 화기가 있어서 조만간 어디 크게 다치거나 될 일도 안 될 거라는 거야. 근데 웃으면 복이 온다는 말이 틀린 말이 아니라면서, 자기가 웃음으로 긍정의 에너지를 주입하면 화기가 달아난다는 거 있지. 그러면 앞으로 취직, 연애, 금전 운이 싹 풀린대. 단돈 10만 원에."

"뭐야. 그거 사기잖아."

"아니야, 들어봐. 나도 그런 줄 알았거든? 그런데 있지, 그 소장이라는 사람, 꽤 실력 있는 코미디언이더라고."

"뭐?"

"엄청 웃다 왔어. 배꼽 빠지는 줄."

수현은 내게 꿀밤을 두 방 먹이고는 나를 앞장세워 웃음치료소가 있는 건물로 쳐들어갔다. 그러고는 당장 돈을 돌려내라며 안 그러면 이곳의 사기 행각을 인터넷에 다 까발릴 거라고, 자기가 맛집 탐방 크리에이터이자 50만의 팔로워를 거느린 인플루언서인데 자기 말 한 방이면 여기 문 닫게 하는 건 일도 아니고, 당신들은 앞으로 전부 운동장에서 흙이나 퍼먹고 살아야 할 거라고 으름장을 놨다. 그런 수현 뒤에서 나는 얼굴이 빨개진 채 서 있었다. 좋아서. 수현은 인플루언서, 앰배서더, 크리에이터라면 치를 떨었는데 자기 입으로 그 가운데 두 개라고 하다니, 나를 위해 그렇게 하다니, 멋져. 과거에 수십 번 그랬던 것처럼 또 한 번 수현에게 반했다. 수현의 협박은 멋지게 적중했고 그 자리에서 10만 원을 돌려받았다. 변명하자면, 나라고 '웃으면 복이 와요' 따위의 주장을 믿은 건 아니었다. 나는 그저 길거리를 돌아다니며 관객을 스카우트하고 끔찍한 영업 기술로 웃음과 10만 원을 앗아 간 뒤 그걸 보상이라도 하겠다는 듯 무대 위에서 영혼을 갈아 넣은 스탠드업 코미디를 펼치는 그 일련의 행동들이 가벼운 통증을 동반할 정도로 지독히 안쓰러웠을 뿐이다.

아무튼, 그랬던 수현이 어쩌다 늑대인간 어쩌고 하는 말도 안 되는 소리에 속아 넘어가 잘 알지도 못하는 사람을 집에 들인 걸까. 수현에게 동거인이 생긴 건 처음이었다. 20년에 걸친 짝사랑인 만큼 그동안 여러 사람과 대하드라마에 버금갈 정도로 숱한 고뇌와 암투가 있었지만 이렇게 속수무책으로 당한 적은 없었다.

"아무리 그래도 그렇지. 이름도 성도 모르는 외간 여자를 집에 막 들이면 어떻게 해!"

"이름을 왜 몰라. 은랑 씨라고 했잖아. 설은랑. 얘길 좀 들으라고."

"그게 말이 되냐고! 그걸 어떻게 믿냐고!"

"내가 봤다니까? 복실이 구하는 걸 내가 봤다고."

"복실이가 경호원이 왜 필요한데?"

"진짜 안 들었나 보네. 어디서부터 다시 설명할까? 우주가 망하게 생겼다는 건 기억해?"

나는 고개를 저었다.

"우주가 팽창하고 있다는 건 알아?"

나는 다시 고개를 저었다.

"그럼 빅뱅은 알아?"

"그건 알지."

"그럼 거기서부터 다시 설명할게. 이번엔 잘 들어라."

2

조르주 앙리 조제프 에두아르 르메트르의 일기

1927년 10월 29일

계단 위에 의자가 줄지어 놓이고 선택받은 자들이 모여들었다. 나는 레오폴드 공원 구석의 앙상한 나무 아래에서 그 장면을 흥미롭게 지켜봤다. 저마다의 철학과 과학을 가진 세계 최고의 자연철학자들은 기념사진을 찍을 때 어떻게 자리를 정할까? 계단 위를 주시하고 있는 건 나뿐만이 아니었다. 공원의 이곳저곳에 젊은이 몇 명이 나와 같은 방향을 흠모의 눈으로 바라보고 있었다. 이름 높은 과학자들이 이렇게 한데 모이는 걸, 그것도 런던이나 파리, 코펜하겐도 아닌 이곳 브뤼셀에서 볼 수 있는 기회를 벨기에의 젊고 가난한 과학도라면 놓치고 싶지 않았을 것이다.

솔베이 회의 의장을 맡은 로런츠가 먼저 앞줄에 자리를 잡았다. 그리고 손짓으로 아인슈타인을 불러 자기 왼쪽 자리를 가리켰다. 로런츠가 가리킨 곳은 앞줄에서도 정 가운데 자리였다. 다음으로 로런츠는 퀴리를 손짓으로 불렀다. 퀴리는 로런츠의 오른쪽에 앉아 종 모양의 모자를 무릎 위에 올려놓았다. 나의 두 아들을 주의 나라에서 하나는 주의 우편에 하나는 주의 좌편에 앉게 하소서. 나는 자연스럽게 〈마태복음〉이 떠오름에 조금은 불경한 마음이 되어 부끄러운 웃음을 지었다. 로런츠의 손짓은 그게 마지막이었다. 로런츠의 신호를 기다리며 머뭇거리던 사람들은 빈자리를 찾아 자리를 잡았다.

그때 아인슈타인이 의자를 왼쪽으로 살짝 옮기는 장

면이 눈에 들어왔다. 은밀하고 순식간에 벌어진 그 행동은 앞줄의 중력장을 흩뜨렸고 로런츠와 아인슈타인 사이에 라그랑주 포인트를 만들었다. 나는 소리 없이 감탄했다. 그 변화를 눈치챈 건 나와 사진사 그리고 아인슈타인의 왼쪽에 앉은 랑주뱅뿐인 것 같았다. 랑주뱅이 불편한 듯 몸을 살짝 비틀었고 사진사는 아인슈타인에게 원래 자리로 돌아갈 것을 요구하기가 어려웠는지, 대신 뒷줄에 앉은 사람에게 왼쪽으로 움직여달라고 말했다. 젊은 디랙은 두말없이 사진사의 요청을 따랐다.

애정과 존경을 담아 말하건대 회의에 참석한 사람 가운데 디랙을 발견하고 놀라지 않을 수 없었다. 케임브리지에서 잠깐의 교류가 있었던 게 전부였고 그것만으로도 디랙의 명석함과 수학을 향한 열정을 알기에는 충분했지만 그토록 젊은 나이에 저 사이에 낄 수 있을 거라고는 생각하지 못했다. 나보다 여덟 살 어린 나이. 나는 무엇이고 디랙은 무엇인가. 무엇이고 무엇이 될 것인가. 시샘은 사탄의 유혹이며 뼈를 썩게 하는 병이다. 야곱이 되어서는 안 된다. 카인이 되어서도, 사울이 되어서도 안 된다. 나는 머리를 흔들었다. 이런 상황에서조차 성경을 떠올리는 자신이 못마땅했다. 나는 내가 입고 있는 사제복을 내려다봤다. 신을 사랑하는 일은 쉽다. 신은 한결같은 마음으로 우리를 사랑하시고 우리가 그 사랑 안에 있는 동안 우리는 신 안에, 신은 우리 안에 있다. 하지만 과학은 어떠한가? 내가 과학을 사랑하는 만큼 과학도 나를 사랑하는가? 왜 과학의 빛은 저편을 더 밝게 비추는가? 나도 저 사이에 있고 싶다! 우주를 뒤엎을 위대한 발견을 하고 싶다! 나는 이 열등감을 나의 창과 방패 삼으리라고 다짐했다.

사진 촬영이 끝나고 선택받은 자들이 흩어졌다. 기다리던 순간이었다. 지금껏 아인슈타인에게 말을 걸 기회만을 엿보고 있었다. 같은 목적으로 이곳을 찾은 게 나 하나만은 아닌 것 같았다. 아인슈타인이 혼자가 되자마자 족히 열 명은 되는 사람들이 일제히 그쪽으로 다가갔다. 나는 그 무리에 끼지 못한 채 멀찌감치에 서서 가슴만 졸였다. 이러다 기회를 놓쳐버리는 건 아닐까. 다행히 사람들은 짧은 인사와 악수로 만족한 듯 금세 떠나갔다. 나는 다시 찾아온 기회를 놓치지 않기로 했다.

아인슈타인은 내 이름을 기억하고 있었다. 당신이로군요. 전해 받은 논문은 읽어봤습니다. 두 문장 사이에는 잠깐의 공백이 있었고 그사이 아인슈타인은 나를 위아래로 훑어봤다. 내가 그 논문과 관련해서 잠깐 대화를 나눌 수 있느냐고 묻자 아인슈타인은 약속이 있다면서 택시를 타러 가는 길까지 공원을 걷자고 말했다. 나는 아인슈타인의 구두 끝을 내려다보며 걸었다. 아인슈타인의 얼굴을 똑바로 보기가 어려웠다. 아인슈타인은 내 논문을 거의 온전히 기억하고 있었고 거기에 몇 마디 칭찬을 덧붙였다. 그 칭찬은 나를 환희로 이끌었다. 그건 내가 옳다는 기쁨과는 조금 달랐다. 그저 우리가 같은 시각을 공유하고 있다는 기쁨. 결국 틀린 결론에 도달하게 될지라도 사라지지 않을 기쁨이었다.

아인슈타인은 내 계산이 정확하다고 말하며 프리드만이라는 이름을 언급했다. 나는 처음 듣는 이름이었으므로 그 사람을 알지 못한다고 대답했다. 아인슈타인은 과정에 약간의 차이는 있지만 프리드만이 5년 전 나와 같은 결론에 도달한 적이 있다고 말했다. (알렉산더? 알렉산드르? 프리드만의 1922년 논문을 찾아볼 것.) 처음에는 프리드만이 일반상대성이론을 정확히 이해하지 못했다고 생각했다고. 하지만 그건 자신의 실수였고 프리드만의 계산은 정확했다고 말했다. 하지만 우주가 팽창하는 건 불가능하며 그 점에 있어서 내 논문의 결과도 마찬가지라고 했다. 아인슈타인은 다음과 같은 말로 결론을 맺었다. 당신의 계산은 정확하지만 물리학의 관점에서는 매우 끔찍하더군요. 그 한마디는 마치 연극 대사 같았고 그래서 나를 만나기 전부터 준비되어 있던 것처럼 들렸다.

나는 그제야 아인슈타인의 얼굴을 똑바로 볼 수 있었다. 하지만 그건 당신의 물리학입니다! 그렇게 소리치고 싶었다. 대신 순식간에 비참함으로 곤두박질친 기분을 간신히 끌어올리며 몇 사람의 이름을 원군으로 동원했다. 내가 더시터르의 공간 계산과 바일과 슬라이퍼, 허블의 관측을 언급할 때 아인슈타인은 고개를 끄덕이면서도 그것에 대해 잘 모르거나 그 중요성을 이해하지 못하는 것처럼 보였다. 정적인 우주에 대한 아인슈타인의 굳건한 믿음과 그 믿음을 지키기 위해 우주 상수를 도입했다는 사실을 알고 있으면서도 내 증명, 아인슈타인 본인의 방정식을 이용한 그 증명이 아인슈타인을 설득할 수 있을 거라고 생각했던 내 자만이 부끄러웠다. 다만 내 이론만은 부끄럽지 않았다. 우주는 팽창하고 있다. 그래야 하고 그럼이 틀림없다. 숫자는 자주 현실감각과 다르고 대부분의 경우 숫자가 옳지 않습니까? 나는 마지막 남은 의지를 쥐어짜 그렇게 말했지만 아인슈타인은 이 경우가 그 대부분에 해당하지 않는 것 같다고 말했다.

침묵이 흐르는 사이 나는 담배를 꺼내 들어 아인슈타인에게 내밀었지만 아인슈타인은 손을 저었다. 그리고 곧 생각이 바뀐 듯 다시 담배를 청했다. 아인슈타인은 내가 건넨 담배를 자르고 호주머니에서 파이프를 꺼내 담뱃잎을 거기에 털어 넣은 뒤 불을 붙였다. 담배나 그밖에 매일 피울 수 있는 건 뭐든지 경계해야 합니다. 아인슈타인은 그렇게 말했고 나는 아인슈타인이 자신의 규칙에 작은 위반을 저지르는 것에 기여했다는 데에 작은 만족감을 느꼈다.

만약 정말로 우주가 팽창하고 있다면 과거의 우주는 어떤 모습이었을까요? 아인슈타인이 물었다. 나는 우주가 지금보다 작았을 것이며 과거로 거슬러 갈수록 더 작아서 최초에는 작은 입자 정도의 크기였을 것이라고, 하지만 확신할 수는 없다고 대답했다. 그것은 아직 아이디어의 단계에서 내가 원시 원자라고 부르는, 최초의 우주는 원자와 비슷할 정도로 아주 작은 크기였을 것이라는 이론의 껍데기만 남은 설명이었다. 나는 나를 짓누르는 실망의 무게로 탈진한 상태였고 나의 이야기는 홍합수프 요리법만큼이나 건조했다. 우주에 물질과 에너지, 화이트와인을 넣고 10분 정도 끓여주세요. 끓어 넘치지 않게 잘 저어주시고요.

당신 주장은 우주가 작은 점에서 탄생했다는 것이로군요. 아인슈타인이 '탄생'을 강조하며 말했다. 나는 '탄생'이라는 단어를 사용한 적이 없었으므로 아인슈타인의 의도를 짐작할 수 있었다. 아인슈타인은 물리학을 내

버려두라고 넌지시 말하고 있었다. 나는 오늘 집을 나서기 전 사제복과 평범하고 낡은 셔츠 가운데 무엇을 입을지 망설이던 때로 돌아갔다. 그 순간에 사제복을 선택했던 것을 후회했다. 이 순간 과학을 사적인 것으로 만들고 있는 건 내가 아니라 아인슈타인이었다. 그 사실에 화가 난다기보다는 우울해졌다.

그때 피카르가 나타났다. 피카르는 우리가 무슨 이야기를 나누고 있었는지 묻고는 아인슈타인과 독일어로 대화를 나눴다. 한마디도 알아들을 수 없었다. 피카르는 아인슈타인과 함께 브뤼셀대학을 방문할 예정인데 함께 택시를 타고 가면서 대화를 이어가지 않겠느냐고 제안했다. 나는 정중히 거절했다. 다른 때라면 꿈같은 제안이었겠지만 현재로서는 우리가 합의점이나 새로운 돌파구를 발견할 수 있을 것 같지는 않았고, 그 시간이 유익하지도 유쾌하지도 않을 것 같았다. 나는 두 사람이 택시를 타고 떠나는 걸 배웅하고 레오폴드 공원으로 돌아왔다.

공원에 무리 지어 있던 과학자들은 모두 사라졌고 디

랙만 홀로 남아 공원 한가운데에 서서 허공을 응시하고 있었다. 목은 기괴한 각도로 꺾여 있었고 시선은 보이지 않는 물질을 좇는 듯했다. 조심스럽게 다가가자 디랙은 기척을 느끼고 먼저 인사를 건넸다. 나의 솔직한 칭찬에 디랙은 고개를 저었다. 자신은 파울러의 불참으로 인한 결원을 메꾸기 위해 불려 왔을 뿐이라고 했다. 그리고 아인슈타인과 대화를 나누는 것을 보았다며 무슨 이야기를 했느냐고 물었다. 그 대화를 간략하게 들려주자 디랙은 아인슈타인이 보어와의 토론 때문에 날카로워진 상태였던 것 같다고 했다. 그리고 자신이 아인슈타인과 나눴던 대화를 들려줬다. 디랙이 아인슈타인에게 상대론적 파동방정식의 해를 찾은 것 같다고 말했고 아인슈타인은 이렇게 대답했다고 했다. 클라인이 그 문제를 이미 해결했다네. 디랙은 웃으며 말했다. 자네와 나는 비슷한 처지에 있는 것 같군. 그리고 바지 주머니에 손을 넣은 채 조금 전의 자세, 허공을 응시하는 자세로 돌아갔다. 그렇게 몇 분이 흘렀다. 대화가 끝났다고 생각한 내가 작별 인사를 하려는데 디랙이 말했다. 아마도 과학 분야에서는 우주론이 종교와 가장 가까운 것 같군. 나는 디랙의 말이 의미하는 바를 곰곰이 생각해 봤다. 아니야. 종교와 가장 가까운 건 심리학이라네. 그 것이 나의 대답이었다.

3

"우리가 방 안에 있다고 해보자. 그 안에서 공을 주고 받고 있어."

나는 수현이 설명하는 장면을 머릿속에 그렸다. 방 안 에서 비치볼을 주고받으며 깔깔대는 나와 수현. 그리고 그 핑크색 비치볼에는 사랑이라는 이름을 붙였다.

"근데 그 방이 점점 넓어진다고 생각해봐. 경계가 확 장되는 게 아니라 풍선처럼 방 전체가 부푸는 거지. 그 럼 그만큼 우리도 점점 멀어지겠지? 방이 넓어지는 속 도가 빨라지면 우리가 멀어지는 속도도 그만큼 빨라질 거야. 그렇게 빨라지고 빨라지다가 방이 넓어지는 속도가 네가 던진 공의 속도보다 빨라지면 어떻게 되겠어? 그 공은 영영 나한테 닿지 않겠지? 그러면 우리는 영원히 떨어지게 되는 거야. 우리 몸을 이루고 있는 원자들도, 세상에 있는 모든 원자들도 다 그런 식으로 하나씩 흩어지게 된다고. 결국 우주는 그렇게 서로 고립되어 아무 일도 일어나지 않는 차갑게 죽어버린 공간이 될 거야."

"왜 그렇게 말해!"

내가 자리에서 벌떡 일어나며 소리쳤다. 그 바람에 의자가 콰당탕 소리와 함께 넘어지며 생각지도 못한 파급력을 일으켰다. 수현과 은랑을 포함해 카페 안의 모두가 놀란 눈으로 나를 바라봤고 복실이도 튕기듯 일어나 귀를 쫑긋 세웠다. 가장 놀란 건 나였다. 이럴 생각까진 아니었는데……. 숨 막힐 듯한 정적 속에서 벽에 달린 스피커만 분위기 파악 못 하고 노래를 흥얼거렸다. 알아들을 수 없는 영어 가사, 민망할 정도로 끈적한 알앤비.

착각하지 마! 이건 부끄러운 게 아니라 화난 거야! 나는 가게 안의 사람들에게 그렇게 주장하기 위해, 그리고 무엇보다도 나를 속이기 위해 눈에 힘을 주고 수현을 노려봤다. 그 노력이 무상하게도 내 볼과 귀가 뜨겁게 달아오르는 게 느껴졌다. 시선을 피해 다시 앉고 싶어도 의자가 없었고 화난 연기를 갑자기 멈출 수도 없었다. 어쩔 줄을 몰라 하던 나는 결국 도망치듯 가게 문을 박차고 나왔다. 넘어진 의자는 제자리에 돌려놓았다.

그러고 나서 술을 잔뜩 샀다. 진영네 편의점으로 가 냉장고에서 소주 세 병을 꺼내 들었다. 술값은 내 월급에서 까라. 진영한테 그렇게 말하고는 편의점 앞 테이블에 앉아 소주병을 입술에 가져다 댔다. 우엑. 이걸 무슨 맛으로 마시는 거야. 술로 화를 풀던 모든 드라마와 영화 주인공들에게 화가 났다. 수현에게도 화가 났다. 수현의 이야기가 비유일 뿐이라는 건 알고 있었다. 알아도 속상한 건 속상한 거다. 그렇게 말할 필요는 없잖아. 상상이든 비유든 수현과 멀어지는 걸 떠올리고 싶지 않았다. 수현의 슬픈 눈과 앞머리를 쓸어 넘기는 수현의 기다란 손가락과, 학교 식당에서 나란히 앉아 먹던 급식

과, 청소 당번이 끝나기를 기다렸다 함께 돌아오던 하굣
길을 떠올리자 눈물이 찔끔 나왔다.

휴대전화가 진동했다. 수현이었다. 반가운 마음이 솟
구치려는 걸 꾹꾹 밀어 넣고 휴대전화의 전원을 꺼버렸
다. 아직은 비련의 여주인공 역할에서 빠져나올 수 없었
다. 다시 술을 마시려 시도했다가 또 한 번 우엑 소리와
함께 입을 뗐다. 때마침 진영이 나타나 전자레인지에 돌
린 냉동만두를 앞에 펼쳐놓았다. 진영이 무슨 일이냐고
물었고 나는 수현의 가지런히 묶인 운동화 끈과 그에
대비되는 삐뚤빼뚤한 글씨체와 문장의 끝을 올리는 독
특한 억양과 시집을 든 검투사 같은 마음을 떠올렸지만
이것은 나만의 것이다. 아무에게도 말할 수 없다고 생각
했다. 그저 만두를 우물우물 씹으며 입에 남은 쓴맛을
지웠다. 답답해하던 진영은 내일 늦지나 말라는 말을 남
기고 편의점 안으로 돌아갔다. 나는 김이 나는 만두를
입에 물고 문득 이 술병이 다 뭔가, 술로 속을 채운다고
내가 갑자기 돌부처가 된다거나 늑대인간이 사라질 리
는 만무. 나는 그저 스스로를 괴롭힘으로써 수현에게

죄책감을 심으려 하는 게 아닌가. 그렇게 생각하니 내가 너무 한심하고 부끄러웠다. 남은 만두를 해치우고는 술을 전부 가방에 담아 집으로 돌아왔다. 가방을 내려놓고 나서야 뚜껑이 제대로 닫히지 않은 술병에서 질질 새어 나온 술로 가방이 흠뻑 젖어 있는 걸 발견했다. 만사가 다 귀찮아져서 그대로 침대로 기어들어 갔다.

새벽에 얼핏 잠에서 깼을 때 방 안 가득한 술 냄새가 코를 찔렀다. 아무래도 공기 중에 산소보다 알코올이 더 많은 것 같은데 가뜩이나 정전기가 잘 나는 체질이라 잘못하면 방이 폭발하지는 않을까 하고 두려워하며 그대로 다시 곯아떨어졌다.

4

지금은 오후 3시고 일어난 지 두 시간이 지난 것 치고는 꽤 많은 일을 했다. 청소를 했고 너무 긴 잠의 후유증은 말로만 듣던 숙취와 비슷해서 해장에 도움이 될 것 같은 온갖 것들—토마토, 오이, 콜라, 레몬즙, 후추, 얼음, 유통기한이 이틀 지난 우유를 한데 갈아 마셨고 수현에게 편지를 썼다. 내 정신은 냉커피만큼 또렷했고 최대한 솔직하게 썼지만 좋아한다는 말은 한마디도 쓰지 않았다. 휴대전화에는 수현의 전화가 두 통, 메시지가 다섯 통 와 있었다.

—전화를 안 받네. 문자 보면 전화 좀 해줄래?

—야. 김승승.

—무슨 일 있는 거 아니지?

—진영이랑 통화했어. 괜찮아?

—복실이랑 4시에 산책 나갈 건데 너도 나올 거지?

당장은 수현을 보고 싶지 않았지만 오후 4시에 나는 수현의 집 앞에서 메시지를 보내고 있었다.

—나오셈.

잠시 후 복실이를 앞세운 수현이 나왔고 그 뒤로 당연하다는 듯이 은랑이 뒤따라 나왔다. 복실이가 달려와 내 허벅지를 짚고 서자 나에게 기댄 복실이의 무게가 느껴졌다. 나는 복실이의 볼을 사정없이 잡아당겼다. 그러면서도 내 시선은 은랑을 향해 있었다.

"저건 뭐야."

"아, 저거. 안 쓰던 카메라인데 가끔 사진 좀 찍어달라고 맡겼어."

은랑의 목에는 낡은 카메라가 걸려 있었다. 내가 아는 카메라였다. 수현이 들고 있는 장면을 적어도 스무 개는 떠올릴 수 있는 카메라. 오래전 수현이 뜬금없이 낡은 카메라를 학교에 가져왔고 한동안 여기저기에 렌즈를 들이대고 다녔다. 벚꽃이 흐드러지게 핀 교정에서 카메라를 들고 바람에 날리는 벚꽃 잎을 따라 팔랑거리던 수현을 기억하고 있다. 내 책상머리에 붙어 있는 사진 몇 장도 저 카메라로 찍은 거였다. 마음 같아서는 당장 달려가 카메라를 빼앗고 싶었다.

"마시지도 못하는 술을 뭘 그렇게 마셨어?"

"그냥."

두 번 입에 댔을 뿐이라고는 말할 수 없었다. 대신 드라마의 주인공처럼 술과 피를 바꿔 하룻밤 정도 나라는 인간을 지워버렸다고, 그게 다 너 때문이었다고 말하고 싶은 걸 꾹 참았다. 어제 그렇게 자리를 박차고 나와 잠수를 탔던 게 부끄러웠다. 나는 그걸 없던 일로 만들 만큼 뻔뻔하지 못했고 해명하자니 숨기고 싶은 게 너무 많았다. 수현은 내 눈치를 살피면서도 까닭을 알 수 없는 화를 풀어주기 위해 뭉뚱그린 사과의 말을 하지는 않았다. 짐작으로 사과하지도 않았다. 나는 그런 수현이 야속하면서도 한편으로는 그 엄격함마저 좋아하고 있었기 때문에 아무런 요구도 불평도 하지 않았다. 우리는 복실이가 안내하는 길을 따라 걸었고 수현은 어제 못 마친 이야기를 계속했다.

우주는 그렇게 멸망할 운명이다. 그걸 막을 수 있는 유일한 이론적 해결책은 우주를 찢으려는 힘만큼이나 강하게 서로를 잡아당기는 힘을 만드는 것. 그리고 그 잡아당기는 힘이란 질량을 가진 모든 물질 사이에 존재하는 힘, 중력이다.

와. 간단하잖아. 쉴 새 없이 공장을 돌려 우주를 물질로 가득 채우면 되는군. 축적이다! 축적!

당연하게도 세상은 그렇게 굴러가지 않는다. 우주는

질량-에너지 보존 법칙에 묶여 있다. 여기서 물질을 만들기 위해서는 저기서 물질을 가져와야 한다. 무에서 유가 생겨날 수 없고 우주에서도 낙수 효과 같은 건 일어나지 않는다. 그러므로 우주를 구성하는 물질의 총 질량은 거의 변하지 않는다.

한편 미국 캔자스 외딴 시골집에 사는 한 발명가가 원자 하나의 무게까지 측정할 수 있는 저울을 발명했다. 이 발명은 얼마 지나지 않아 엉뚱한 발견으로 이어진다. 감정에도 질량이 있다는 사실이 밝혀진 것이다.

그 사실이 세상에 처음 알려진 건 내가 초등학교에 다닐 무렵이었다. 기쁨과 슬픔, 사랑과 증오 모두 대략 0.00000000000000000000000001그램 수준에서 측정 가능한 질량을 가지고 있었다. 다만 알려진 바로는 감정 역시 질량-에너지 보존 법칙 안에 있었다. 사랑하는 것도 미워하는 것도 에너지가 필요하고 그게 다 밥심에서 나온다는 게 현대의 상식이었다. 그건 낯설면서도 몹시 그럴듯하게 들렸다.

반전은 여기서 일어난다. 여기서부터는 아직 지구에

알려지지 않은 사실이었다. 한 기계 수리공이 자신의 얼굴을 침 범벅으로 만드는 반려견을 쓰다듬으며 생각에 잠겼다. 이 근원을 알 수 없는 무한한 사랑, 조건도 없고 바닥을 보이지도 않는 이 끝없는 사랑은 도대체 어디서 나오는 것일까? 1만 년이 넘도록 이어져온 인간과 개의 오랜 동반자 관계 속에서 이런 질문을 떠올린 최초의 인간이 그 기계 수리공은 아니었지만 이 사람에게는 그 질문을 실험하고 측정할 수 있는 도구가 있었다. 그리고 답을 얻었다. 개의 사랑에는 연료가 필요 없다. 개는 무에서 유를 만든다. 개의 사랑은 질량-에너지 보존 법칙을 초월한다.

개의 사랑이 우주 종말을 막기 위한 구원투수로 떠올랐다. 우주 연합은 개의 서식지를 전 우주로 확장하려는 계획을 세웠다. 우주를 개의 사랑으로 가득 채우면 우주가 팽창하는 속도가 줄어들 거라는 계산이었다.

연합의 모두가 그 계획에 찬성하는 건 아니었다. 그 반대 세력은 우주의 종말이란 우주의 탄생과 함께 정해진 운명이며 그것을 거스르려는 노력은 덧없고 부자연스러운 일로 규정하고 있었다. 그리고 그 섭리를 거스르려는 일체의 시도에 반대하며 이를 무력으로라도 저지할 작정이었다. 첩보에 따르면 복실이를 해치기 위해 파견된 병사들이 나흘 후 이곳에 도착할 거라고 했다. 그 병사들에게서 복실이를 지키는 게 은랑의 임무였다.

놀라움 다음에 놀라움 다음에 놀라움이다. 상자를 열 때마다 또 다른 상자가 나오는데 속에서 더 큰 상자가 튀어나왔다. 안쪽이 더 크잖아! 나는 복실이의 작은 어깨를 내려다봤다. 복실이에게 우주의 운명이 걸려 있다는 것도 아득한데 복실이를 사이에 두고 우주 전쟁이 벌어지고 있다니. 용량 초과다. 작은 시골 마을에 담기에는 너무 큰 이야기다. 왜 어디 좀 더 큰 동네에서 벌어지지 않고. 최소한 군청 소재지라거나.

그건 그렇다 쳐도 왜 은랑인데? 왜 경찰이나 군대가 아닌데? 이 질문에는 아직 때가 아니라는 대답이 돌아왔다. 이 사실이 지구에 알려져봤자 우주에서 벌어지는 갈등이 지구에서도 반복될 뿐이다. 지구는 아직 연합의 회원이 아니며 그렇기에 직접적인 간섭도 어렵다고 했다. 게다가 지구에서 동물들이 받는 취급으로 미루어 볼 때 개에게 특별한 지위를 부여하는 것처럼 보이는 정보가 개한테 도움이 되지 않을 거라는 판단도 있었다. 마지막 이야기는 한 방에 납득했다.

"여기서부터가 본론인데……."

서론이 너무 길잖아! 그렇게 딴지를 걸 생각으로 입을 열었지만 수현의 그늘진 표정에 말이 막혔다. 수현이 낮고 마른 목소리로 말을 이었다.

우주를 개의 사랑으로 가득 채우기에 지구는 충분하지 않았다. 더 많은 개. 우주가 살아남기 위해서는 더 많은 개가 필요했다. 우주 연합은 우주 방방곡곡을 개의 서식지로 만들려는 계획의 첫걸음이자 시범 사업으로 개가 살아가기에 최적의 환경을 갖춘 행성에 소수의 개를 이주시키기로 한다. 지구보다 더 안전하고 호의적인 곳으로. 그 시범 사업에 선정된 개 가운데 하나가 바로 복실이인 것이다.

"복실이를 데려가겠다고? 누구 맘대로?"

복실이의 목줄을 쥔 주먹에 힘이 들어갔다. 벤치 앞

을 지나는 행인을 향해 추파를 던지던 복실이가 내 쪽으로 몸을 돌려 이제 다음 코스로 가는 거냐며 기대에 찬 눈빛을 보냈다.

"복실이가 동의했대."

수현이 복실이의 미간을 쓸어 올리며 말했다. 복실이는 혀를 내민 채 사랑에 빠진 눈으로 수현을 올려다봤다.

"누가 그래? 저 사람이 그래?"

나는 은랑을 째려봤다. 은랑은 다섯 걸음 정도 떨어진 곳에 구부정하게 서서 나뭇가지 위에 앉은 참새를 태평하게 구경하고 있었다. 수현의 이야기는 점점 믿기 힘든 쪽으로 뻗어나가다가 급기야 믿기 싫은 곳에 다다랐다.

"응. 늑대라서 그런가. 복실이랑 말이 통하는 모양이더라. 근데……."

수현이 뜸을 들였다. 그새 수현의 눈에 물기가 맺혀 있었다. 나는 조바심을 내며 이어질 수현의 말을 기다렸다.

"근데 복실이가 조건을 하나 걸었대. 1년 후에 가겠다고."

뭔가 둥글고 무거운 물체가 가슴을 때렸고 가시에 찔린 손을 움츠리듯 반사적으로 복실이를 끌어안았다. 1년이라니. 복실이의 고소한 털 냄새가 코끝을 간질였다. 코를 긁고 싶었지만 복실이를 안은 손을 놓을 수 없었다. 복실이는 뭐가 그렇게 신나는지 그저 내 볼을 마구 핥고 꼬리를 사정없이 흔들어댔다. 모르긴 몰라도 복실이가 요구한 1년은 자신을 위한 것이 아닌 게 분명했다. 그건 남겨질 우리를 위한 시간이었다. 이 넘치는 사랑을 감싸안기에 1년은 너무 짧다.

"고마워." 나는 복실이와 볼을 맞대고 속삭였다. "정말 고마워, 복실아."

다섯 걸음 떨어진 곳에서 카메라 셔터 소리가 들렸다.

5

"너는 그걸 믿어?"

진영이 심드렁하게 물었다.

"글쎄……."

"글쎄고 자시고 할 게 뭐 있냐. 늑대인간이니 우주 연합이니 하는 소리를."

"근데 수현이는 믿지."

진영이 한숨과 함께 고개를 돌렸다. 분명 수현에 대한 나의 무조건적인 신뢰가 못마땅하기 때문일 것이다.

진영은 내가 수현을 좋아하는 걸 알고 있었고 나는 진영이 나를 좋아하는 걸 알고 있었다. 내가 수현을 좋아하는 걸 진영이 어떻게 알았는지는 모르겠지만(아무래도 이상하다, 난 결코 티를 낸 적이 없는데) 진영이 나를 좋아한다는 건 본인 입으로 직접 들었다. 고등학교를 졸업하기 직전 진영은 둘만 남은 교실에서 조용히 고백을 했다. 당황한 나는 요란스럽게 고백을 물리쳤고 진영은 그럴 줄 알았다고, 어쨌든 덕분에 살면서 한 번쯤 해보고 싶은 걸 해봤으니 됐다고, 고맙다고 했다. 다음 날 진영은 아무 일도 없었다는 듯 유쾌하게 인사를 건넸다. 나는 그 사실에 안도했다.

그 이후로 많은 시간이 흘렀고 그동안 나를 향한 진

영의 마음은 크기와 모양이 여러 번 변했겠지만 아주 사라지지는 않았다는 걸 알고 있었다. 착각일 수도 있다. 그러나 상관없다. 우리는 그런 건 아무래도 상관없다는 암묵적인 합의를 했으니까.

　나는 진영의 미지근한 애정을 담요 삼아 그 안에서 안온함을 느낀다. 그게 꽤 마음에 들었고 내가 수현에게 그런 존재가 되는 것도 나쁘지 않을 것 같았다. 그저 수현이 나를 위한 자리 하나만 내주기를 바라면서 그건 욕심이 아닌 겸손이라고 생각했는데. 우리 사이에 누군가 끼어들 수 있다는 가능성을 너무 오래 잊고 지냈던 거지. 욕심이 없는 게 아니라 방심했던 거다. 물론 수현과 은랑이 물리적으로 가깝다고 해서 당장 마음의 거리가 그만큼 가깝다고 할 수는 없을 것이다. 아직까지는. 하지만 유구한 인류의 역사를 통해 증명된바, 물리적인 거리가 감정의 거리로 바뀌는 건 시간문제다.

　문득 진영이 궁금해졌다. 자기가 첫 번째가 아니라는 걸 알면서도 어떻게 내 옆에 있을 수 있는 거지? 진영의 평정심이 부러웠다. 아니면 진영도 내가 볼 수 없는 어딘가에서 한 번 무너졌다 일어섰을까? 어느 쪽이든 긴 시간 동안 한결같았던 진영이 단단한 사람처럼 보였다. 나는 존경의 눈으로 진영을 바라봤다. 눈이 마주치자 진영이 말했다.

"수현도 수현이지만 나는 네가 더 걱정이다."

이런 잔소리만 빼면 더 대단해 보일 텐데. 존경의 마음이 순식간에 식어버렸다. 그걸 알 리 없는 진영이 잔소리를 이어갔다.

"애도 아니고 언제까지 그런 말도 안 되는 이야기나 하면서 어린애 기분으로 살래? 그 나이 되도록 변변한 직업도 없이."

"변변한 직업도 없다니. 어엿한 편의점 직원이라고. 그 소리 들으면 우리 편의점 사장님이 가만히 있지 않을 걸? 안 그러니, 사장님아?"

"진담을 하면 진담으로 좀 들어."

"뭐 어때. 몇 살이 되면 직업을 가져야 한다고 정해져 있는 것도 아니잖아. 누구나 너처럼 부모님이 서른 살 생일 선물로 편의점을 차려주는 게 아니라고."

나는 치사하다는 걸 알면서도 그렇게 말했다. 이 편의점은 고향으로 돌아온 진영에게 부모님이 전 재산을 털어 차려준 것이었다. 그 전에 진영은 시내에서 작은 사업을 했는데 본사와 하청과 채무가 얽힌 복잡한 문제로 인해 잘 안 됐고 고향으로 돌아왔을 때에는 생기랄까 전에 있던 번듯함이 사라진 상태였다. 그건 내 기준에서 슬픔 경보 2단계에 해당하는 상태였는데 거기에 해당하는 나의 대책은 농담으로 슬쩍 넘어가는 거였다. 너 같이 순진해빠진 애가 사업은 무슨 사업이냐. 그건 그렇고 누가 그랬어? 내가 확 불 질러줄게. 이런 식으로. 그게 우리가 서로를 위로하는 방식이었다. 그러니까 우리는 위로하는 방법을 모르는 사람들이었다.

내가 돌아왔을 때도 마찬가지였다. 어느 날 문득 내가 월급을 받으며 하고 있는 일이 세상을 망치고 있다는 생각이 들었다. 수요가 있다고 해서 그 일의 유해성이 사라지는 건 아니었다. 내가 참석했던 마지막 종무식에서 마이크를 잡은 사장이 이 업계는 시장이 포화 상태에 이르렀다면서 우리가 살아남기 위해서는 경쟁이 아닌 전쟁을 해야 한다고 소리쳤다. 그러고는 직급 체계를 군대식으로 싹 바꿔버렸다. 팀장은 졸지에 장군이 됐고 나는 일병이 되기 전에 회사를 나왔다. 정확히 24개월 하고도 17일 만에 회사를 그만두고 헝겊 인형 같은 몰골로 돌아온 나를 보며 진영은 예상보다 2년이나 더 버텼다며 웃었다. 고향으로 돌아와 1주일쯤 지났을 무렵, 화분에 물을 주다가 생각했다.

'어제 하루는 아무도 미워하지 않았구나.'

그만두길 잘했다고 생각했다.

"난 잘 지내고 있어. 지금이 좋아."

내가 그렇게 말하자 진영은 화를 삭이려는 것처럼 눈을 길게 감았다 뜨고 말했다.

"거봐. 넌 애초에 의지가 없는 것 같아. 아니, 차라리 엄청난 의지를 가지고 무력감으로 네 주변을 단단히 구축하고 있는 것처럼 보여. 너도 이제 앞일도 좀 생각하고 그래야 하지 않겠니?"

"내가 왜 앞일을 생각 안 해. 자연 보호! 신자유주의 타파!"

"내 얘기는 그게 아니잖아."

"내 얘기는 그거야. 네가 생각하는 앞날은 주식이 오를까 떨어질까 그런 거겠지만 내가 생각하는 앞날은 그런 거야. 착실히 생각하고 있다고."

"너 어렸을 때 네 꿈에 대해서 했던 얘기 기억해? 큰집을 지어서 1층에는 피시방을 하고 2층에는 야구장을 만들고 3층에는 너, 나, 수현 셋이서 살고 싶다고 했잖아. 그리고 옥상에는 헬리콥터 착륙장을 만들 거라고 했지. 그 꿈을 실현하려면 뭐가 필요한지 알아?"

"음…… 3층 건물이랑 컴퓨터랑 잔디랑 우리 셋. 그리고 하얀 페인트?"

"돈이야. 꿈을 이루려면 돈이 필요하단 말이야."

"됐어. 너랑 돈 얘기 하고 싶지 않아."

"돈 얘기가 왜? 우리가 돈 얘기 안 하면 누가 돈 얘기 하니? 부자들이 돈 얘기 할 것 같아? 도망치지 마. 현실을 직시하고 미래를 대비하라고. 수현한테 하는 것도 그래. 솔직히 말해서 너 여태껏 고백 안 한 것도 그다음을 생각하기 싫어서 그런 거잖아. 그냥 지금이 좋고 그게 바뀔까 봐 무섭고……."

"오케이. 거기까지." 나는 손을 들어 중지를 선언했다.
"계획이 바뀌었다. 3층에 네 자리는 없어."

나는 대답할 틈을 주지 않고 진열대로 가 비타민음료
하나를 집어 왔다. 나에게 잔소리를 한 대가다. 나는 진
영과 눈을 맞추며 보란 듯이 음료를 들이켰다.

"그거 월급에서 깔 거다."

"이런 거 하나 가지고 쩨쩨하게 굴지 마. 자네와 나는
착취와 피착취의 계급의식을 전도시키세."

그것은 《삼대》의 한 문장으로, 의무교육 과정의 모든
교과서를 통틀어 내가 유일하게 기억하는 문장이었다.
나는 그 구절을 연극 조로 읊으며 빈 병을 계산대에 앉
은 진영 앞으로 밀었다. 진영은 빈 병을 한쪽으로 치워
놓고 다시 나를 향해 쏘아붙였다.

"진짜로 언제까지 그럴 건데. 너 장래 희망은 있니? 장
래 희망이 뭐야."

"없어."

"거봐. 그 나이 먹도록 되고 싶은 것도 없고."

"누가 되고 싶은 게 없대?"

"장래 희망 없다며."

"그건 장래 희망이 없는 거고. 되고 싶은 건 있지."

"뭔데?"

"눈 오면 생각나는 사람."

진영이 손바닥으로 얼굴을 감싸 쥐었다. 나는 울지 말라고, 너의 눈물은 이 사회의 핍박받는 무산계급을 위해 남겨두라고 말하며 진영의 손등을 찔렀다. 진영이 쥐어짠 목소리로 대답했다.

"가서 배달이나 하고 와."

6

엘리베이터가 없는 건물의 3층이었다. 밀가루 하나, 막걸리 두 병, 생수 한 병, 개 사료 한 봉지가 담긴 종이봉투를 안고 조심조심 계단을 올랐다. 배달은 편의점 직원으로서 나의 주요 업무 중 하나였다. 고령 인구가 많은 이 동네에서 최소 구매 금액 제한이 없는 배달 서비스는 편의점 매출에서 상당 부분을 차지했다. 그렇다고 편의점 수익이 짭짤한가 하면 그건 아니고 근근이 적자를 면하는 수준이다. 진영이 편의점을 운영하며 받았던 가장 큰 돈은 인근 골프장에서 날아온 골프공이 유리창을 박살 내는 바람에 받은 보상금이었으니까. 그게 여러 가지 의미에서 방향을 잃은 고도의 신소재공학이 우리를 엿 먹이는 방식이었다.

목적지에 도착해 벨을 눌렀다. 딩동. 문 안쪽에서 멍멍하고 개 짖는 소리가 들리다 이내 잠잠해졌다. 문을 열어준 할머니께 인사를 하고 문 안쪽에 종이봉투를 내려놓았다. 그리고 호기심을 참지 못하고 물었다.

"근데 저기, 실례지만 혹시 개 키우시나요?"

"아, 맞아요."

"개가 얌전한가 봐요. 제가 아는 개는 벨 소리 나면 자기가 제일 먼저 달려 나가는데."

"잠깐 방에 넣어놨어요. 요즘 세상이 흉흉하잖아요. 개 싫어하는 사람도 많고. 개한테 해코지하는 사람도 있고."

할머니는 요즘 개를 데리고 나가면 좋지 않은 시선으로 보는 사람들이 있다고, 뉴스에서도 종종 흉흉한 사건이 보도된다고 했다. 할머니가 삼순이를 한번 만나보겠냐고 물었고 나는 반갑게 그러고 싶다고 대답했다. 할머니가 조심스럽게 연 문 사이로 삼순이가 튀어나왔다. 삼순이는 하얀 장갑을 낀 듯한 네발로 달려와 내 발목에 코를 들이대며 작은 탐정처럼 낯선 냄새를 탐구했다. 할머니는 삼순이가 겁이 많으면서도 사람을 무척 좋아한다고 소개했다.

"전에 못된 사람이 데리고 있었다나 봐요. 조카가 어디 갇혀 있었다는 애를 데려왔는데 처음엔 아이고 무슨 개냐 나 못 키운다 했는데 지금은 얘 없으면 못 살아. 개라는 게 그래요. 우리 삼순이 오고 며칠은 내가 가까이도 안 갔어. 근데도 얘는 내가 뭐가 좋다고 막 비비고 따라댕기고. 지금도 그래요. 내가 뭐 잘해준 것도 없어. 그냥 밥 챙겨주고 똥 치워주고 그게 다인데 얘는 내가 그렇게 좋은가 봐요."

"제가 들은 얘긴데 개가 특별한 구석이 있대요. 사람은 누구를 좋아하려면 밥도 먹어야 하고 이것저것 필요한데 개는 안 그렇대요. 뭐가 있어서 좋아하는 게 아니라 아무것도 없어도 막 좋아하고 그런대요."

"맞아요, 맞아. 개가 사람보다 낫다니까."

"그쵸. 한번 빠지면 그 매력에서 헤어 나올 수가 없어요."

"거기도 개 키워요?"

"아뇨. 전 아니고 제 친구가 키워요. 근데 저도 거의 매일 봐서."

"엄청 친한 친구인가 보네."

"네. 제일 친한 친구예요."

대화를 나누는 사이 삼순이의 관심사가 종이봉투로 옮겨 갔다. 나는 할머니와 삼순이에게 인사를 했고 할머니는 삼순이에게 삼순아 안녕해야지 하고 인사를 재촉했지만 삼순이는 들은 척도 않고 종이봉투 속 물건들을 감식했다. 나는 아이고 귀여워 하고 웃으며 문을 닫고 그곳을 떠났다. 개들의 사랑은 늘 과분하다.

7

다음 날 산책은 시작부터 어딘가 어긋나는 느낌이었
다. 평소와 같은 편안함이나 자연스러움이 없었다. 평소
라면 무의식적으로 이쪽을 향했을 갈림길에서 저쪽을
향했다. 대열의 선두에서 길잡이를 하는 건 은랑이었다.
굴러와 박힌 은랑의 존재가 우리의 리듬을 흐트러뜨리
고 있었다. 그런 일이 몇 번이나 반복됐고 결국 다음 갈
림길에서 나는 걸음을 멈췄다. 은랑과 수현과 복실이가
뒤를 돌아 나를 바라봤다.

"난 이쪽으로 가고 싶은데."

나는 은랑이 있는 쪽과 다른 방향으로 뻗은 길을 가
리켰다. 내가 봐도 유치한 행동이었지만 자존심을 조금
깎아먹더라도 우리의 산책을 지키고 싶었다. 그것은 중
요한 일이었다. 다가오는 수현을 향해 조금 더 설득력을
담아 말했다.

"난 이쪽으로 가고 싶어. 복실이도 이쪽으로 가고 싶
대."

"미리 얘기 못 해서 미안해. 은랑 씨는 지금 우리한테 유리한 장소를 찾는 중이야. 사흘 후에 저쪽에서 쳐들 어올 때 그게 어디가 됐든 복실이가 있는 곳으로 올 테 니까. 이왕이면 우리한테 조금이라도 유리한 장소에서 싸우는 게 은랑 씨 계획이거든."

"그건…… 유리한 고지 같은 거야?"

"어, 맞아. 그렇다고 할 수 있지."

그런 정당한 이유 앞에서 어리광을 부릴 수는 없었다. 우리는 은랑을 따라 오래된 터널, 버려진 비닐하우스, 좁은 숲길을 기웃거렸지만 그때마다 은랑은 고개를 가 로저었다. 산 중턱의 팔각정에서 또 한 번 허탕을 치고 우리는 잠시 쉬어가기로 했다. 나는 수현이 내민 얼음물 을 받아 마시고 물병을 돌려주며 물었다.

"근데 난 잘 이해가 안 가는데, 누가 복실이를 해치려 고 한다는 거 말이야. 그럼 걔들은 우주가 멸망하길 바 란다는 거야?"

"그렇겠지."

"말이 안 되는 것 같지 않아? 우주가 망하면 자기들

도 죽는 거잖아."

"코앞에 닥친 일이 아니라서 그런 거 아닐까. 아무래도 1400억 년 뒤니까."

"뭐가 1400억 년이야?"

"우주 종말이. 가속 팽창으로 인해 생명이 살 수 없게 되는 게 대략 그쯤이래."

"1400억……."

먼 미래일 거라고 예상은 했지만 그 정도일 줄은 몰랐다. 1400억 년 후 미래를 머릿속으로 그려봤다. 아무런 그림도 떠오르지 않았다. 100년 후는 가능했고(날아다니는 자동차), 1000년 후도 가능했다(화성 도시 건설). 하지만 1400억 년 후는 불가능했다.

뭔가 사기당한 기분이었다. 1400억 년 후의 미래가 존재한다는 것조차 상상 밖의 일인데, 그걸 바꿔보겠다고 지금 뭔가를 한다는 건 터무니없는 일처럼 들렸다. 그건 마치 바닷가에 앉아 물장구를 치면서 지구 반대편의 해변에서 큰 파도가 일어나기를 바라는 것 같았다. 그럼에도 불구하고 지금 하는 일들이 의미가 있을까? 거기에 미래가 존재하긴 할까? 생명이 존재하기는 할까? 내년에 우주대전이라도 일어나서 전 우주의 생명체가 사라져버리는 건 아닐까?

내 마음을 읽기라도 한 듯 수현이 말했다.

"확실히 먼 미래이긴 하지만 그렇다고 무시하는 건 좀 뭐랄까, 이기적이랄까. 왜 지구온난화도 그렇잖아. 옛날에는 남 일인 것처럼 굴었다며. 그래서 결국 지금 무슨 꼴이 났는지 봐. 장수거북은 어땠겠어. 그 시절에도 걔들한테는 당장 자기 목숨이 달린 문제였을 텐데."

"아니, 아무리 그래도 그거랑 1400억 년은 얘기가 다르지."

"너 바닷가재가 이론적으로는 영생할 수 있다는 얘기 들어봤어? 물론 태양이 폭발하면 바닷가재도 어쩔 수 없겠지만, 혹시 알아? 그전에 바닷가재가 진화해서 문명을 건설하고 다른 행성으로 이주할 수 있을지. 그리고 우주는 넓으니까 수명이 100억 년쯤 되는 생물이 있을지도 모르잖아. 그런 애들 입장에서는 그게 발등에 떨어진 불일 수도 있지."

수명이 100억 년인 생물이라니. 그렇게 생각할 수도 있구나. 수현의 말을 듣고 나니 1400억 년 후라는 시간이 적어도 거기에 있다는 게 어렴풋이 느껴지는 것 같았다. 여전히 1400억 년 후의 존재를 상상하는 것보다 1400억 년 후의 존재 없음을 상상하는 쪽이 훨씬 쉽긴 했지만 그래도 애써 생각하면 두 발로 걷는 바닷가재 정도는 떠올릴 수 있었다.

수현이 엉덩이를 털며 일어섰다. 우리는 산에서 내려오며 몇 군데를 더 둘러봤고 그러는 사이에 훌쩍 밤이 깊었다. 오늘의 산책이랄까, 탐색이라고 불러야 좋을지 모를 그 행보는 그렇게 아무런 소득 없이 막을 내렸다.

8

늦은 새벽 작은 마을의 편의점에는 손님이 없다. 일곱 번째 열대야. 편의점 안과 밖의 공기는 달랐다. 나는 정리된 물건을 더 보기 좋게 정리하고 잘 안 팔리는 물건을 눈에 띄는 위치로 옮겨보기도 했지만 여전히 손님은 오지 않았고 가만히 앉아 있자니 조금 썰렁해져서 밖으로 나왔다. 밥그릇 근처에 있던 아기 고양이들이 몰려와 나를 타고 오르기 시작했다. 나는 그 자리에 캣타워처럼 서서 감정의 무게에 대해 생각했다.

그건 너무 작고 안정되어 있어서 아무리 뭉쳐도 눈에 보이거나 손에 올려도 이게 그거구나 하고 느낄 수 있을 만큼 크게 만들기 어려운 물체였다. 게다가 쓸모의 측면에서도 눈물이나 하품보다 나을 게 없었다. 하지만 자본은 기어코 그 쓸모를 찾아냈고 늘 그렇듯이 거짓을 앞세워 등장했다. 그 무렵 초등학생들 사이에서 '감정 반지'라는 게 유행하기 시작했다. 어른들은 색색의 플라스틱 덩어리에 사랑이나 우정의 결정이라는 이름을 붙여 학교 앞 문구점에 내다 팔았고 그 말을 철석같이 믿은 아이들은 용돈을 털어 산 반지를 친구와 나눠 끼고 다녔다. 그야말로 감정 반지 붐이었다. 내 사랑 반지도 어딘가의 매립지 저 아래쪽에 파묻혀 있을 테고 앞으로도 수백 년은 더 그러고 있을 것이다.

하지만 내 반지에는 짝이 없었다. 그걸 나눠 낄 친구가 없었다. 나로서는 그 이유를 알 수 없었다. 아이들은 내가 말이라도 걸라치면 꺄르르 웃으며 무리 지어 도망갔다. 그래서 물어볼 수도 없었다. 내가 할 수 있는 건 아무것도 없었다. 초등학교 때 아이들이 거의 그대로 올라온 중학교에서도 여전히 친구가 없긴 마찬가지였다. 그러다 처음으로 생긴 친구가 수현이었다.

두 번째는 진영이었다. 편의점 창 너머로 계산대에 턱을 괸 채 휴대전화에 시선을 고정하고 있는 진영이 보였다. 쟤는 대체 내 어디가 좋다는 걸까.

꽤 오래전 가게 안으로 동네 고양이 한 마리가 들어왔다. 내가 고개를 빼고 아이고 귀여워 하고 있는데 진영이 휘이휘이 하고 손을 저으며 고양이를 쫓아냈다. 왜 쫓아내냐고 묻자 손님도 아니고 가게에 들어와봤자 똥이나 싸고 진열된 물건을 떨어뜨린다고 했다. 그 말을 듣고 내가 화를 냈다.

"사람만 사람이고! 고양이는 사람도 아니냐!"

이상한 말이라는 건 알았지만 굳이 고쳐 말하지 않았

고 진영도 "사람이 아니기는 하지"라고 대꾸하지 않았다. 대신 이렇게 말했다.

"무슨 말인지는 알겠어."

다음 날 일하러 나왔더니 편의점 앞에 고양이 급식소와 종이 상자로 만든 집이 설치되어 있었다. 그리고 고양이는 진열된 물건을 떨어뜨렸다.

처음에 진영이 편의점을 한다고 했을 때 나와 수현은 사업 실패는 한 번으로 충분하다며 진영을 말렸다. 동네에 하나 있던 슈퍼마켓은 경영 악화로 문을 닫은 지오래였고 사람들은 외출했다 돌아오는 길에 옆 동네 대형 슈퍼마켓에서 장을 봐 오는 데에 익숙해져 있었다. 진영은 바로 그런 이유로 편의점을 열겠다고 했다. 동네에 점방 하나는 있어야 하지 않겠냐고. 이건 일종의 자선사업이자 자본주의를 상대로 한 게릴라전이라고. 진영은 자신이 자본주의의 톱니바퀴 중 하나임을 인정하면서도 거기에 복속된 것이 아닌 내전 상태에 있다고 주장했다. 나는 그 말에 코웃음을 쳤지만 어쨌거나 동네 어르신들은 더위와 추위를 피해 모여 앉을 곳이 생겼다며 진영을 예뻐했다.

나는 새벽의 편의점을 좋아했다. 시골 동네 어귀의 캄캄한 도로변에 서 있는 편의점. 눈이 부실 정도의 하얀 빛에 쌓여 있는 작은 가게. 혼자만 깨어 있다는 설렘보다 불안이 더 커지는 새벽이면 가장 먼저 이곳이 떠올랐다. 드문드문 서 있는, 그마저도 절반은 고장 난 가로등이 위태롭게 비추는 짙은 새벽 속에서 등대처럼 환한 불을 밝힌 편의점을 보면 어딘가 안심되는 구석이 있었다. 캄캄한 밤바다에서 그물을 끌어 올리다 허리를 펴고 등대를 바라봤을 때의 감각이 그렇지 않을까. 저 등대가 오로지 나를 위해 불을 켜고 있다는 느낌.

어미 고양이가 나타나 애옹 하고 울었고 아기 고양이들이 그쪽으로 우르르 몰려갔다. 고양이들을 향해 손을 흔들고 편의점 안으로 돌아갔다. 옷 밖으로 드러난 살갗이 차가운 공기를 반겼다. 진영이 기지개를 켜고 양쪽 어깨를 번갈아 두드렸다.

"사장아, 가게 내가 볼 테니까 들어가. 손님도 없고만."

내 배려 넘치는 말을 무시하며 진영은 딴소리를 했다.

"야. 너 어깨 두드리면 팔 길어지는 거 알아?"

"뻥치시네. 진짜?"

"진짜야. 텔레비전에 나왔어. 잠깐이지만 조금 길어진
대."

"진짜 쓸데없는 지식이네."

"감옥에서 팔 길이가 1센티미터 모자라서 벽에 걸린
열쇠를 훔칠 수 없을 때 나한테 감사하게 될 거다."

"어느 시대 감옥이냐?"

"그건 그렇고 이것 좀 봐."

진영이 휴대전화를 몇 번 톡톡 건드리고는 화면을 내
쪽으로 돌렸다. 전집들이 빼곡히 꽂힌 책장을 배경으로
흰 와이셔츠를 입고 머리를 단정하게 빗어 넘긴 젊은 남
자와 눈이 마주쳤다. 남자는 개와 함께 찍은 사진을 보
여주는 걸 시작으로 '팩트'라는 단어를 자주 섞어가며
개와 그 밖의 것들에 대해 메스꺼운 말들을 뱉어내기
시작했다.

그 말에선 썩은 과일 향기가 났다. 중간에 몇 번이나
그만 보겠다고 말하고 싶었지만 어째서인지 끊을 수가

없었다. 뱀을 마주친 토끼가 된 기분이었다. 최면에 걸려 꼼짝할 수 없게 된 먹이 한 마리. 영상이 끝나고 나서야 역겨움이 턱밑까지 차올라 있다는 걸 깨달았다.

"이딴 걸 왜 보여주는 거야?"

"이거 그런 거 아닐까? 우주 종말이 순리라면서 걔를 해치려고 하는 세력이 있다고 했잖아. 그쪽에서 이런 거 만들어서 퍼뜨리는 거 아냐? 심리전이나 프로파간다 같은 거."

"뭐야. 안 믿는다며. 이제는 믿는 거야?"

"안 믿지. 근데 혹시나 해서."

"아니야. 그냥 멍청이겠지. 흔해빠진 멍청이."

"그런가."

"UFO나 일루미나티만 음모론이 아니야. 모든 나쁜 짓에 거대한 배후가 있는 게 아니라고. 그냥 평범하게질 나쁜 걸 음모론으로 만들지 마."

그렇게 큰소리쳤지만 방금 봤던 그 멀건 얼굴과 자장가 같은 목소리가 눈과 귀에 끈적한 기름처럼 달라붙어 떨어지지 않았다. 그 불쾌함이 몇 시간 전에 봤던 종말의 광경을 떠올리게 했다.

　수현의 말을 듣고 인터넷에서 찾아본 우주 종말의 모습은 내 막연한 상상보다 훨씬 끔찍했다. 우리가 서로 영영 닿을 수 없게 된다던 수현의 비유는 우주 종말의 목가적인 버전이었다. 그에 비하면 인터넷에서 본 설명은 가장 건조한 서술마저도 등골을 오싹하게 하는 괴담 같았다. 그 괴담-이론에는 '빅립'이라는 이름이 붙어 있었다. 어느 한 종, 한 문명의 종말이 아닌 우주 전체에 동시에 찾아오는 종말. 텅 빈 공간에 홀로 남아 영원히 아무것도 느낄 수 없고 아무런 일도 일어나지 않는 상태. 시간조차 죽어버린 미래. 가장 작은 단위의 절대적인 고립. 사람들이 그토록 찾아 헤매던 영원이 거기에 존재하지만 그건 죽어버린 시간의 다른 말에 불과했다. 그걸 알고도 비명을 지르며 뛰쳐나가지 않을 수 있었던 이유는 단 한 가지, 그것이 1400억 년 후에 벌어질 일이기 때문이었다. 하지만 방금 본 영상이 그 종말의 풍경을 코앞으로 끌어당겼다. 가까운 곳 어딘가에서 모든 존재를 집어삼키는 진공의 구체가 자라나고 있는 것만 같왔다.

"그런데 있잖아." 진영이 문득 입을 뗐다. "저게 음모가 아니라면, 그게 더 무섭지 않아?"

목덜미에 소름이 오스스 돋았다.

9

〈윤지만TV〉 1067회 방송

시작에 앞서 제가 팩트가 아닌 개인적인 감정으로 방송을 한다는 오해를 막기 위해 몇 장의 사진을 보여드리겠습니다. 이건 제가 어렸을 때 길렀던 개와 함께 찍은 사진입니다. 이건 뉴욕 센트럴파크에서 산책하다가 만난 개인데 아프간하운드라는 종입니다. 견종계의 람보르기니라고 할 수 있죠. 보셨다시피 저는 개를 좋아하는 사람입니다. 그러니 이제부터 들려드릴 얘기가 오로지 팩트에 입각한 균형 잡힌 이야기라는 걸 알아주

시리라 믿습니다. 요즘 거리의 동물 때문에 고통받는 분이 많아지고 있습니다. 평온한 산책을 방해하고 길에 배설을 하고 쓰레기봉투를 뜯어 거리를 어지럽히는 동물들이 있습니다. 그리고 이로부터 자신을, 거리를 지키려 했던 피해자들이 법에 의해 오히려 가해자가 되는 일들이 발생하고 있지요. 만약 어떤 사람이 산책 중이던 다른 사람에게 으르렁거렸다고 해봅시다. 이 사람에게 제재가 필요하다는 것에 반대하는 사람은 없을 것입니다. 하지만 개니까 괜찮다? 이런 주장을 하는 사람들은 하나같이 이런 주장도 합니다. 동물에게도 인간과 같은 권리가 있다는 주장입니다. 여기엔 모순이 있습니다. 이 사람들의 주장은 앞뒤가 맞지 않습니다. 동물을 인간과 동등하게 대우해달라, 하지만 동물이니까 봐달라. 저들은 이런 이중 잣대를 가지고 자신들이 필요할 때만 꺼내 듭니다. 인간과 동등한 대우를 받고 싶으면 인간다운 행동을 해야 합니다. 이 규칙은 인간에게도 적용됩니다. 인간답지 않으면 아무리 인간이라도 인간 취급을 받을 자격이 없습니다. 핵심은 이겁니다. 사람이 먼저냐.

동물이 먼저냐. 이 질문에는 함정도 속임수도 없습니다. 답은 단순하고 명확합니다. 사람이 먼저입니다. 인간은 만물의 영장입니다. 이 명제에 의문을 품는 분이 계신다면 루브르에 가서 〈모나리자〉를 보십시오. 거기에 증거가 있습니다. 여러분들도 자연선택설이라는 말을 들어보셨을 겁니다. 이것은 진화의 결과입니다. 자연이 그렇게 만든 것입니다. 인간이 다른 동물을 먹거나 사육하는 건 당연한 일입니다. 사자가 영양을 사냥하는 것처럼요. 자연은 그 어떤 이념이나 윤리로 판단할 수 없습니다. 자연이 그보다 상위의 개념이기 때문입니다. 죽음에는 선악이 없고 지진과 홍수에도 선악이 없습니다. 최근에 발생하고 있는 많은 사회적 갈등은 이 사실을 부정하는 데에 원인이 있습니다. 대체 왜 그러는 걸까요? 왜 사람보다 동물을 우선하는 걸까요? 답은 간단합니다. 바로 돈입니다. 충분한 돈이 있고 만족스러운 삶을 살고 있기 때문입니다. 그렇기 때문에 이웃의 고통을 이해하지 못하고 그 넘치는 여유를 동물에게 쏟아붓는 것입니다. 한 조사 결과에 따르면 채소와 과일만으로 식단을 꾸리기 위해서는 일반적인 식단보다 적게는 1.5배에서 많게는 3배의 비용이 든다고 합니다. 채식주의자들은 이렇게 기본적으로 경제적 여유가 있는 사람들입니다. 어느 지역에서는 주민센터에서 길고양이 급식소를 만들어 운영하는 곳도 있다고 들었습니다. 그 정책을 시행한 사람에게 묻고 싶습니다. 과연 그 지역에 굶고 있는 아이가 몇 명인지 알고는 있냐고요. 옆집의 아이가 굶고 있는 건 아닌지 단 한 번이라도 들여다본 적이 있냐고 말입니다. 여러분, 이거 보이십니까? 결식아동 장기 후원자만 받을 수 있는 증서입니다. 자랑하려는 것이 아닙니다. 제가 그저 선량하고 평범한 사람이라는 걸 보여드리려는 것입니다. 이것은 저 같은 사람도 할 수 있는 공동체를 위한 기초 실천입니다. 서울시에만 결식아동이 무려 3만 명입니다. 이것이 팩트입니다. 숫자는 거짓말을 하지 않습니다. 집이 불타고 있으면 먼저 불을 꺼야 합니다. 하지만 저들은 바닥 청소부터 해야 한다고 합니다. 여러분, 저희 같은 보통 사람이 점점 살기 힘들어져가는 세상입니다. 우리가 많은 것을 원했습니까?

그저 우리에게 주어진 것에 감사하고 가족과 이웃을 돌보며 평화롭게 살아가기를 원했을 뿐입니다. 하지만 목소리가 큰 불평분자들, 부정적인 마음에 사로잡힌 사람들이 나라를 어지럽게 합니다. 자기 물잔에 물이 절반밖에 없다고 떼를 씁니다. 불평분자들은 뉴스를 조작하고 정치인을 매수하고 공공장소를 점거하고 있습니다. 이럴 때일수록 우리는 목소리를 내야 합니다. 여러분. 침묵하지 마십시오. 그리고 잊지 마십시오. 진실은 결국 승리할 것입니다.

10

나는 고장 난 우주선에 타고 있었다. 길고 네모나고 하얀, 세상에서 제일 창의적이지 않게 생긴 우주선이 천천히 아주 천천히 블랙홀을 향해 나아가는 중이었다. 언젠간 블랙홀에 처박힐 운명이었지만 그걸 신경 쓰는 사람은 아무도 없었다. 나는 무엇을 하고 있었느냐면, 우주복을 입고 앉아 두꺼운 장갑 때문에 젓가락질하기가 힘들다며 불평하고 있었다. 우주복을 벗을 생각은 하지 못했다. 애초에 왜 우주선 안에서 우주복을 입고 있었는지도 모르겠다. 끝내 젓가락질에 실패하고 실의에 빠져 있는데 느닷없이 수업에 늦었다는 사실이 떠올랐다. 이러다간 졸업을 못 하겠다는 위기감에 서둘러 교실을 찾았지만 교실이 어디였는지 도무지 기억이 나지 않아 우주선 복도를 한참 헤매는데 은랑이 나타났다. 나는 은랑에게 반갑게 인사를 했고 은랑은 다가와 자연스럽게 내 팔짱을 꼈다. 우린 엄청 친한 사이였고 그게 하나도 이상하지 않았다. 은랑이 안내한 교실에는 수현과 진영이 있었다. 두 사람은 우주복이 아닌 고등학교 교복 차림이었다. 쉬는 시간이 되면 매점에 가자고 해야지. 그렇게 마음을 먹고 수업이 끝나기를 기다렸지만 선생님의 말씀은 끝날 줄을 몰랐고 정신을 차려보니 4교시 문학 시간이었다. 내 쉬는 시간 어디 갔어…….억울한 마음에 점심시간은 놓치지 말아야지 하고 다짐 또 다짐하는데 창밖에서 개 짖는 소리가 들렸다. 고개

를 돌려보니 복실이가 우주에 동동 뜬 채로 나를 향해
왕왕 짖고 있었다. 복실아, 거기서 뭐 하는 거야. 우주복
도 안 입고. 추우니까 어서 들어와. 창문에 손을 가져가
자 손가락 끝에서 파란 불꽃이 팍팍 튀었다. 아. 이놈의
망할 정전기. 그러다가 뭔가 이상하다는 느낌이 들었다.
복실이가 어떻게 ‘우주에 있지? 가만. 나 졸업한 지 한참
됐는데. 그제야 깨달았다.

아. 이거 꿈이구나.

이게 자각몽이라는 건가? 신난다. 나는 말로만 듣던
자각몽이 나에게 찾아온 것에 잔뜩 들떴다. 꿈속이니
까 이제 다 내 마음대로 할 수 있겠네. 그러고 나서 내
가 뭘 했냐면, 사람들에게 이거 꿈이라고 말하고 다녔
다. 그러니까 우주선을 고친 후 기수를 돌려 모두를 구
하거나, 토성의 고리나 말머리성운 같은 우주의 관광 명
소를 여행 다닌 게 아니라, 그저 만나는 사람마다 붙잡
고 “이거 꿈이지롱 헤헤” 하고 다녔다.

잠에서 깨어나 본인의 한심함에 충격을 받고 한참이
나 머리를 감싼 채 앉아 있었다.

산책길에 수현에게 꿈 이야기를 들려줬다. 물론 은랑이 나온 부분은 빼고. 전반부의 이야기를 흥미롭게 듣던 수현은 한심한 부분에 이르자 깔깔 웃었다. 웃다가 한숨을 내뱉었다.

"부럽다. 나도 그런 꿈 꾸고 싶다."

"자각몽?"

"아니. 어렸을 때 꿈."

"부러울 게 뭐 있어. 내내 수업만 들었다니까."

"그래도. 옛날 꿈 꾸고 싶어. 보고 싶은 사람도 만나고. 왜 보고 싶은 사람은 꿈에 안 나오는 걸까?"

수현이 보고 싶어 하는 사람이 누구인지는 말하지 않아도 알 수 있었다. 나는 숙연해져서 머릿속으로만 위로의 말을 되새길 뿐, 입 밖으로는 아무런 말도 할 수 없었다.

수현이 동생을 잃었을 때도 그랬다. 무섭게 울어대는 수현 앞에서 나는 어쩔 줄을 몰라 옷깃만 만지작거렸다. 그 사건은 슬픔 경보 최고 단계에 해당하는 3단계였고 그 단계까지 간 건 그때가 처음이었다. 3단계의 대처 방안은 준비되어 있지 않았다. 머릿속에 떠오르는 말들은 하나같이 뻔하고 속이 빈 것들뿐이었다. 무력감에 숨이 막힐 것 같았다. 완벽한 위로를 해주고 싶었다. 최고의 위로를 찾아낼 시간이 필요했다. 그 계산은 끝내 답을 내놓지 못했고 지금까지도 마찬가지였다. 내가 가만히 있는 사이 수현이 말을 이었다.

"난 요즘 옛날 생각을 많이 해. 그러다 보면 문득 그게 그냥 회상이 아니라 내가 과거로 돌아가는 상상이라는 걸 깨달을 때가 있어. 과거의 한 장면을 떠올리다가도 내가 그때와는 다른 행동을 하고 있는 거야. 옛날에는 과거에 집착하는 게 한심하다고 생각했거든? 근데 내가 그렇게 되어버렸네. 정말 한심하지?"

수현은 그렇게 말하고 나지막이 웃었다.

"그게 한심한 거면 우린 같이 한심한 거야."

과거에 집착하는 건 내 장기였다. 시간이 흐른다는 건 나에겐 피하고 싶지만 피할 수 없는 일종의 자연재해였다. 붕 떠버린 깊은 밤이면 나는 20년 전에 녹음한 라디오 방송을 들었다. 좋아하는 사람에게 고백했다는 20년 전의 들뜬 사연을 들으며 그 커플은 지금 어떻게 지내고 있을까 상상하곤 했다. 나는 이미 지나간 일들이 주는 편안함이 좋았다. 그 시절에는 눈도 더 하얬고 물도 더 달았다. 진영의 말이 맞았다. 나는 여전히 20년 전의 기분으로 살고 있었고 거기엔 내가 그걸 원한다는 것 말고 다른 이유는 없었다.

그런 의미에서 나와 수현의 집착이 완전히 같다고 할 수는 없었다. 나는 과거가 좋아서 거기에 있었지만 수현은 과거에 갇혀버렸다. 동생이 죽은 그날 수현은 미래를 잃어버렸다. 수현이 과거에 집착하는 이유는 그저 달리 갈 곳이 없기 때문이었다.

"우리 복실이는 꿈에 자주 놀러 올 거지?"

짐짓 기운을 차린 수현이 복실이의 양쪽 볼을 문지르며 말했다. 복실이는 기분이 좋은 듯 턱을 들고 눈을 가늘게 뜬 채 수현의 손길에 볼을 맡겼다. 복실이의 꼬리가 좌우로 번갈아가며 바닥을 때렸다.

산책의 끝에 다다른 곳은 'OK예식장'이라는 간판이 걸린 옆 동네의 폐건물이었다. 그리스 신전을 연상케 하는 건물 전면의 왼편에는 세로로 '신장 개업'이라고 적힌 플래카드가 색이 바랜 채 걸려 있었다. 한때 근처 주민들의 선망의 대상이었던 이곳은 신장 개업 플래카드를 떼기도 전에 망해버렸다. 결혼은 구시대의 사치품이었고 내가 알기로 여기서 마지막으로 결혼식이 열렸던 건 최소 10년 전이었다.

은랑은 정문을 가로막고 있는 접이식 바리케이드 윗부분을 한 손으로 잡고는 훌쩍 뛰어 건너편으로 넘어갔다. 언젠가의 청춘영화 한 장면을 보는 것 같았다. 솔직히 조금 멋있었다. 수현도 끙차 하는 소리를 내며 상체를 걸치더니 다리를 끌어 올려 은랑을 따라갔고 복실이는 이음매 사이를 가볍게 통과했다. 나는 셋이 지켜보는 가운데 바리케이드 위로 엎드리다시피 기어오른 뒤 끙끙대며 반대편으로 넘어갈 수 있었다. 두 발로 떨어지기만 했지 그건 착지라기보다는 추락에 가까웠다. 나도 찰리 채플린보다는 청춘영화 주인공이고 싶은데.

주차장을 지나 건물 뒤편으로 돌아가자 트럭 한 대가 지나갈 정도의 길고 좁은 공간이 나타났다. 건물 맞은 편은 산을 깎아낸 뒤 콘크리트로 벽을 세워놓았고 길 끝에는 지붕이 달린 쓰레기장이 있었다. 음료수 상자를 나르거나 쓰레기를 내놓거나 벽에 기대어 담배를 피우는 예식장 직원들의 모습이 그려졌다. 실제로 담배꽁초가 흩어져 있었는데 비교적 신선해 보이는 것이 근처 학생들의 비밀 아지트라도 되는 것인가. 그리고 또 바닥에는 웬지 모를 골프공 몇 개와 이혼 전문 변호사의 명함(이혼 소송 전문이 아니라 이혼 전문이라고 적혀 있음) 같은 것들이 굴러다녔다.

내가 복실이를 앞세워 탐정 놀이를 하고 있을 때 은랑이 두 발로 벽을 타고 올라 공중제비를 넘더니 버려진 주차 금지 표지판 위에 사뿐히 올라섰다. 그리고 주변을 쓱 둘러보고 말했다.

"여기가 좋겠네요."

그렇게 이틀 앞으로 다가온 전투 장소가 결정됐다. 우리는 그날 오전 9시에 여기 모여 복실이를 지키기로 했다.

예식장을 떠나며 나는 다시 한번 바리케이드에 가로
막혔다. 셋은 처음과 같이 바리케이드를 넘어갔고 이번
에는 나도 멋져 보이고 싶다는 욕심에 힘차게 발을 굴
렀다가 한쪽 발이 걸린 채 앞으로 고꾸라졌다. 길바닥
에 주저앉은 내 주위를 복실이가 걱정스러운 듯 맴돌았
다. 까진 무릎에 핏방울이 맺혔다. 길에서 넘어진 건 너
무 오랜만이었고 그럴 때 찾아오는 감각은 아픔이나 부
끄러움보다는 갑자기 들이닥친 불행에 대한 당혹감, 단
지 문을 뛰어넘으려 했을 뿐인데 나자빠지고 상처를 입
었다는 좌절감과 무력감 같은 것들이었다. 나는 놀라서
한동안 주저앉은 채 움직이지 못했다. 수현은 괜찮다는
나를 굳이 길가에 앉혀놓고 반창고를 사러 다녀오겠다
고 했다. 내가 가겠다고 했지만 수현은 내 어깨를 힘주
어 누르며 가만히 있으라고 자기가 가겠다고 근엄하게
선언했다.

결국 예식장 앞에는 나와 복실이 그리고 은랑이 남겨
졌다. 이게 싫어서 내가 가겠다고 우겼던 건데. 좌절감
과 무력감, 무릎의 통증에 어색함이 더해졌다. 나는 어

지러운 마음을 밀어내고자 제일 만만한 무릎의 통증에 집중했다. 상처에 동그랗게 맺힌 핏방울이 점점 자라나는 걸 가만히 보고 있자니 소란스러웠던 마음이 가라앉았다.

그제야 이 사건의 발단을 떠올릴 수 있었다. 저 사람, 아니 저 늑대인간만 아니었으면 넘어질 일도 없었겠지. 은랑은 또 다섯 걸음 정도 떨어진 곳에서 새들에 정신이 팔려 있었다. 그 멍한 모습을 보고 곧바로 원망을 접었다. 은랑 잘못은 아니지. 따라 해보라고 시킨 것도 아니고. 애초에 말을 주고받는 사이도 아닌걸. 사흘 동안 같이 산책을 하면서도 나는 은랑을 없는 사람 취급하며 말 한번 걸지 않았다. 꿈속에서라면 대화를 나눠본 적이 있긴 하다. 그때 길을 알려준 건 고마웠습니다. 비록 꿈이었지만 팔짱을 꼈을 때의 포근함이 남아 있는 것 같기도 했다. 그러고 보면 은랑은 우리로부터 다섯 걸음에서 열 걸음 정도 되는 거리에 항상 홀로 떨어져 있었다. 그게 좀 외로워 보였다. 그래서 말을 걸었다.

"은랑 씨는 고향이 어디예요?"

은랑이 이게 어디서 나는 소리지 하는 눈으로 내 쪽을 천천히 돌아봤다. 없는 사람 취급하는 건 피차 마찬가지 같았다.

"경북 문경 근처예요."

"아…… 꽤 머네요."

"버스 타고 가면 그렇게 멀지도 않아요."

예상치 못한 익숙한 이름들의 등장에 할 말을 잃었다. 이렇게 싱거운 대화가 될 줄은 몰랐다. 내가 예상했던 대화. 은랑 씨는 고향이 어디예요? 안드로메다요. 꽤 머네요. 한번 가면 다시는 돌아오지 못할 정도로 멀죠. 지구에는 뭐 타고 오셨어요? 아담스키형 우주선을 타고 왔어요. 뭐 대충 이런 식으로 이어지는 대화를 상상했었다. 나는 먼저 말을 건 사람으로서의 책임감을 느끼며 떠오르는 아무 질문이나 붙잡아 던졌다.

"잘 지내시죠?"

"네. 그럼요. 수현 씨 덕분에요."

"수현은 잘 지내요? 요즘 수현네 집에 통 못 가봐서요."

그쪽 때문에. 이 말을 참기 위해서는 꽤 많은 인내심

이 필요했다.

"그런 것 같아요. 집에서 복실이랑 잘 놀아주시고 시도 계속 쓰시고요."

"시요?"

"네……. 예전부터 쓰던 걸 아직 완성 못 했다고 하시던데……."

갈라진 내 목소리와 올라간 눈썹에서 불길함을 감지한 은랑이 말끝을 흐렸다. 시? 수현이 시를 쓴다고? 수현이 책을 좋아하는 건 나도 알고 있다. 책상 앞에 앉아 뭔가를 끄적이는 모습도 쉽게 떠올릴 수 있다. 배경에는 후광이 비치고 있다. 무척이나 잘 어울린다. 하지만 그걸 실제로 본 적은 없다. 그런데 수현이 시를 쓴다고? 예전부터? 언제부터? 그걸 왜 나는 몰라? 왜 나는 모르고 너는 알아?

"수현이 좋아하는 음식이 뭔지 알아요?"

"네?"

"저는 알아요."

누가,

"수현이 제일 좋아하는 영화가 뭔지 알아요? 저는 알아요."

제발,

"수현이 양말을 오른쪽부터 신는지 왼쪽부터 신는지 알아요? 저는 알아요."

나 좀,

"수현이 동그라미를 그릴 때 시계 방향으로 그리는지 반시계 방향으로 그리는지 알아요?"

말려줘.

"저는 알아요."

나를 멈추게 한 건 슈퍼마켓에서 돌아온 수현이었다. 수현은 반창고 대신 아이스크림 하나를 내 앞에 들이밀었다.

"이것 봐라. 세쌍바래. 세쌍바."

포장지에는 막대기 세 개가 달린 초코아이스크림이 그려져 있었다.

"간 김에 아이스크림이나 하나씩 사 갈까 해서 봤더니 이게 있는 거야. 쌍쌍바 후속작인가 봐."

"이런 걸 누가 사 먹어."

"내가 사 먹지."

수현은 내 퉁명스러운 대꾸에 아랑곳하지 않고 말소리에 멜로디를 넣으며 무척이나 신난 표정으로 아이스크림의 포장지를 벗겼다. 그러고는 세 개의 막대 중 양쪽 끝에 있는 두 개를 잡고 나에게 말했다.

"야. 이 가운데 좀 잡아봐."

"됐어. 둘이 나눠 먹어."

"얘가 또 왜 이래."

수현은 입술을 삐쭉 내밀더니 은랑에게 가운데를 잡게 하고는 얍 소리를 내며 아이스크림 삼등분에 도전했다. 그 광경에 또 속이 상한 나는 못난 말을 툭툭 뱉었다.

"요즘 쌍쌍바 먹는 사람도 못 봤는데 이런 걸 누가 사 먹는다고 만들었대. 딱 봐도 망하게 생겼네. 그리고, 세 쌍이면 여섯 개여야지. 이름도 대충 지었고만. 세 쌍이 뭔지도 모른데?"

내가 지껄이는 말들을 무시하고 수현은 아이스크림에 온 신경을 집중했다. 수현의 신중한 시도에도 불구하고 아이스크림은 대략 0.8 : 1.4 : 0.8 비율로 갈라졌다. 수현은 에잇 하고 안타까워하며 작은 쪽 하나를 은랑에게 내밀었다. 근데 초콜릿 먹어도 괜찮아요? 괜찮아요. 그런 대화가 오간 후 수현은 나에게 제일 큰 부분을 내밀었다.

"너 아프니까 제일 큰 거 먹어."

"됐어. 너 먹어."

"아, 받으래도."

"아, 됐다니까!"

내가 손을 내젓는 것과 수현이 아이스크림을 내미는 동작이 겹치면서 수현의 손에 들려 있던 아이스크림이 땅에 처박혔다. 우리는 서로 놀라 동시에 어깨를 움츠렸다. 복실이가 코끝을 떨어진 아이스크림에 갖다대자 수현이 재빨리 그걸 다시 집어 들었다. 그리고 아무 말도 하지 않았다. 미안해. 그러려던 건 아니었어. 이런 생각이 떠오르기도 전에 다른 말이 먼저 튀어나왔다.

"나 먼저 갈게."

나는 성큼성큼 걸어 그 자리를 벗어났다. 다리가 접혔

다 펴질 때마다 무릎의 상처가 따끔거렸다. 뒤에서 복
실이가 왕왕 하고 짓는 소리가 들렸고 가까워진 달음질
소리와 함께 주머니에 손 하나가 쑥 들어왔다. 뒤를 돌
아보니 굳은 표정의 수현이 서 있었다. 나는 다시 걸음
을 재촉했고 수현은 더 이상 쫓아오지 않았다. 한참을
걸어간 뒤 주머니를 뒤졌을 때 손에 잡힌 건 네모난 반
창고였다.

11

　오전에 쏟아진 소나기 때문에 곳곳에 물웅덩이가 생
겨나 있었다. 오후가 되자 비가 그쳤지만 하늘은 지금
당장이라도 다시 비를 퍼부을 것 같은 색깔이었다. 나
는 두 번째 배달을 마치고 나와 시간을 확인했다. 마지
막 남은 한 건을 배달한 다음 편의점에 자전거를 반납
하고 집에 들렀다 나가면 대충 산책 시간에 맞출 수 있
을 것 같았다. 갈 수야 있겠지만 갈 것인가 말 것인가.

그것이 문제로다. 휴대전화에는 어젯밤에 걸려온 수현의 부재중 전화 한 통이 찍혀 있었다. 메시지는 남아 있지 않았다. 나는 전기 자전거에 올라타 무릎을 바라봤다. 어제 생긴 상처 부위에는 강아지 캐릭터가 그려진 노란색 반창고가 붙어 있었다. 수현의 취향도 내 취향도 아니었으므로 놀리는 거라고밖에 설명할 수 없었다. 산책을 함께 갈지 말지는 그때 가서 생각하기로 마음먹고 페달을 밟았다.

마지막 배달지는 주소를 보자마자 전에도 간 적이 있음을 기억해냈다. 삼순이라는 귀여운 개가 살고 있는 집이었다. 벨을 누르자 할머니가 나를 알아보고 반갑게 맞아줬고 삼순이도 쪼르르 달려와 알은체를 했다. 종이봉투를 내려놓고 삼순이를 쓰다듬다가 나도 모르게 복실아, 하고 이름을 잘못 불렀다. 할머니는 웃으며 친구랑 친구네 개는 잘 지내냐고 물었고 그렇다고 대답하면서 나도 모르게 눈물이 핑 돌았다. 무슨 일 있냐는 물음에 나는 아무것도 아니라고 말하며 진짜 아무것도 아니라고 생각했는데, 친구랑 싸운 거냐는 할머니의 말을 들으니 정말 그것 때문에 그런 것 같기도 했다. 어떻게 아셨나요? 하고 묻자 할머니는 얼마 전부터 그런 걸 알게 됐다고 했다. 다른 건 좀 잊어버리고 새로 뭔가를 배우기도 서툴러졌지만 그런 걸 알게 됐다고.

"친구랑 싸우지 마요. 그럴 시간이 없어. 내가 살아보니까 시간이 참 짧더이다."

할머니는 현관 옆에 놓인 사탕 그릇에서 사탕을 한 움큼을 집어 내밀었다. 나는 손을 내저어봤지만 삼순이 친구라서 주는 거라는 말에 가만히 손바닥을 모아 내밀 수밖에 없었다.

"삼순아. 안녕히 가세요 해야지. 조심히 가요. 오도바이 타고 왔어요?"

"아. 전기 자전거요."

"그럼 요 앞길에 푹 팬 데 있는데 조심해요. 거기가 물이 고여 있어서 그렇게 안 보여도 꽤 깊어요."

"아. 그렇군요. 감사합니다. 안녕히 계세요. 삼순아 안녕!"

"그래요. 안 넘어지게 조심히 가요."

할머니가 무릎의 반창고를 가리키며 말했다. 나는 어쩐지 큰 마음을 받은 것 같아 기분이 좋아졌고 계단을 깡충깡충 내려가며 노래를 흥얼거렸다.

발맞추어 나가자. 앞으로 가자.

뒤로 가면 넘어진다. 앞으로 가자.

원래 가사는 이게 아닌데, 어릴 적 항상 가사를 바꿔 불러서 이제는 원래 가사가 뭐였는지 기억조차 안 나는 노래였다. 물웅덩이는 가볍게 피해 갔다.

그리고 자전거를 반납하기 위해 편의점으로 돌아가는 대신 페달을 계속 밟아 동네를 벗어났다. 나중에 진영이가 날 잡아먹으려 들겠지. 이번에는 진짜로 해고당할지도 몰라. 그렇게 생각하면서도 계속 페달에 무게를 실었다. 정해진 목적지는 없었으나 서쪽으로 계속 가면 바다가 나올 거라는 건 알았으므로 서쪽을 향해 무작정 달릴 작정이었다. 자전거라면 얼마든지 오래 탈 자신이 있었다.

처음엔 좋았다. 태양은 구름에 가려져 있었고 스치는 바람은 시원하기까지 했다. 하지만 그것도 잠시, 30분쯤 달려 국도에 올라탔고 한층 속력을 높이자 바람은 악몽으로 변했다. 동네를 돌아다닐 때는 미처 몰랐는데 맞바람이라는 건 생각보다 훨씬 강력한 장애물이었다. 뒤에 소 한 마리를 매달고 달리는 기분이었다. 땀에 흠뻑 젖은 옷이 피부에 달라붙었고 자동차가 스칠 듯이 옆을 지나갔다. 큰 트럭이 굉음을 내며 지나갈 때는 바짝 겁이 나기도 했다. 그렇게 두 시간이 지나자 무릎이 시큰거리고 장딴지 근육이 고통을 호소하기 시작했다. 푸른 논밭이 양옆에 펼쳐졌지만 그걸 감상할 여유는 없었다. 그 시점부터는 힘들다는 것 말고 다른 생각은 아무것도 할 수 없었다. 힘들다. 힘들어. 힘들구나. 기세 좋게 나섰던 것을 후회하며 기계적으로 페달을 밟는데 로드레이서를 탄 무리가 나를 앞질렀다. 몸에 딱 붙는 옷을 입고 머리에는 길쭉한 헬멧, 얼굴엔 뾰족한 선글라스를 쓴 사람들이 거의 자전거와 한 몸이 된 듯 몸통을 바짝 숙인 채 나를 스쳐 지나갔다. 그 속도에서는 중력도 공기의 저항도 느껴지지 않았다. 헐렁한 티셔츠와 반바지를 입고 장보기용 자전거를 국도에 끌고 나온 나와 너무 대비되는 모습에 마음이 쪼그라들었다. 한 가지 다행으로 그즈음 비가 내리기 시작했다. 속옷까지 쫄딱 젖었지만 덕분에 더위는 잊을 수 있었다.

그리고 두 시간을 더 달렸다. 주변이 어두워지기 시작했고 자전거 배터리는 내 체력과 함께 진작부터 바닥나 있었다. 김승희. 대체 무슨 자신감이었냐. 무릎이 부서질 것 같아 잠시 멈춰 섰을 때 할머니가 준 사탕이 떠올랐다. 사탕을 깨물자 세포들이 앞다퉈 반기며 당분을 빨아들였다. 할머니 감사합니다. 제 목숨을 구하셨어요. 나는 할머니가 오래오래 건강하시길 빌며 다시 자전거에 올라탔다. 얼마 후 비가 그치고 완전함 밤이 찾아왔다.

출발한 지 다섯 시간을 넘겼을 때 도로변에 불을 밝힌 편의점 하나를 발견했다. 나는 환한 불빛에 이끌려 그 앞에 자전거를 세웠다. 자전거에서 내리자 다리가 후들거렸다. 휘청이며 편의점에 들어가 빵과 물을 집어 계산대에 올려놓았다.

"저기…… 정말 죄송한데, 자전거 배터리 좀 충전해도

될까요?"

직원은 얼마든지 쓰라며 콘센트가 있는 방향을 가리켰다. 직원의 시선이 머문 곳을 보니 아마도 내가 입은 조끼에 쓰인 편의점이라는 글씨를 보고 동지애가 발휘된 모양이라 짐작했다. 어쩐지 편의점 직원 지하조직의 일원이 된 느낌이었고 꽤 감격스러웠다.

나는 배터리를 콘센트에 연결해두고 편의점 밖 테이블로 나왔다. 엉덩이를 의자에 붙이고 다리를 뻗자 으아아아 하는 소리가 저절로 나왔다. 휴대전화에는 진영의 부재중 전화와 협박성 문자 메시지가 잔뜩 와 있었다. 전부 무시하고 지도를 실행해 현재 위치를 확인했다. 바다까지는 아직 한 시간을 더 가야 했고 대충 계산해보니 내 속도로는 두 시간은 걸릴 것 같았다. 이미 밤 9시를 훌쩍 넘긴 시간이었다. 두 시간을 더 갔다가 다시 일곱 시간이 걸려 돌아갈 자신이 없었고 밤길에 국도를 달리는 건 너무 위험했다. 무엇보다 내일은 외계인과의 전투가 기다리고 있었다.

바다는 포기하자. 그렇게 마음먹으니 쓸데없는 고민

이 사라지고 앞으로 할 일만 떠올랐다. 온 길을 되돌아간다. 복실이를 지킨다.

고개를 젖히자 구름이 걷힌 밤하늘에서 여름의 대삼각형이 눈에 들어왔다. 알타이르, 데네브, 베가. 복실이가 알타이르, 수현이 데네브, 내가 베가려나. 딱히 들어맞는 건 아니지만. 다들 지금 뭐 하고 있을까? 나는 휴대전화에서 수현에게 보낼 메시지 창을 열었다. 그리고 한참을 고민하다 떨리는 손으로 메시지를 보냈다.

—미안해. 넌 나보다 더 좋은 사람을 친구로 가져야 해.

그렇게 말하고 나니 어쩐지 이별을 말한 것 같아서 눈물이 맺혔다. 그래. 아무래도 수현과 나에게는 각자의 시간이 필요한 것 같아. 관계를 돌아볼 시간이.

나는 눈물을 삼키고 별을 바라보며 수현과 함께 복실이를 처음 만났을 때를 떠올렸다. 수현이 갑자기 개를 데리러 함께 가달라고 했을 때 나는 수현을 말리고 싶었다. 동생의 빈자리를 개로 채우려고 하는 게 아닐까. 그런 마음으로 개를 데려와서는 안 되는 것 아닐까. 그렇게 생각하면서도 그걸 입 밖으로 꺼낼 수는 없었다.

동생을 잃고 나서 수현은 벼랑 끝에 선 채 아슬아슬하게 균형을 잡고 있는 것처럼 보였다. 나의 무력함을 절실히 깨닫고 절망에 빠져 있을 무렵 수현에게서 연락이 왔다. 장례식을 마치고도 차마 해지하지 못했던 동생의 휴대전화로 전화가 한 통 걸려왔다고 했다. 개 입양 심사가 끝나고 통과됐다고. 언제 데리러 올 수 있냐고. 개를 키우지 않았던 동생이 유품으로 남겼던 이동장과 밥그릇, 오렌지색 하네스의 수수께끼가 풀렸다. 그게 동생의 유언 같다고 말하는 수현 앞에서 다시 생각해보라는 말을 할 수는 없었다. 내가 같이 책임지면 되지. 그렇게 함께 유기견 보호소를 찾아갔고 우리는 아무것도 모른 채 그곳에서 복실이를 처음 만났다.

수현과 나는 밥그릇과 물그릇은 어디에 두고 패드는 어디에 둘지에 대해 긴 토론을 벌였다. 어렵게 자리를 정한 뒤 우리는 이 배치가 복실이의 마음에 들기를 간절히 빌었고 복실이가 밥그릇에 담긴 사료를 먹었을 때는 두 손을 맞잡고 환호성을 질렀다. 복실이는 기특하게도 가르쳐준 적 없는 화장실을 알아서 찾아갔고 수현은 열심히 찾아봤던 배변 훈련법이 다 소용없게 됐다며 웃었다.

우리는 함께 복실이의 이름을 고민했지만 완벽한 이름을 찾지 못했다. 적당히 좋거나 적당히 어울리는 이름이 아닌 완벽한 이름이어야 했다. 5개 국어에 달하는 후보가 거론되고 사전까지 동원됐지만 이거다 싶은 이름이 없었다. 그러는 동안 가장 많이 떠오른 생각은 수현의 동생이라면 어떤 이름을 지었을까 하는 것이었다. 이미 정해둔 이름이 있었을까? 수현도 머릿속에서 수없이 던져봤을 게 분명한 그 질문을 우리는 입 밖으로 꺼내지 않았다. 그렇게 1주일가량 이름 짓기를 미루는 동안 우리는 임시로 복실이라는 호칭을 사용했다. 복슬복슬한 털 때문에 붙인 별명이었다. 복실아 밥 먹자. 복실아 산책 가자. 그러다 어느 날 "복실아" 하고 부르자 복실이가 이쪽을 홱 돌아봤다. 자기가 복실이라는 걸 아는 듯했다. 우리가 후보로 삼았던 온갖 화려하고 의미심장한 이름들은 단번에 밀려났다. 복실이라는 이름은 그렇게 정해졌다.

복실이를 입양하고 한동안 수현은 제대로 잠을 자지 못했다. 복실이는 거실 구석에 놓인 쿠션을 잠자리로 정했고 수현은 그런 복실이가 보이는 자리에 누워 잠을 청했다. 금방 적응하는 것처럼 보였던 복실이는 축 처진 꼬리로 바닥을 쓸며 살금살금 걸었다. 그 모습이 수현의 마음을 아프게 했다. 복실이를 데려온 게 서로에게 불행한 일은 아니었을까 두려워졌다. 복실이가 오고 닷새가 지났을 때 수현에게서 사진 한 장이 도착했다. 불이 꺼진 거실에 누워 있는 수현과 그 옆에 길게 엎드린 복실이의 사진이었다. 새벽에 작은 기척에 눈을 떠보니 복실이가 곁으로 다가와 엉덩이를 수현의 머리 쪽으로 향한 채 눕고는 다시 잠이 들었다고 했다. 사진을 확대해서 보니 환하게 웃고 있는 수현의 눈가가 젖어 있었다.

수현의 집은 점점 복실이의 집으로 변해갔다. 복실이는 거실 구석의 쿠션과 침대 옆 러그와 책상 밑을 둥지로 삼았다. 둥지마다 침 묻은 공과 작은 인형이 가득했다. 수현은 하루 세끼를 복실이와 함께 챙겨 먹었고 홀

쭉해졌던 볼에 살이 올랐다. 내가 복실이의 얼굴을 마구 주무르면 복실이는 뒷걸음질 치다가 내 손을 살짝 깨무는데 나는 그게 너무 좋다. 귀찮게 굴기는 해도 결코 자신을 해치지 않을 거라는 믿음이 느껴진다. 복실이를 베고 누우면 작게 두근거리는 심장 소리가 들린다. 솔직히 그게 내 심장 소리인지 복실이 심장 소리인지 헷갈린다. 아무튼 눈을 감고 그 소리를 듣고 있으면 복실이가 세상의 전부인 것처럼 느껴진다. 복실이는 산책 중에 만나는 모든 새, 나비, 개, 심지어 사람과도 친구가 되고 싶어 한다. 복실이는 스무 걸음쯤 걷다가 뒤를 돌아보고 또 스무 걸음쯤 걷다가 뒤를 돌아보며 우리가 제대로 거기에 있는지 확인한다. 그때마다 달려가서 안아주고 싶은 걸 꾹 참는다.

1년 후 우리의 일상에 복실이가 없다는 게 상상이 가지 않았다. 그리고 그때 닥쳐올 슬픔이 얼마나 클지, 수현에게는 또 얼마나 큰 공백으로 남을지도.

복실이를 보내주는 게 잘하는 걸까?

나에게 있어서 최상의 시나리오는 내일 있을 전투에

서 이기는 게 아니라 그냥 복실이가 우리 곁에 계속 머무는 거였다. 우주야 멸망을 하든 말든. 우주가 언젠가는 죽어버린다는 게 그렇게 나쁜 것 같지만도 않았다. 태어난 모든 것들은 죽기 마련이니까. 빅뱅이 있으면 빅립도 있는 거다. 1400억 년이면 그렇게 짧은 시간도 아니다. 그게 자연의 거대한 흐름이라면 거기에 순응하고 받아들이는 것도 일종의 용기가 아닐까?

나는 고개를 저었다. 그 질문이 내 본심이 아니라는 걸 알고 있었다. 복실이를 보내고 싶지 않은 마음에 억지를 부려봤지만 그건 내가 절대 동의할 수 없는 말이었다. 인간이 다른 동물보다 나은 점이 단 한 가지 있다면 그건 자연과 본능에 굴복하지 않는다는 것이다. 이것이 나의 지론이었다. 아무리 그것이 자연법칙이라고 해도 '원래 그러니까'라는 말은 나에겐 항복 선언과 다름없었다. 자연선택설이 이론적으로는 옳다고는 해도 나에게는 완전하지 않았다. 실천의 영역에서 그건 맞서 싸워야 할 시련에 지나지 않았다.

우주의 종말이 순리라는 말도 마찬가지다. 시작이 있

는 모든 것에는 끝이 있다는 말은 참 달콤하지. 끝에 대한 불안에서부터 우리를 안심시켜주니까. 그 불안이라는 건 끝이 코앞에 다가왔기 때문일 수도 있고, 반대로 너무 멀어 보이지 않기 때문일 수도 있다. 어떤 말을 정반대의 경우에 모두 쓸 수 있다면 그건 아무런 의미가 없는 말이다. 그건 일종의 진통제나 마취제다.

원래 그런 건 없다. 현재는 필연적인 결과가 아니다. 내가 미래를 고를 수 있다면 모든 게 뿔뿔이 흩어져서 밤하늘에 별도 없고 아무런 일도 일어나지 않는 미래보다는 개들이 뛰어노는 미래를 고를 것이다. 마음을 굳게 먹자. 마음을 굳게.

그런 다짐과 함께 깊은 잠에 빠져들었다.

12

눈을 떴을 때 사방은 여전히 캄캄했고 젖은 옷 때문인지 살짝 한기가 돌았다. 상체를 일으키며 양팔을 감싸려는데 등 뒤로 뭔가가 흘러내리는 느낌이 들었다. 돌아보니 편의점 직원 점퍼가 바닥에 떨어져 있었다. 지하조직에 당장 가입해야겠다고 생각했다. 깜빡 잠들었구나. 시간을 확인하고는 화들짝 놀라 자리에서 일어났다. 새벽 4시. 여섯 시간이나 잠들어 있었다.

그리고 수현에게서 문자 한 통이 와 있었다. 나는 떨리는 마음으로 메시지창을 열었다. 내가 보낸 메시지—미안해. 넌 나보다 더 좋은 사람을 친구로 가져야 해—아래로 답장이 도착해 있었다.

—네가 내 친구잖아. 네가 더 좋은 사람이 되면 되지.

나는 휴대전화 화면을 이마에 가져다 대고 엉엉 울었다. 이런 순간에도 맞는 말만 하는 멍청이가 너무 보고 싶었다. 쏟아지던 울음이 잦아든 뒤 눈물에 젖은 휴대전화를 이마에서 떼어내고 보니 화면에는 ㅎㅎㅎㅎㅎㅎㅎ휴ㅠㅠㅍㅍㅍㅍㅍㅍ 하고 잘못 눌린 문자들이 찍혀 있었다. 삭제 버튼 위로 손가락을 가져가다 돌연 마음이 바뀌어 보내기 버튼을 눌렀다. 새벽 4시라는 게 떠올라 아차 싶었지만 곧 상관없다고 생각했다. 각자의 시

간이 필요하다고 생각했던 몇 시간 전의 나를 혼내주고
싶었다. 나에게 필요한 시간은 수현과 복실이와 함께하
는 시간이다. 우주도 1400억 년 후면 끝장난다는데 우
리에게 주어진 시간은 그것보다 훨씬 짧고 우리가 함
께할 수 있는 그 짧은 시간을 조금이라도 놓치고 싶지
않아.

나는 재빨리 배터리를 결합하고 다시 자전거에 올라
탔다. 배웅을 나온 편의점 직원이 나를 향해 엄지손가
락을 치켜세웠다. 나도 엄지손가락을 마주 세워 답하고
는 힘차게 페달을 밟았다.

OK예식장 앞에 도착했을 때는 막 오전 10시를 지나
고 있었다. 나는 전보다 더 볼썽사나운 자세로 바리케
이드를 넘어갔다. 예식장 모퉁이를 돌기 직전 발소리를
듣고 마중 나온 복실이와 마주쳤다. 복실이의 얼굴을
마구 문지르자 복실이는 가만히 있다가 곧 내 손을 가
볍게 물고 도망갔다. 복실이를 따라간 곳에 그늘에 앉은
수현과 고개를 뒤로 젖히고 서 있는 은랑이 있었다. 수

현이 멀리서 손을 들어 인사했다. 나는 자전거를 타고 오느라 풀려버린 다리에 억지로 기합을 불어넣고 은랑 앞으로 성큼성큼 걸어갔다. 그리고 은랑 앞에 우뚝 서서 고개를 들이밀었다. 나보다 한 뼘은 더 큰 은랑이 고개를 뒤로 빼고 나를 내려다봤다. 사실 지쳐 쓰러지기 직전이었지만 그때 나는 다섯 시간 동안 쉬지 않고 페달을 밟아 달려온 결기랄까 독기 같은 것을 잔뜩 짊어지고 있었다.

"조건이 하나 있어요." 내가 은랑을 쏘아보며 말했다. "진영이 알죠? 이따 진영이 저 찾으러 올 건데 그때 저 좀 숨겨주세요."

은랑은 영문도 모른 채 고개를 끄덕였다. 대답에 만족한 나는 은랑 옆에 길게 누워버렸다.

"너 꼴이 말이 아니다."

"말도 마. 내가 다시 자전거 타면 사람이 아니다."

나는 거우 찾아온 육체의 안락함을 즐기며 눈을 감았다. 길어지는 고요함이 살짝 불안해질 때쯤 눈을 떠보니 수현이 나를 내려다보고 있었다.

"왜?"

"아니. 그냥. 옛날 생각하고 있었어."

"옛날 무슨 생각?"

"중학생 때 학교에서 진화론 배우면서 네가 화냈던 거 기억해?"

"내가?"

"어. 완전 난리도 아니었지."

"내가? 왜?"

"수업 중에 네가 갑자기 손을 들었어. 그때까지만 해도 네가 화장실이 급한가 보다 했지. 그런데 평소에 말도 없던 네가 갑자기 뭐라도 씐 것처럼 말을 쏟아내기 시작하는 거야. 생존에 적합한 개체만 살아남고 나머지는 죽어버린다니 너무하지 않냐고. 선택하지도 않았고 선택할 수도 없는 특성 때문에 생존에 불이익을 받는 건 너무 불공평하다고. 그때 너는 반쯤 일어서서 주먹으로 책상을 두어 번 쳤던 것 같기도 해. 심지어 눈물을 흘렸던 것 같기도 하고."

"그래서?"

"그래서는 뭐. 수업 끝날 때까지 교실 뒤에 나가 서 있었지."

"와, 씨."

수현이 말한 장면은 기억나지 않았지만 충분히 있었을 법한 이야기였다.

"그리고 쉬는 시간에 내가 너한테 가서 말을 걸었지. 그게 우리가 친구가 된 첫날이었어."

수현의 말에 내 얼굴이 달아올랐다. 그건 나도 확실히 기억하고 있는 장면이었다. 기억하는 걸 넘어 소중하게 간직하고 있었고 그걸 수현의 목소리로 듣자니 보물상자를 들켜버린 아이가 된 기분이 들었다. 나는 수현의 눈을 피하며 말했다.

"여름이 가기 전에 복실이랑 바다에 가자. 바다를 보여주고 싶어."

"좋아."

"복실이는 바다에 가봤을까?"

"글쎄. 은랑 씨한테 물어봐달라고 하자."

"그러면 되겠네."

오전이 다 지날 때까지 적들이 나타날 기미는 보이지 않았다. 수현과 나는 그늘에 나른하게 앉아 잡담을 나눴다. 컵라면 베스트 10에 관해 이야기했고, 고릴라가 야구를 하고 토끼가 농구를 하는 영화가 있는 마당에 개가 주인공인 스포츠 영화가 없다는 건 전 세계 영화인들의 심각한 직무 유기라는 데에 의견이 일치했다. 얼떨결에 러닝백이 된 개가 미식축구 기록을 갈아치우는 상상의 영화도 찍었다. 해가 하늘 꼭대기에 올랐을 즈음 진영이 물과 간식이 담긴 종이봉투와 내 산책용 에코백을 들고 등장했다. 나는 잽싸게 은랑의 등 뒤에 숨었고 진영은 나를 향해 으르렁거렸다. 우리는 은랑을 사이에 두고 빙글빙글 돌다가 금방 서로 기가 빠져 관두었다. 진영은 두고 보자는 말을 남기고 돌아갔다. 오후에도 지루한 기다림이 계속됐다. 은랑은 굴러다니던 골프공으로 복실이와 함께 물어오기 놀이를 하다가 복실이가 골프공은 딱딱해서 싫다고 투정을 부렸다며 나뭇가지로 바꿔 놀았다. 나는 깜빡 졸았다 깨기를 반복했다.

길었던 여름의 해가 저물어갈 무렵, 은랑이 던진 나뭇

가지로 달려가던 복실이가 돌연 그 자리에 멈춰 섰다. 그리고 자세를 한껏 낮춘 채 으르렁대기 시작했다. 수현이 재빨리 복실이를 불러 뒤에 숨겼다. 복실이의 시선이 향한 예식장 모퉁이에서 세 남자가 나타났다.

"뭐야, 이거." 세 남자 중 한 사람이 말했다. "여기서 뭣들 하시나? 누구 맘대로 여기 들어왔어?"

그렇게 말하는 남자의 손에는 골프채가 들려 있었다. 은랑이 한 발 앞으로 나섰다.

"그것들이에요?"

내 질문에 은랑은 나를 등진 채 어깨를 한번 으쓱했다. 겉보기에는 그냥 사람처럼 보였고 만약 그렇다면 그리 드문 일도 아니었다. 수현과 복실이와 함께 산책할 때면 종종 괜히 시비를 거는 사람과 맞닥뜨리곤 했다. 나는 더러우니 그냥 피해 가자는 쪽이었지만 수현은 절대로 그냥 넘어가는 법이 없었다.

"왜요? 여기 주인이에요?"

남자들은 수현의 말투를 문제 삼으며 더욱 거친 말들을 내뱉었다. 말하는 내용을 보아하니 예식장과는 상관

없는 사람들 같았다. 아마도 이곳에서 종종 골프 스윙을 연습하는, 여기 굴러다니는 골프공의 주인인 것 같았다. 당장 떠나라는 요구에 맞서는 수현을 향해 남자들의 말이 점점 거칠어졌다. 그때 한 남자가 자기들은 구석에서 조용히 스윙 연습을 할 텐데 그러다 골프공에 맞아도 모른다며 히죽댔다. 남자는 들고 있던 골프채를 휘둘러 허공에 둥근 호를 그렸다. 그리고 다음 스윙에서 정말로 바닥에 있던 골프공을 때렸다. 골프공이 내 쪽으로 곧장 날아왔고 나는 반사적으로 고개를 돌렸다. 그때 시야의 가장자리로 은랑의 실루엣이 들어왔다. 은랑은 날아오던 골프공을 맨손으로 잡으며 발레리나처럼 우아하게 한 바퀴를 빙글 돌았다. 시끄럽게 떠들어대던 남자들의 말소리가 뚝 끊겼다.

　나는 안도의 한숨이 나오는 것과 동시에 화가 치밀어 올랐다. 방금 목격한 은랑의 솜씨를 보고 겁이 없어진 탓도 있었다. 어디 한번 덤벼보라지! 나는 산책용 에코백에 손을 넣어 쌍절곤을 꺼냈다. 그리고 한쪽을 잡고 다른 한쪽을 빙글빙글 돌렸다. 공중에서 붕붕 소리가 났다. 수현과 은랑이 내 쪽을 돌아보며 눈으로 말했다. 그거 뭐야? 나도 눈짓으로 대답했다. 설마 무기도 안 챙겨 온 거야?

은랑이 나를 향해 손을 젓고는 남자들 쪽으로 걸어갔다. 남자가 골프채로 땅을 내려찍으며 위협했고 그때마다 팍팍 하고 돌이 튀는 소리가 났다. 은랑은 아랑곳하지 않고 앞으로 천천히 걸어갔다. 남자가 골프채를 내뻗어 은랑의 얼굴 앞에 들이밀었을 때였다. 은랑의 몸이 옆으로 기울었다. 나는 은랑이 쓰러지는 줄 알고 속으로 '앗!' 하고 외치려 했지만 그 단어가 채 완성되기도 전에 거의 45도로 기울었던 은랑의 상체가 채찍처럼 회전하며 주먹을 뻗었다. 뻭 소리와 함께 남자의 턱이 돌아갔다. 이 시점에서 '앗!'은 '아'까지만 완성되어 있었다. 남자는 턱을 앞세운 방향을 따라 옆으로 쓰러졌다. 그제야 '앗!'이 완성되어 심장으로 뚝 떨어졌다. 그리고 그 순간 은랑의 빨간 보름달 같은 눈동자를 보고 깨달았다. 아, 이 사람은 늑대인간이구나.

은랑이 쓰러진 남자의 등을 척척 밟고 올라섰다. 그리

고 등을 펴고 꼿꼿하게 선 채 나머지 두 남자를 바라봤다. 마치 올림픽에서 금메달을 받으러 단상에 오른 체조 선수와도 같은 당당함이었다. 그건 내가 살면서 본 가장 위협적인 광경이었다. 사람이 사람을 밟고 올라선 광경, 인체를 발판 삼아 한 발도 아니고 두 발로 올라서 있는 광경은 보이는 것 이상으로 무의식 속 어딘가의 깊숙한 곳에 자리 잡은 원시적인 공포를 불러일으키는 데가 있었다. 그건 다른 두 남자에게도 마찬가지였는지 두 사람은 서로 눈치를 보며 뒷걸음질 치다가 잽싸게 뒤돌아 달아났다.

두 사람이 시야에서 사라지자 은랑이 단상에서 내려오며 말했다.

"인간이었던 것 같네요. 그냥 평범한 인간."

복실이는 여전히 흥분이 가시지 않은 모양으로 귀를 뒤로 젖힌 채, 낮춘 자세를 풀지 않았다. 드러난 이빨 사이로 성대가 끓는 소리가 새어 나왔다. 수현이 복실이의 목 뒤를 쓰다듬었다.

"이제 괜찮아, 복실아."

그렇게 말하는 수현의 뒤로 허공이 찢어지고 지옥이 쏟아져 나왔다.

13

그것들은 닭과 거미의 중간쯤 되는 형태였다. 비슷한 골격을 가지고 있으면서도 저마다 다른 생김새를 하고 있었다. 마치 닭과 거미의 중간쯤 되는 형태의 장난감을 생산하는 공장에서 불량이 발생한 제품들만 모아놓은 것 같았다. 확실히 생명체는 아니었다. 언젠가 인간은 우주에서 처음 보는 물체를 맞닥뜨리더라도 그것이 생명체인지 아닌지를 본능적으로 알 수 있다는 얘기를 들은 적이 있었다. 그 말의 의미를 이제야 알 것 같았다. 저건 로봇이거나 그와 비슷한 인공물인 게 분명했다.

그것들이 바닥에 붙은 채 부팅이라도 하는지 머뭇거리는 사이 수현이 복실이를 끌고 물러나 거리를 벌렸고 그 사이를 은랑처럼 보이는 누군가가 가로막았다. 그러니까 은랑은 더 이상 내가 알던 은랑의 모습이 아니었다. 은랑은 코와 입이 앞으로 튀어나오고 귀 끝이 뾰족한, 영락없는 늑대의 얼굴을 하고 있었다. 어쩌면 잘못본 것일지도 모르겠다. 은랑이 늑대인간이라는 생각 때문에 생긴 착시 같기도 했다. 다만 은랑의 눈빛만은 분명 늑대의 그것이었다고 확신할 수 있었다. 붉게 물들었던 은랑의 눈동자는 이제 거의 피가 뚝뚝 떨어질 것처럼 보였고 눈 주위로 빨간 불꽃마저 일렁이는 듯했다.

제자리에서 빙빙 돌던 그것들 가운데 하나의 눈에 파란빛이 들어왔다. 그리고 곧장 우리 쪽으로 튀어 올랐다. 나는 반사적으로 어깨를 움츠렸지만 그것은 한참 앞에서 은랑의 손에 의해 박살이 났다. 은랑의 손은 무지막지하게 거대해져 있었고 손가락 끝마다 곡괭이 부리같은 손톱이 자라나 있었다. 곧 바닥에 깔려 있던 그것들의 눈에 파란빛이 파도처럼 번져나갔다. 제각기 회전하거나 딸깍대기를 멈춘 그것들은 이내 달궈진 기름에 떨어진 물방울처럼 무차별적으로 튀어 오르기 시작했다. 그것들을 때려눕히는 은랑의 움직임은 내가 알고 있는 모든 동물의 한계를 훌쩍 초월해 있었다. 넓게 흩어져 날아오던 그것들은 죄다 은랑의 손톱에 찢겨나가거나 날카로운 이빨 사이에서 산산조각 났다. 은랑의 움직임에는 빈틈도 낭비도 없었다. 엄청난 반사신경과 운동능력이었다. 은랑의 수비 범위를 살짝 벗어난 그것 하나가 복실이 쪽으로 날아왔고 나는 힘껏 쌍절곤을 내던졌지만 쌍절곤은 목표를 한참 비껴나 밤하늘 속으로 사라졌다. 대신 복실이가 왼쪽으로 잽싸게 뛰어 그것을 피하는 것과 동시에 오른발로 내리찍어 바닥에 처박았다. 복실이는 그것의 목을 물어뜯어 입에 물고는 스스로가 자랑스러운 듯 목과 어깨를 우뚝 세우고 날아오는 적들을 응시했다.

그사이 찢어진 공간이 쿨럭대며 그것들 한 무더기를 또 한 번 뱉어냈다. 그리고 작전을 바꿨는지 두 갈래로 나뉘어 한쪽은 은랑을 다른 쪽은 복실이를 향해 공격을 퍼부었다. 얼마 못 가 은랑의 겉옷 여기저기가 찢겨나가며 그 아래로 전신 수영복처럼 매끄러우면서도 단단해 보이는 재질의 옷이 드러났다. 은랑의 수비벽을 뚫고 나온 그것들의 숫자도 조금씩 늘어나서, 이제 복실이의 발밑에는 그것의 시체 서너 개가 나뒹굴고 있었다. 수현은 어느새 신고 있던 운동화를 벗어 글러브처럼 양손에 끼우고 얍얍 하며 복실이가 쓰러뜨린 그것들의 뒤처리를 담당하고 있었다. 또 하나가 복실이를 향해 날아오다 수현의 운동화에 가로막혔고 수현과 복실이가 합심해 그것을 바닥에 깔아뭉갰다. 그때 다른 하나가 은랑의 머리 위를 넘어 복실이를 향해 날아왔다. 수현과 복실이는 깔아뭉갠 녀석을 때려잡는 데에 정신이 팔려 있었고 날아오는 그것을 피하거나 막을 겨를이 없어 보였다.

"으아아!"

나는 반사적으로 앞으로 넘어지듯 복실이를 감싸 안으며 그것을 향해 오른팔을 내뻗었다.

사람이 죽기 전에 시간이 느려진다는 건 진짜다. 그리고 주마등이 지나간다는 건 가짜다. 나는 나를 향해 날아오는 그 닭과 거미의 중간쯤 되는 형체가 슬로모션으로 다가오는 걸 실눈을 뜬 채 바라보며 생각했다.

아플까? 아프겠지? 잘하면 은랑 씨가 구해주지 않을까? 아니야. 은랑 씨가 아무리 빨라도 이건 안 될 거야. 엄청 아프겠지? 하지만 안 그랬으면 복실이가 죽었을지도 모르니까. 됐어. 잘한 거야. 후회는 하지 말자.

이런 생각을 하는 동안 그것과의 거리는 한참 좁혀져 그것의 날카로운 발끝이 거의 손에 닿을 듯이 다가와 있었다. 손끝이 간질간질했다.

그래도, 이럴 줄 알았으면 모두에게 사랑한다는 말도 많이 해둘 걸 그랬어. 다들 사랑해. 안녕. 잘 있어. 덕분에 잘 있다 갑니다. 그래도, 그래도…… 죽기는 싫은데, 힝.

이제 그것의 발톱과 내 가운뎃손가락 끝과의 거리는 채 1밀리미터도 남지 않았다. 그때였다. 그 사이의 공간에서 파랗게 빛나는 구슬이 맺히는 게 보였다. 모든 게 느려진 와중에도 파란 구슬은 순식간에 사방으로 가지를 뻗더니 농구공만 한 크기로 부풀어 올랐다. 순간 평하는 폭발음과 함께 눈앞이 하얘졌다.

그리고 텔레비전 화면이 꺼지듯, 모든 것이 사라졌다.

사람이 죽으면 먼저 가 있던 동물이 마중을 나온다
는 이야기가 있다. 내가 죽으면 복실이가 마중 나올까?
엄밀하게 따지면 복실이는 내 가족이 아니라 수현의 가
족이니까. 수현의 마중이야 당연히 나가겠지만 나는?
내가 왔다는 소식이 복실이에게 전해지기는 할까? 가
만, 그러고 보니 마중은 복실이가 아니라 내가 나가야
한다. 내가 먼저 갔으니까. 그렇다면 복실이가 왕왕대는
이 소리는 뭐지? 볼에 닿는 축축한 혀의 감촉은 또 뭐
고? 이거 묘하게 실감이 나는데…….

눈을 뜨자 나를 내려다보는 수현과 은랑, 그리고 내
얼굴을 핥아대는 복실이가 보였다. 나는 혀를 날름거리
는 복실이를 밀어내며 상체를 일으켰다. 어떻게 된 거
냐고 묻는 나에게 겨우 안심했다는 듯 한숨을 쉰 수현
이 그동안의 일을 설명해줬다. 내 쪽에서 알 수 없는 폭
발이 일어나고 나는 그 자리에서 정신을 잃었다고 했다.
그것과 거의 동시에 지원 병력이 도착했고 순식간에 전

투는 이쪽의 승리로 마무리. 이미 뒤처리까지 끝난 상
태라고 했다. 은랑이 저기서 주웠다며 품속에 쌍절곤을
안겨줬다. 수현은 일단 돌아가자며 나를 일으켰다. 파란
불꽃이 튀었던 손가락 끝이 검게 그을려 있었다. 얼얼
한 느낌이 단지 기분만은 아닌 것 같았다. 멍한 상태로
걸음을 옮기다 발끝에 뭔가가 채여 내려다보니 아까 골
프채를 휘두르던 남자가 아직도 길바닥에 널브러져 있
었다. 나는 머리를 한번 흔들고는 다시 수현을 따라 집
으로 향했다. 쓰러진 남자의 생사는 확인하지 않았지만
다음 날 경찰이 찾아오거나 동네에서 시체가 발견됐다
는 뉴스는 나오지 않았다.

　그 사건 이후 1년이 지나는 동안 두 번의 습격이 더
있었다. 그 가운데 한 번은 은랑이 또 늑대로 변해야 할
만큼 격렬한 전투였지만 내 쌍절곤이 불을 뿜는 일은
없었다. 그걸 제외하면 평온한 1년이었다. 우리는 그 시
간을 기억으로 꼭꼭 채우기 위해 최선을 다하며 보냈다.
수현은 말 그대로 모든 시간을 복실이와 함께했다. 복실
이와 함께 먹고 복실이와 함께 놀고 복실이와 함께 잠

들었다. 나는 복실이에게 새로운 맛과 새로운 경치를 잔뜩 보여주겠다는 의욕에 차 바쁘게 움직였다.

여름의 막바지에 우리는 서쪽의 바다로 향했다. 진영이 운전을 했고 숙박비는 내가, 식비는 수현이 냈다. 어쨌거나 우리 셋 중 그 가운데 두 개를 동시에 할 수 있는 사람은 없었다. 가는 길에 신세를 졌던 편의점에 들러 지하조직 가입서도 제출했다. 그 광경을 옆에서 진영이 못마땅한 듯이 바라봤다. 바다에 도착했을 때 약한 비가 내리고 있었지만 그건 아무런 문제가 되지 않았다. 복실이는 해변에서 네 다리로 단단히 버티고 선 채 큰 바다를 넋 놓고 바라보더니 곧 수현의 손짓을 따라 바다로 뛰어들었다. 복실이는 바다를 무척 좋아했고 대단한 수영 선수인 것으로 밝혀졌다. 수현을 향해 곧게 헤엄치는 복실이를 바라보며 진영은 많고 많은 개 중에 왜 하필 복실이였을까 하고 물었다. 그건 나와 수현이 한 번도 떠올려본 적 없는 의문이었다. 나와 수현에게 복실이는 특별했으니까. 나는 은랑이 들고 있던 카메라를 빼앗아 지나가던 여행객에게 사진을 부탁했다. 우리

다섯은 비와 바닷물에 쫄딱 젖은 채 적당한 거리를 두고 나란히 서서 사진을 찍었다.

은랑은 우리에게 복실이가 가게 될 행성에 대해 말해 줬다. 그 행성은 지구와 상당히 비슷하지만 크기가 조금 작고 바다가 훨씬 큰 곳이라고 했다. 그곳에서 복실이는 지구에서보다 더 높이 뛰고 더 오래 산책할 수 있었다. 그 행성의 원주민은 우주에서 손에 꼽힐 정도로 온순한 종족이었고 개들이 오기만을 손꼽아 기다리고 있다고 했다. 그 문명에는 작은 공을 이용하는 여러 운동 경기가 발달했는데 재미 이외에 다른 이유로는 절대로 경기를 하지 않는다고 했다. 개들이 하는 말이, 잘하면 그 가운데 몇 개의 종목에는 개를 위한 포지션을 추가하도록 규칙을 변경해볼 수 있을 것 같다고 했다. 이미 일종의 사전 친화 사업의 일환으로 몇몇 스포츠 비디오게임에 개들이 추가된 규칙을 업데이트했는데, 엄청나게 인기를 끈 나머지 개가 참가할 수 있는 종목의 수를 늘리는 걸 고려하고 있는 모양이다. 어쩌면 복실이가 그 문명의 캐스린 스위처나 빌리 진 킹이 될 수도 있을 것이다.

　은랑의 설명 중 가장 인상 깊었던 건 그 행성의 하늘을 가로지르는 거대한 고리였다. 무수히 많은 얼음 알갱이로 이루어진 그 고리는 적도면을 따라 행성 지름의 두 배가 넘는 거리까지 펼쳐져 있었다. 행성 표면에서 올려다보면 그것은 은은한 유윳빛으로 마치 하늘을 떠받치고 있는 거대한 대리석 아치처럼 보이는데, 이 고리가 여름의 단 하루, 아주 짧은 순간 무지개색으로 빛난다는 것이다. 그것은 머릿속으로 떠올리는 것만으로도 황홀해지면서 어쩐지 눈물이 날 것만 같은 풍경이었다.

　첫눈이 오던 날에는 다 같이 둘러앉아 영화 〈러브레터〉를 봤다. 이건 첫눈이 올 때마다 반복되는 우리의 연례행사였다. 복실이는 별로 관심이 없는 것 같았고 연신 꾸벅꾸벅 졸았지만 처음부터 끝까지 우리 사이에 엎드려 있었다. 내가 가장 좋아하는 장면은 영화의 클라이맥스가 막 지나고 남자애가 학교 도서관에서 빌린 책을 반납하기 위해 여자애의 집을 찾아온 장면이었다. 집에 없을 줄 알았던 여자애가 문을 열고 나오자 남자애는 놀라고, 책을 맡긴 뒤 자전거에 앉아 여자애를 물끄러미 바라보다가 페달을 밟아 그곳을 떠난다. 일부러 여자애가 없을 시간을 골라 찾아오고 전학 갈 거라는 말도 하지 않고 마지막까지 좋아한다는 고백도 하지 않는 그 마음이 바보 같고 안타까우면서도 나와 꼭 닮은 것 같아서 그 장면을 볼 때마다 눈물을 찔끔 흘렸다. 그런데 이번에는 영 엉뚱한 곳에서 울음이 터졌다. 그것도 영화가 시작하자마자.

영화가 시작되면 하얀 눈밭에 누워 있는 주인공의 옆모습이 보인다. 주인공은 설산에서 조난을 당해 세상을 떠난 약혼자의 추도식에 참석했다가 사람들 틈에서 잠시 떨어져 나온 참이다. 눈을 감은 채 미동조차 없이 누워 있던 주인공은 한참 후에야 참고 있던 숨을 파—하고 뱉어내는 것과 동시에 눈을 뜬다. 스무 번을 넘게 본 장면인데도 그 장면의 의미를 그제야 처음으로 깨달았다. 주인공은 죽은 약혼자를 흉내 내고 있었던 것이다. 뭐야. 이거 죽음에 관한 영화잖아. 그리고 갑작스럽게 울음이 터져 나왔다. 엉엉하고 우는 내 등을 쓸어내리며 수현이 물었다. 왜 그래. 나는 제대로 된 설명 대신 이렇게 대답할 수밖에 없었다. 몰라. 나 늙었나 봐.

겨울이 깊어 산간 지방에 많은 눈이 올 거라는 예보가 발표되고 우리는 산으로 향했다. 눈이 무릎까지 쌓이는 산속에서 이틀 밤을 보냈고 복실이는 지칠 때까지 눈 속으로 뛰어들고 뒹굴고 눈을 깨물며 놀았다. 봄이 오고 나는 오랫동안 품고 다녔던 편지를 수현에게 건네며 고백했다. 나는 거절당하면서도 슬퍼할 수 없었는데 그건 수현이 먼저 울음을 터뜨렸기 때문이다. 나는 그럴 줄 알았다고 그래도 한번 해봤으니 됐다며 수현을 위로하기에 바빴다. 그리고 한동안 자기 전마다 이불을 뻥뻥 차댔다. 다시 여름이 되고 우리는 서둘러 다시 바다로 여행을 떠났다.

여행에서 돌아온 뒤 얼마 지나지 않아 우편함에서 모서리만 삐죽 튀어나온 편지 한 통을 발견했다. 수현이 보낸 편지였다. 편지에는 익숙한 글씨체로 일곱 장에 달하는 절망이 적혀 있었다.

나의 친애하는 벗에게,

　나는 이런 것들이 나에게서 영영 사라지게 될까 두려워. 동네에 하나뿐인 카페. 동네에 하나뿐인 편의점. 우리가 늘 가고 싶다고 말하지만 한 번도 가본 적 없는 백반집. 하드디스크에 저장된 동생의 사진. 옷장에 남아 있는 동생의 냄새. 나는 그 냄새를 잃게 될까 봐 담배도 끊고 향수도 버렸어. 내 미래는 내가 만들어야 한다는 끔찍한 사실이 두려워. 잘못을 인정하지 않는 사람들이 두려워. 다녀올게라거나 내일 봐 같은 인사들이 마지막 말이 될까 봐 두려워. 동생의 다녀온다는 말은 내 등 뒤에서 들렸고 그때의 동생의 얼굴을 나는 알지 못해. 동생의 마지막 말은 기억하지만 마지막으로 본 얼굴은 기억나지 않아. 다녀오겠다고 말하고 나간 동생이 왜 영영 돌아올 수 없게 됐는지 나는 여전히 이해할 수 없어. 나는 이제 누군가를 만날 때마다 이게 마지막이 될지도 모른다는 생각을 해. 옛날엔 두렵지 않았던 것들이 두려워진다는 것, 두려운 것이 점점 많아진다는 것이 두렵고 내가 두려워하는 이 모든 것이 동시에 나를 화나게 해.

　나는 세상과 일종의 불가침조약을 맺고 있다고 믿었어. 세상은 나를 내버려두고 나는 세상일에 신경을 끄기로 했지. 책으로 이중 삼중의 방공호를 만들고 그 안에 틀어박혔어. 대신 난 내 안에 적을 만들었어. 고독과 죽음, 사랑이 나의 적이었지. 그것들과 싸우는 게 더 즐거웠기 때문일 거야. 그렇지 않은 다른 사람들이 이상해 보일 정도였어. 이상한 걸 넘어 한심해 보이기도 했어. 지금 생각해보면 어쩌면 그쪽이 더 쉬웠기 때문일지도 몰라. 나는 내가 만든 전쟁을 치르며 나를 상처 입혔어. 그 상처들은 진짜로 아팠지만 바깥에서 받은 상처들에 비하면 아무것도 아니야.

　만약 세상이 약속을 어기지 않았다면 나는 여전히 세상을 무시할 수 있었을까? 아마 아닐 거야. 요즘은 모든 게 내가 세상과 벽을 쌓은 결과였다는 생각마저 들어. 만약 내가 세상을 노려보고 있었다면 세상이 이렇게 잔인한 방식으로 내 삶을 파괴할 일은 없었을 거라고. 걱정하지 마. 모든 걸 내 탓으로 돌리며 자책하고 있는 게 아니야. 그리고 세상은 어떤 식으로든 나를 괴롭혔을 거야. 이 세상은 엉망이고 나아질 기미가 도무지 보이지 않아. 고장 난 건 핸들인데 사람들은 자꾸 바퀴만 고치려고 들어.

내가 살아 있다는 사실이 두려워. 내가 죽을지도 모른다는 사실이 두려워. 복실이를 떠나보내야 한다는 사실이 두려워. 나는 가진 게 아무것도 없다고 생각했는데 그런데도 여전히 잃을 것들이 있다는 사실이 두려워. 언젠가는 너를 잃게 될까 봐 두려워. 이 편지가 너를 찾아가지 못할까 봐 두려워. 물론 집배원은 자신이 해야 할 일을 잘 알고 있겠지만 나는 그 사이에 벌어질 수 있는 수백만 가지의 재난들이 두려워. 이 편지가 결국 너를 찾아낼까 두려워. 이 편지를 읽고 네가 나를 싫어하게 될까 봐 두려워.

그건 너무 쓸데없는 걱정이어서 나는 잠시 편지 읽기를 멈추고 소매로 눈물을 닦았다. 나는 언제나 수현 곁에 있을 작정이고 내가 수현을 싫어하게 될 일은 절대로 없을 테니까. 만약 우리가 잠시 떨어진다고 해도 나는 언제든 어디서든 다시 수현을 만나러 갈 것이다. '언젠가는'이라는 단어 뒤에 이어지는 건 이별이 아니라 재회여야 했다. 나는 화가 섞인 한숨을 내쉬고 편지를 다시 집어 들었다. 그 뒤로도 편지는 다섯 장 더 이어졌다. 볼펜을 쥔 수현의 손가락에서 점점 힘이 빠져나간 듯 글씨는 조금씩 헝클어져갔다. 편지의 마지막 장은 다소 불길하면서도 감동적인 데가 있는 말로 끝을 맺었다.

두렵지 않은 것들도 생겼어. 더 이상 유령이 무섭지 않아. 나이가 든다는 건 죽은 사람이 눈앞에 나타났을 때 겁에 질리기에 앞서 반가운 얼굴이 아닐까 기대하게 된다는 것 같아. 이미 잃어버린 것들을 잃게 될까 두려워하지 않아. 나를 두렵게 하는 사건들을 꾸미는 인간들이 두렵지 않아. 그저 화가 날 뿐이야.

내가 이 두려움들을 너와 나누려고 하는 이유를 모르겠어. 혹시 너는 짐작이 가니? 그다지 좋은 생각은 아닌 것 같지만 어쩐지 그래야 한다는 느낌이 들어.

그래서 이렇게 편지를 쓴다. 언젠가 내가 너에게 우리가 언제까지 이렇게 친하게 지낼 수 있을까 하고 물었을 때 너는 당연하다는 듯이 평생이라고 대답했었지. 나는 여전히 그게 쉽지 않을 거라고 생각해. 하지만 그때의 네 대답이 실현되기를 간절히 바라고 있어. 이런 장면을 떠올려. 만약 우리가 서로의 장례식에 가게 된다면 정말 멋진 일일 거야. 그건 우리가 죽을 때까지 친구였다는 뜻이니까. 말 그대로 평생인 거지. 손님이 누가 될지는 모르지만 (이왕이면 네가 손님이길 바라지만) 우리 꼭 장례식에서 만나자. 그때까지 오래오래 건강하게 지내기를 바랍니다. 난필로 실례했습니다. 내일 산책 시간에 봐.

추신. 요즘 복실이가 은랑 씨에게 한글을 배우고 있어. 내가 편지를 쓰는 걸 보더니 자기도 쓰고 싶다고 하네. 복실이의 편지를 함께 보내.

따로 접힌 편지지를 펼쳐 보니 거기엔 크고 삐뚤어진

다섯 글자가 적혀 있었다.

안녕 고마워

나는 그 편지를 액자에 넣어 책상 위에 세워뒀다. 그해 열대야가 시작될 무렵 복실이가 떠나갔다.

수현은 복실이가 아끼던 쿠션 앞에 주저앉아 무섭게 울었다. 세상을 무너뜨릴 것 같은 격렬한 울음이었다. 나는 수현을 향해 손을 내밀었다가 팔을 움츠리고 두 번째로 손을 내밀었다가 얼마 못 가 멈추고 세 번째로 다시 손을 내밀어 겨우 수현의 어깨에 손을 올렸다. 그러자 수현이 두 손으로 내 팔을 와락 껴안았다. 순간 고맙다는 말이 튀어나올 뻔했다. 그리고 아팠다. 아팠지만 이걸로 수현에게 조금이라도 위로가 될 수 있다면 작은 손에 잡힌 살덩이쯤은 얼마든지 내줄 수 있었다. 우리는 그 자리에서 울고 복실이 이야기를 나누며 웃고 다시 울고 또 웃기를 반복하다가 그대로 잠이 들었다.

복실이가 떠나고 얼마 후부터 세계 곳곳에서 개들이

사라지기 시작했다. 대부분은 유기견 보호소와 개 농장에 있던 개들이었다. 전 세계적으로 온갖 음모론이 떠돌았다. 나는 우주 연합에서 무슨 성명 같은 거라도 발표할 줄 알았지만 내 예상은 빗나갔다. 아마도 지금의 혼란이 그나마 낫다고 판단한 모양이었다. 난립하는 음모론 중에 그나마 진실에 가까운 건 어이없게도 외계인 납치설이었다.

개의 사랑으로 우주를 가득 채우겠다는 계획이 성공할지, 그래서 1400억 년 후에도 우주가 망하지 않을지는 영영 알 수 없을 것이다. 이제 그건 복실이와 그 친구들에게 달려 있다. 계획이 실패해 공간의 힘이 압도적으로 커지면 시간이 죽어버릴 것이고 개의 사랑이 공간을 붙잡아둘 수 있다면 시간은 계속 존재하게 될 것이다. 우리는 시간과 공간의 대결에서 시간의 편에 서길 선택했다. 비록 그게 광폭하게 흘러가는 미지의 시간일지라도. 시간은 우리 편이 아니지만, 괜찮다. 짝사랑은 내 전문이다.

복실이는 해낼 것이다. 복실이의 무한한 사랑에 관해

서는 우리가 제일 잘 알고 있다. 복실이는 초신성이었다. 지난 2년 동안 우리의 밤하늘에서 가장 밝게 빛났던 별. 그리고 이 캄캄한 밤에 우리는 그 별빛을 좌표 삼아 다시 걸음을 내디딘다. 미래를 향해 발맞추어 나아간다. 앞으로, 앞으로. 우리가 걷는 미래는 1400억 년 후의 미래까지는 아니겠지만, 그저 손에 잡힐 듯 가까운 미래, 어깨를 1분 동안 톡톡 두드려 늘어난 팔을 쭉 뻗으면 닿을 정도의 미래일지라도.

은랑은 우리 곁에 남았다. 은랑은 진영의 편의점에서 일하기 시작했고 내가 듣던 잔소리는 이제 은랑의 몫이 됐다. 틈틈이 진영에게 경고를 하지만 진영은 여전히 은랑이 늑대인간이라는 걸 믿지 않는다. 옆에서 보고 있으면 끝내는 은랑이 진영을 물어뜯지는 않을까 걱정이다. 사실 이건 나의 작전이다. 진영과 은랑이 티격태격하다가 자기들도 모르는 사이에 눈이 맞기를 남몰래 바라고 있다.

은랑에게 편의점 일자리를 소개해준 건 나다. 그러니까 내가 그만두고 은랑에게 자리를 물려준 셈이다. 그렇다고 다른 할 일이 생긴 건 아니다. 내가 할 수 있는 일을 천천히 찾아볼 생각이다. 내 퇴직파티 날 편의점에 모인 친구들을 둘러보며 생각했다. 행복이란 최대의 만족과는 다른 상태라고. 우리는 여전히 결핍되어 있고 서로를 위해 각자의 욕심을 포기하고 있지만 그렇기 때문에 누구 하나 대단히 부족하지 않다.

수현은 파티에 뒤늦게 참석했다. 그리고 그 자리에서 다시 개를 입양할 준비가 됐다고 발표했다. 동그란 눈물을 매단 채 그렇게 말하는 수현의 얼굴은 복실이를 입양하겠다고 말할 때의 절박함이 아닌, 새롭게 만날 개와 함께할 날들에 대한 희망과 기대로 가득 차 있었다.

미주

〈당기는 빛〉

1   Edgar Allan Poe, 〈Alone〉.

2   전혜린, 〈1961년 1월 1일〉,《이 모든 괴로움을 또 다시》, 민서출판
    사, 2002, p. 142.

3   보리스 파스테르나크, 〈17장 유리 지바고의 시: 1 햄릿〉,《닥터 지
    바고 2》, 박형규 옮김, 문학동네, 2018, p. 426. 번역 일부 수정.

참고 문헌

〈내부 유령〉

존 론슨, 《염소를 노려보는 사람들》, 정미나 옮김, 미래인, 2009.

〈좋아하길 잘했어〉

John Farrell, "The original Big Bang man", *The Tablet*, 2008. 3. 22. (https://www.farrellmedia.com/farrell_tablet.pdf)

Georges Lemaître, "My Encounters with A. Einstein", 〈Interdisciplinary Encyclopedia of Religion and Science〉. (https://inters.org/lemaitre-einsten)

Dominique Lambert, "Einstein and Lemaître: two friends, two cosmologies…", Ibid. (https://inters.org/einstein-lemaitre)

Franklin J. Lambert, "The 1927 Solvay Meeting: Einstein's third "Witches' Sabbath" in Brussels", 〈Il Nuovo Saggiatore〉, vol. 23, no. 5~6, 2018. (https://www.ilnuovosaggiatore.sif.it/article/182)

사랑한 것을 후회하더라도

———

심완선

1. 홀로그래피 소설

《좋아하길 잘했어》의 수록작에 등장하는 화자들은 같은 별자리 아래 태어나기라도 한 듯 유사한 성격을 보인다. 흔히 보이는 점성술이나 사주팔자의 형식으로 표현해보자. 이들은 모두 사교성이 뛰어나지 않고 대인관계에 서투르다. 자신을 솔직하게 드러내기를 어려워하는 탓이다. 사람을 사귀면 좁고 깊은 관계를 선호한다. 다만 타인에게 먼저 다가가는 일이 적어 관계가 쉽게 끊어지기도 한다. 내심 자유롭고 충동적인 일면이 있으며 규범에 구속되기를 싫어한다. 감수성이 예민하여 작은 자극에도 스트레스를 받는다. 그래서 간혹 불안에 취약한 모습을 보인다. 과도한 스트레스를 피하려다 자신의 성향과 달리 반복적이고 무기력한 생활을 하기도 한다. 혹은 자기파괴적인 행동을 할 수 있다.

이런 유형은 자신에게 매몰되지 않도록 주의해야 한다. 내키지 않더라도 대인관계를 유지하려는 자세가 필요하다. 남을 책임지고 보살피거나, 반대로 자신의 취약함을 솔직하게 드러내는 등 타인을 신뢰하는 연습을 하면 좋다. 홀로 극단적인 생각으로 치우치지 않도록 균형 감각을 길러야 한다. 자칫하면 지나치게 고립될 가능성이 크다. 또한 자신에게 솔직하지 못한 성격이 회피 행동으로 이어질 수 있으므로 주의해야 한다. 살다 보면 반드시 내면의 감정을 직면해야 할 때가 온다. 마음의 눈을 통해 외부의 관점에서 자신을 바라볼 줄 알아야 한다. 그래야 자신이 진정으로 원하는 방향으로 선택을 내릴 수 있다.

물론 이들의 별자리에 이름이 있다면 그것은 작가의

이름일 것이다. 김원우는 하나의 이야기를 세 가지 형태로 썼다. 혹은 세 가지 이야기로 하나의 거대한 줄기를 구성했다. 의도적이었든 아니든, 세 편의 수록작은 유기적으로 이어진다. '나'들의 경험은 홀로그램처럼 입체적으로 구현된다. 어원상 '모든 정보'라는 의미를 지닌 홀로그램은 각기 다른 관점에서 포착된 이미지를 조합하여 만들어진다. 각 이미지가 지닌 뚜렷한 공통점과 약간의 차이점을 에두름으로써 3차원의 상을 맺는 것이다.

2. 두려움의 정중앙

소설에는 '두려움'이 공통적으로 등장한다. 인물들은 미래를, 정확히는 미래가 내포하는 미지를 두려워한다. 〈당기는 빛〉에서 대학생인 '나'는 서른 살 이후의 미래를 두려워한다. 도무지 짐작할 수가 없기 때문이다. "서른 이후에 뭐가 있지? [……] 빨리 죽고 싶고 그런 건 아닌데. 그냥 상상이 안 되고 그래서 무섭고 그런 게 있다니까?"(pp. 13~14). 두려움은 '나'가 서른여덟 살이 되어도 사라지지 않는다. 20대에 두려워했던 30대의 미래는 막상 30대가 되니 더욱 불가사의하게 느껴진다. 만일 멀리 떨어진 대상, 겪어보지 않은 사건이 아스라이 느껴진다면 그건 이상하지 않다. 그런데 바로 곁에서 바라보아도 여전히 아스라하게 느껴진다면, 직접 경험하고 있는데도 정체를 모르겠다면 무언가 잘못된 것이다. '나'는 자신의 나이에 옅은 패닉을 느낀다. "거기엔 어딘가 논리적인 오류가 있는 것처럼 느껴진다. 마치 시간 여행이라도 한 것처럼, 물리적으로 불가능한 일이 벌어진 것만 같다. 서른여덟이라니. [……] 벌써 인생이 반이나 지나갔다는 공포가 늘 나를 따라다닌다"(p. 73).

'나'가 나이를 실감하지 못하는 이유는 그가 살아온 시간에 비해 경험의 밀도가 낮기 때문이다. 소설 속 '나'들은 자신의 삶을 시시포스 신화에 빗대어 표현한다. 동병상련의 대상은 시시포스가 아니라 굴러가는 바위 쪽이다. '나'는 시시포스와 달리 힘겹게 바위를 밀어 올린 적도, 좌절감을 무릅쓰고 다음 움직임을 시작한 적도 없다. 의미 없이, 생각 없이, 스스로 움직이지조차 않고 그저 떠밀려 왔다. 〈내부 유령〉의 '나'는 자발적으로 회사를 그만두었지만, 퇴사를 원했다기보다는 "그저 버티지 못하고 떠밀려 나왔을 뿐"(p. 311)이다. "내 인생은 원하는 것을 좇기보단 참을 수 없는 것에서 멀어지며 여기까지 굴러왔다. 나아가는 게 아닌 밀려나는 삶. 나의 연료는 미래에 대한 낙관보다는 현재에 대한 부정이었다"(pp. 136~137).

그리하여 '나'에게는 "돌아가고 싶은 때가 없"(p. 132)다. 어렸던 시절을 제외하면 '나'의 생활은 대체로 무의미한 반복으로 축약된다. "강단 위에서 똑같은 말을 반복하며 세월을"(p. 109) 보내거나, 직장 상사의 비합리적인 지시에 따라 "시키는 대로"(p. 42) 일하며 지냈다. 떠밀려 다니던 시간은 경험으로 축적되지 않는다. '나'에게 행복했던 적은 없고, 후회스러운 경우는 너무나도 많다. 어떤 순간을 골라 그때로 돌아간다고 해도 유의미한 변화를 일으키진 못할 것만 같다. '나'의 현재는 모래성처럼 부실하고 신기루처럼 허무하다. '나'는 앞으로도 자기 인생에서 돌아가고 싶은 순간을 특정하지 못하리라 생각한다. "지금 여기엔 아무것도 없"(p. 46)기 때문이다.

현재가 거품으로 쌓은 탑과 같다면, 과거는 몇 번이고 반복해서 플레이할 수 있는 게임 세계와 같다. 게임은 현실보다 단순하고 아늑하다. 우리는 그곳을 속속들이 안다(고 생각한다). 불확실하고 불명확한 변화는 감히 들이치지 못한다. '나'는 과거를 편안하게 여긴다. 과거는 심지어 더 아름답기도 하다. "그 시절에는 눈도 더 하얬고 물도 더 달았다"(p. 231). '나'의 의식은 거듭 과거로 향한다. 화자가 상상 속에서 탐험하는 과거는 '어쩌면 내가 겪었을지도 모르는' 기회로 가득하다. 그가 과거로 떠나는 목적은 "추억을 반복하되 지금처럼 살지 않는 것"(p. 33)이다. 실제 경험보다 나쁜 일은 생기지 않으리라는 착각이 '나'를 둘러싼다. 과거를 건드리다 보면 현재 버전의 '나'를 삭제하고 더 나은 버전으로 순간 이동하게 될지도 모른다.

반면 미래에는 나쁜 일이 생길 가능성이 농후하다. 언제 어디서 무엇이 덮칠지 모른다. 〈좋아하길 잘했어〉의 '나'는 마을 근방의 웨딩홀이 시간이 지나며 어떤 최후를 맞았는지 본다. "한때 근처 주민들의 선망의 대상이었던" 웨딩홀은 결혼이라는 "구시대의 사치품"(p. 232)과 함께 과거의 유산으로 변한다. 길에서 넘어진 '나'는 예상치 못한 경험 때문에 힘들어한다. "갑자기 들이닥친 불행에 대한 당혹감, 단지 문을 뛰어넘으려 했을 뿐인데 나자빠지고 상처를 입었다는 좌절감과 무력감 같은 것들"(p. 234)이 나를 엄습한다. 미래는 이토록 변덕스럽고 포악하기에 "피할 수 없는 일종의 자연재해"(p. 230)로 느껴질 정도다.

자연히 '나'는 미래와 직면하기를 애써 회피한다. '진영'은 '나'를 정확히 꿰뚫어 본다. "넌 애초에 의지가 없는 것 같아. 아니, [……] 무력감으로 네 주변을 단단히 구축하고 있는 것처럼 보여"(p. 203). 〈내부 유령〉의 '나'는 학교에서든 연구소에서든 무의미한 반복을 고수한다. 그는 무력감에 젖어 있지만 실은 스스로 정체되기를 고집하는 중이다. 쳇바퀴처럼 돌아가는 '나'의 일상에, 학교 운동장에서 뛰어다니는 아이들의 모습은 "우주에 생명이라는 것이 존재한다는 거의 유일한 증거"(p. 128)다. 그러나 '나'는 아이들이 일으키는 흙먼지가 방 안에 들이치지 않도록 창문을 닫아 잠근다. 맥동하는 생명력의 여파가 자기에게 다가오지 못하도록 차단해버린다.

3. 미래에 노출되기

〈좋아하길 잘했어〉에서 '나'는 불확실한 미래를 광폭하다고 표현한다.

> 우리는 시간과 공간의 대결에서 시간의 편에 서길 선택했다. 비록 그게 광폭하게 흘러가는 미지의 시간일지라도. 시간은 우리 편이 아니지만, 괜찮다. (p. 283)

우연히도 비슷한 표현이 70여 년 전의 소설에 등장한다. 아베 고보는 인류가 멸망하는 미래를 다룬 SF소설 《제4 간빙기》에서, 미래가 결코 우리에게 친근하게 다가오지 않는다는 점을 강조한다.

> 방 안에 희미한 정적의 속삭임이 피어올라 자욱이 낀다. 잠잠히 언제나처럼 그곳에 있는 기계가 평소와는

다른 얼굴을 한다. 미래를 향한 통로가 바로 저 앞에 입을 떡 벌리고 기다리는 것처럼 보였다. 문득 미래란 여태 생각했던 것처럼 단순한 청사진이 아니라, 현재로부터 독립된, 의지를 가진, 광폭한 생명체처럼 느껴졌다. (아베 고보, 《제4 간빙기》, 이홍이 옮김, 알마, 2022, pp. 180~181)

아베 고보는 집필 후기에서 미래에 대한 생각을 강변한다. 독자에게 급변하는 미래를 어떻게 받아들일 것인지 묻는다.

일상의 연속감은, 미래를 본 순간 죽어야만 하는 것이다. 미래를 이해하는 데에 있어서는, 현실을 살아가는 것만으로는 불충분하다. [……] 잔혹한 미래라는 것은 아마도 존재하지 않는다. 미래는 그것이 미래라는 점에서 이미 근본적으로 잔혹하다. 그 잔혹함에 대한 책임은 미래에 있는 것이 아니라, 오히려 단절을 수긍하려고 하지 않는 현재에 있다. (같은 책, pp. 377~378)

미래는 현재의 일상과 전혀 다른 낯선 무엇이다.《좋아하길 잘했어》의 '나'들에게도 일상의 연속감이 유지되지 않는 순간이 다가온다. 심판의 시간이다. 그저 떠밀려 살던 '나'는 그 흐름 끝에 더욱 혐오스러운 것이 기다린다는 사실을 알게 된다. 〈내부 유령〉에서 군사 목적의 초능력 프로젝트를 수행하던 '나'는 영이에게 마약을 사용하라는 지시를 받는다. 마약으로 초능력을 끌어내는 방법은 무용한 데다 폭력적이다. 그동안 '나'는 자신이 연구원들에 비해 덜 나쁘다고, 마음만 먹으면 영이를 탈출시켜줄 사람이라고 생각했다. 그런데 어쩌면 화자가 덜 나쁘게 굴어서 상황이 더 나빠졌을지도 모른다. 영이를 탈출시키지도 않고, 실험체로 대하지도 않으며 헛되이 시간을 보내고 있었으므로.

마약 투여 지시가 내려온 이유는 추정컨대 윗분들이 "겁에 질린 유령들"처럼 맹목적으로 자기 보신을 추구하고 있기 때문이다. 연구소는 "과거에서 되살아난 망령들로 가득 찬 유령의 집"(p. 136)이다. 오로지 자기만 아는 사람들이 일구어낸 시대착오적 공간이다. 유령들을 보며 '나'는 자신에게 배태된 유령의 씨앗을 발견한 듯하다. 몸을 사리며 타인을 짓누르고 있다가는 자신도 유령이 되어버릴 것이다. 그제야 비로소 '나'는 초능력을 사용한다. 남의 시선에 비친 자신을 발견하는, 바로 그 능력을.

각 수록작의 제목은 '나'의 두려움과 밀접하게 연결된다. 〈내부 유령〉에는 자기 내부의 유령이 어른거린다. 〈당기는 빛〉에서 빛은 단절의 의미로 등장한다. 텔레비전 방송이 끊길 때 보이는 하얀빛은 저 너머의 세상과 '나'를 단절한다. 〈좋아하길 잘했어〉의 '나'는 오랫동안 '수현'을 좋아했으면서도 수현에게 고백하지 못한다. 좋아한다고 말한 다음이 두렵기 때문이다. 그러나 화자가 두려움의 대상에 접근한 뒤로는 의미가 달라진다. 유령 덕분에 '나'는 연구소에 학을 떼고, 견인광선은 미래를 끌어오는 기능을 한다. 빛은 연결이라는 의미로 새로이 쓰인다. 좋아하는 마음은 우주를 구하고 나를 성장시킨다. 공포증을 치료하는 대표적인 방법은 노출 요법이다. 자신이 두려워하는 대상이나 상황을 직접 접하며, 그래도 괜찮다는 경험을 쌓아 두려움을 제거하는 방법이다.

가장 두려운 것이 역설적이게도 공포를 극복하는 길을
가리킨다.

4. 문자와 비유

타임머신은 '시간을 돌릴 수 있다면 어떡하겠느냐'라
는 질문을 가정이 아니라 실제 상황으로 만들어준다.
타임머신이 등장하면 과거 현재 미래가 일렬로 늘어선
선형적 시간이 무너진다. 시간 여행을 이용하면 일상적
인 시간성을 초월한 서술이 가능하다. 시인이자 영문학
자인 주서영이 SF를 정의하는 바에 따르면, SF는 리얼
리즘 영역에서는 구현되지 않는 대상을 효과적으로 모
방할 수 있는 장르다.*

SF가 허구의 세계를 서술한다는 기존의 통념과 달리,
주서영은 SF가 현실을 모방한다고 본다. 리얼리즘과 SF
는 존재할 수 있는(혹은 인지할 수 있는) 대상을 서술한다

---

*   Seo-Young Chu, *Do Metaphors Dream of Literal Sleep*, HUP, 2010 참고.

는 점에서 동일하다. 둘은 반대말이 아니며, 하나의 스펙트럼에서 다른 위치를 차지할 뿐이다. 둘 다 상상의 틀을 이용한다는 점도 같다. 다만 리얼리즘은 표현하기 쉬운 대상을 서술하므로 에너지를 적게 사용한다. 보통의 한국 소설은 인물이 식사하는 장면에서 쌀밥과 김치의 모습을 하나하나 묘사하지 않는다. 한국 독자는 이미 그 모습을 익히 알고 있다. 작가나 독자나 힘을 쏟을 필요가 없다. 반면 SF는 리얼리즘과 달리 대상을 직접적으로 표현하기를 거부한다. SF가 행하는 모방은 대량의 에너지를 필요로 한다. 덕분에 SF의 영역에서는 인지적 소외를 일으킬 정도로 낯선 대상이 포착된다. '순전히 문자 그대로인 것도 아니고 순전히 비유적인 것도 아닌' 대상이 (비교적) 온전히 서술되는 것이다. 시간 여행은 우리가 경험하는 시간의 흐름에 어긋나는 일이지만, SF의 영역에 머무르는 동안 그것은 우리의 인지와 충돌하지 않는다. SF는 인지적으로 접근하기 어려운 대상을 상상할 수 있는, 서술할 수 있는 것으로 구현한다.

따라서 SF의 서술은 현실에 존재하는 대상으로 직결

되지 않는다. 'SF에서는 문자 그대로의 의미와 비유적인 의미가 존재론적으로 동등한 지위를 공유한다.' 〈좋아하길 잘했어〉에서 개들이 보내는 무한한 사랑은 문자 그대로도 무한하게 존재한다. 엔트로피의 법칙에 구애되지 않기 때문이다. 〈당기는 빛〉에서 화자는 과거를 곱씹는 일을 시간 여행이라고 부른다. 이는 보통 비유적인 의미로 쓰이지만, 작중에서는 물리적으로도 사실이다. 더불어 양자컴퓨터를 사용하면 문자 그대로 과거의 시간을 겪을 수 있다. 작중 20대의 '나'와 30대의 '나'는 시간적 순서를 무시하고 교차로 나타난다. 이런 뒤섞임은 소설의 서술 방식일 뿐만 아니라 작중의 '나'가 실제로 경험하는 사건이다. 시간 여행자에게 과거는 현재보다 나중에 나타날 수 있다.

작중 과거의 시간대는 1990년대로 보인다. 문자 그대로 화자는 약 20년 전인 1990년대로 시간 여행을 떠난다. 과거의 세계는 현재의 세계와 혼재된다. 그는 어영부영 놓쳐버린 과거의 사건을 갈무리할 기회를 얻는다. 혹은 비유적으로 읽으면, 화자는 현재에는 존재하지 않는 과거의 기억과 감정을 생생하게 재발견한다. 그의 경험은 현실에 존재했던 1990년대와 긴밀하게 맞물린다. 소설은 우리가 1990년대를 지금 시점에 어떻게 받아들일지에 관한 이야기로도 확장된다. 더욱이 1990년대에 일어난 변화는 "1980년대와는 달리 지금 시대에 직접적으로 이어지는 게 많다"*는 점을 고려하면, 〈당기는 빛〉은 독자의 현재로 매끄럽게 이어진다.

대학교 글쓰기 동아리 '글심'에 가입한 '나' '윤수' '수현'은 동아리 선배들과 강하게 반목한다. 선배들은 고리타분하고 쓸데없는 압박을 가한다. 너희들이 쓰는 건 진짜 문학이 아니라고 비난하는 식이다. 그러거나 말거나 '나'를 포함한 셋은 정말로 글쓰기에 관심이 있다. 소설의 배경에는 '80년대의 대항문화, 90년대의 대중문화'라는 틀이 존재한다. 1990년대 한국은 기존의 거대 담론이 해체되고 이질적인 담론들이 경합하는 변화를 겪었다. 작중 세 사람은 건배하며 '혁명'을 외치지만 '나'에

* 윤여일, 《모든 현재의 시작, 1990년대》, 돌베개, 2023, p. 21.

게 혁명은 어디까지나 '농담'이다. 혁명은 더 이상 선배들의 시대에서처럼 진지하고 엄숙한 단어가 아니다. "혁명이라는 단어는 아무 데나 갖다 붙여도 대충 말이 되면서도 맥락에 맞지 않을수록 웃겼다. 무엇보다 그 단어를 내뱉는 것 자체가 강력한 해방감을 줬다. 번화가로 나가면 체 게바라 티셔츠를 입은 젊은이가 100제곱미터당 한 명은 꼭 있었다. 한마디로 혁명은 패션이었고 가성비 좋은 농담이었다"(pp. 55~56).* 실제로 1990년대에 호명된 '신세대'는 소비 문화에 눈을 떴고, 자본에 휘둘리며 겉모습만 허황되었다는 말을 들었다. 1980년대 문학의 관심이 정치와 역사로 향했다면, 1990년대 문학은 훨씬 사적이고 아련한, "이념 바깥의 세계, 타인은 모르는 욕망, 상실한 것에 대한 그리움, 불가능한 것에 대한 매달림을 향했다".**

* 이는 〈좋아하길 잘했어〉의 화자가 장래를 묻는 질문에 갑작스레 "자연 보호! 신자유주의 타파!"(p. 203)라고 외치는 장면과 이어진다. '나'는 '진영'에게 '착취자와 피착취자', '핍박받는 무산계급' 등을 농담으로 사용한다. 이러한 표현은 화자의 현실에 직결되지 않고, 지나치게 엄숙해서 오히려 상투적인 뉘앙스를 지닌다. 그래서 괜한 말, 공허한 농담으로 변질된다.

** 윤여일, 같은 책, p. 42.

20대의 '나'는 '쿨함'에 끌린다. 살려고 하는 행위들은 멋이 없다(p. 57). 치열하지 않은 것은 쿨하다. 진지한 대화를 10분 이상 이어가는 것은 쿨하지 않다. 그런데 한편으로 '나'는 수현이 내미는 전혜린의 문장에 매혹된다. 인생은 놀이터가 아니고, 최대한 애써서 노력하다 쓰러지는 것이 참된 삶이다. 이 문장은 결코 쿨하지 않다. 웃음기라고는 전혀 느껴지지 않는다. 윤수에게서 얻은 루이제 린저의 문장도, 전혜린을 따라 읽다가 발견한 보리스 파스테르나크의 문장도 유사하다. '나'는 세 사람이 세 개의 문장을 하나씩 나눠 가졌다고 느낀다. "모두 한 방향을"(p. 74) 가리키는 서로 다른 문장은, 성격이 각기 다른 세 사람이 같은 지향을 공유한다는 증거처럼 작용한다. 이들에게는 농담으로 희화화되지 않는 치열함이, 적어도 치열함을 품으려는 갈망이 있었다. 세 사람은 졸업을 기념하며 엉터리 햄릿 연극을 펼칠 때도 "한 번도 대사를 놓치지 않았고 한 번도 웃지 않았다".

윤수가 햄릿 1막의 마지막 대사인 "시간이 어긋나 있

다"까지 끝내자 "한 시대의 끝을 알리는 소리가"(p. 76)
들린다. 진지했던 연극은 웃음소리와 함께 종식된다. 서
른여덟 살의 '나'에게는 더 이상 그때의 웃음도 친구도
없다. 윤수는 죽었고 수현은 연락하지 않은 지 오래다.
통상적인 방법으로는 그때로 돌아갈 수 없다. 하지만
'안미래'를 통해 '나'는 윤수가 아직 살아 있는 시점에 도
착한다. 작중 설명에 따르면 진정한 시간 여행은 "바라
는 세계를 현재로 끌어당기는"(p. 86) 행위다. 전후 사정
을 깨달은 '나'는 윤수를 향해 달려 나간다. 햄릿은 유령
을 보았지만 '나'의 앞에 나타날 윤수는 살아있을 것이
다. 햄릿이 보는 유령은 돌아오는 것(revenant)이고, 돌아
오기 위해서는 먼저 자리를 떠나야 한다. 윤수는 유령
이 되지 않을 것이다. 화자가 윤수에게 가는 중이기 때
문이다. 윤수와 함께 1990년대를 행진하는 시위대의 목
소리도 화자의 현재로 들어선다. 그것은 쿨하지 않지만,
시간을 넘어서도 뛰어들 만한 가치가 있다는 암시를 남
긴다.

5. 그래도 한번 해봤으니까

《좋아하길 잘했어》에는 다양한 레퍼런스가 등장한다. '스타트렉의 무기'를 묻는 말에 '데스스타'라고 답하는 것은 〈스타트렉〉과 〈스타워즈〉의 관계를 이용한 농담이다. '안이 밖보다 크다'는 〈닥터 후〉의 간판 격 표현이다. 〈당기는 빛〉의 '나'는 윤수가 입은 〈X 파일〉 티셔츠에 호감을 느끼고, 〈내부 유령〉의 '나'는 불의와 싸우는 선량한 FBI 요원 콤비를 신뢰한다(〈X 파일〉의 멀더와 스컬리는 FBI 소속이다). 또한 〈내부 유령〉의 택배 배달원은 '나'에게 〈본 아이덴티티〉 시리즈의 주인공으로 농담을 한다. '나'는 처음에는 알아듣지 못했지만 시리즈를 전부 본 뒤에는 제이슨 본의 역할을 받아들인다. 물론 SF 외에도 《레미제라블》이나 '시시포스 신화' 등이 서브텍스트로 요긴하게 등장한다. 등장인물들은 서브텍스트를 경유하여 소통한다. 일일이 설명하지 않아도 의미를 포착한다. 인사이드 조크를 활용하는 대화에는 친밀감이 피어오른다. '투쟁'이나 '혁명'처럼 거대한 말로 뭉치지는 못하지만, 창작물을 통해 소규모의 관계망을 형성하는 일은 가능하다.

이런 소규모의 소소한 관계망이 '나'들을 느슨하고 커다란 사회적 관계망으로 끌어당긴다. 〈내부 유령〉의 '나'는 세상 곳곳에서 선배들을 발견한다. 위험을 무릅쓰고 규칙을 어기면서까지 취약한 상대를 바깥으로 꺼내는 사람들이다. 이 또한 레퍼런스다. 소설의 완결성 면에서 화자와 멀리 떨어진 '선량한' 사람들은 이야기에 완전히 융화되지 못하고 다소 이질적으로 등장한다. 그러나 그들은 작중의 사건과 현실을 곧바로 연결하는 레퍼런스로도 기능한다. 소설은 '쿨함'과 다소 멀어지는 대신 사회적, 시대적 현장성을 줍는다. 타인을 꺼내주기 위해 자리를 박차고 일어나는 이야기다운 선택이다.

세 편의 소설은 인물이 어디론가 향하는 장면, 변화를 암시하는 지점에서 끝난다. 무언가 변화할 가능성이 보이는 지점에서 끝을 맺는다. 그다음은 공백이다. 인물들은 여전히 미래를 모른다. 무슨 나쁜 변화가 발생할지 알지 못한다. 아무리 우주에 무한한 사랑을 전파하더라도 언젠가는 반드시 종말이 찾아올 것이다. 그래도 소설이 이야기를 멈추는 지점에서는 모든 미래가 함께 멈춰 있다. 저항할 수 없는 종말이 들이닥치기 전에 정지함으로써 소설은 찰나의 역동성을 확보한다. 〈당기는 빛〉의 '나'는 안미래에게 속으로 선언한다. "실패를 반복할 것이다. 그래서 그 실패를 끝이 아닌 과정으로 만들 것이다"(p. 86).

책의 끝에는 매력적인 작가 후기가 붙어 있다. '사랑한 것을 후회한 적 있냐'고 묻고 '물론'이라고 답하는 대화가 오간다. 가장 어두운 밤에 새벽을 기다리는 기원이 길게 이어진다. 돌 전시관으로 돌아간 작가는 이름도 모르는 친구가 가만히 바라보던 돌을 찾아본다. 그것은 심각하게 부서져 작은 조각만 남은 운석이다. 흔적이 처참한 만큼 강렬하고 뜨거운 충돌을 겪었으리라는 짐작이 든다. 불타고 부서지고 후회해도 괜찮을까? 여기 또 하나의 레퍼런스가 있다.

운석 줍기

이 이야기의 3분의 1은 진짜고, 3분의 1은 가짜다. 나머지 1은 어쩌면 있었을지도 모르는 일. 그리고 어쩌면 있을지도 모르는 일.

작년에 내가 회사를 그만둔 건 승희가 일을 그만둔 것과 비슷한 이유였지만 그것에 더하여 다른 이유가 100가지쯤 있었고 하나씩 따지다 보면 사실 회사의 모든 것을 싫어했던 것 같기도 하다. 의자에 박힌 나사 하나까지도.

〈스타트렉: 피카드〉 마지막 화에서 추억 속의 함선 엔

터프라이즈-D의 함교에 올라 감회에 젖은 장뤼크 피카드는 옛 동료들을 돌아보며 이렇게 말한다.

"이렇게 한데 모인 자네들을 보고 있으니 내가 가장 그리워했던 게 뭔지 깨닫게 되는군. 바로 카펫이야."

만약 나에게 퇴사 소감을 말할 기회가 주어진다면 저 농담을 꺼내볼 생각이었다.

"퇴사를 앞두고 이렇게 한데 모인 여러분을 보고 있으니 이 회사에서 제가 가장 소중하게 생각했던 게 뭔지 새삼스럽게 깨닫게 되네요. 탕비실의 커피머신이요."

몇 사람은 배를 잡고 바닥을 데굴데굴 구를지도 모른다. 피카드의 저 말은 농담이었고 그래서 감동적이었지만, 내 말은 진심처럼 들릴 테니까. 내가 할 만한, 너무 평소의 나 같은 대사라서 웃지 않고는 못 배길걸. 사실 커피머신보다는 소중하게 생각했던 동료들에게 그런 대사를 날릴 기회는 아쉽게도 오지 않았다.

회사를 박차고 나오면 개운할 줄 알았다. 이제 졸리지 않은데 억지로 누워 잠을 청할 필요가 없다. 밤새 좋은 책을 읽고 좋은 음악을 듣고 동틀 녘까지 가만히 앉아 그 기분을 되새길 수 있다. 평일 낮에는 동네를 열심히 돌아다녀야지. 동네 식당에서 밥을 먹고 동네 빵집에서 빵을 사고 동네 카페에서 커피를 마시고. 물론 강력한 긴축정책을 시행할 예정이지만 몇 년 전 경험한 바에 따르면 나는 싸고 간단한 요리를 꽤 잘하는 것으로 밝혀졌으니 문제없다. 불가능했던 긴 여행도 떠날 것이다.

그럴 줄 알았는데, 그 자유를 해맑게 즐길 수가 없었다. 대신 은은한 우울감이 줄곧 나를 따라다녔고, 한참을 시달리고 난 후에야 겨우 그 정체를 깨달았다. 사실 나는 일을 그만두고 싶지 않았던 거다. 회사를 떠난 건 나였지만, 나가고 싶어서 나간 게 아니었다. 그저 버티지 못하고 떠밀려 나왔을 뿐. 나는 일이 하고 싶고 일이 필요하다.

그래서 새로운 일을 찾기 시작했다. 일자리는 우연한 기회에 찾아왔다. 당시 나는 외국의 작은 마을에서 며칠간 머물던 중이었다. 도시에서 전철로 한 시간을 달려 또 거기서 버스로 30분을 가야 하고 관광객의 관심에서는 몇 광년은 떨어진 것 같은, 사방이 논과 밭뿐인 시골이었지만 내가 좋아하는 주로 한 음절로 된 것들, 별, 눈, 숲이 많은 동네였다. 밤에 별이 가득한 밤하늘을 보고 있으면 별이 쏟아지든지 내가 하늘로 떨어지든지 아무튼 서로 가까워지는 듯한 착각이 들었다. 그렇게 전원생활을 즐기며 동네를 어슬렁거리던 어느 날, 벽에 붙은 공고를 발견했다.

돌 전시관 관리인을 구합니다.

기대 없이 지원했는데 어지간히 급했던 모양인지 덜컥 채용됐다.

돌 전시관으로 말하자면 그 지방의 여기저기서 주워 온 돌을 한데 모아놓은 작은 건물이었다. 마을을 관광지로 만들어보겠다는 계획의 일환이라는데 외부인의 입장에서 보자면 정말이지 엄청나게 거대한 포부가 아닐 수 없었다. 일일 평균 방문객 수는 0.5명. 구글 지도에 등록된 리뷰는 단 하나인데, 별 한 개와 함께 남겨진 코멘트는 "이런 건 우리 집 뒷산에도 있음". 누가 봐도 실패한 사업이었고, 이 실패를 돌이킬 방법은 기원전으로 돌아가 피라미드를 한두 개쯤 건설하는 것 말고는 없을 것 같았다.

그런 시시한 돌 전시관에서 일하는 동안 이상한 일이 하나 있었다. 지금부터 그 이야기를 해보려 한다.

평소와 같이 방문자 하나 없는 오전이 지나고, 오후에 잠깐 자리를 비웠다가 돌아오니 키가 훤칠한 남자 한 명이 매표소를 기웃거리고 있었다. 그 남자를 본 나는 적잖이 당황했는데, 일단 이 전시관 최초이자 최후의 외국인 손님일 것이 거의 확실해 보이는 이국적 외모 때문이었고, 또 하나의 이유는 남자의 시선 끝에 내가 소설을 쓰던 노트북의 펼쳐진 화면이 있었기 때문이었다. 나는 재빨리 다가가 노트북을 닫았다. 다음의 대화는 내 어설픈 외국어 실력으로 직역한 것.

"안녕?"

"안녕."

"도움이 필요해?"

"나는 내 돌을 떨어뜨렸어. 그 돌이 여기 있어. 나는 그것을 보고 싶어."

"어른 한 명에 2,000원."

전시실에 들어간 남자는 다른 돌들은 제쳐두고 하나의 돌 앞으로 걸어갔다. 혹시 돌발 행동이라도 하지 않을까 싶어 슬쩍 지켜봤지만 남자는 그저 작은 돌을 무덤의 꽃 보듯이 바라보며 가만히 서 있을 뿐이었다. 미동도 없는 남자의 뒷모습을 보는 것도 금방 지겨워져서 나는 곧 자리로 돌아왔다. 그리고 한참 뒤 남자가 나왔다. 남자는 슬퍼 보였고 나는 그 슬픔에 이끌려 물었다.

"그것이 너에게 특별하니?"

"아니야. 나는 그것을 오래전에 떨어뜨렸고 그것은 불탔고 부서졌어."

"만약 그 돌이 네 것이면, 내 생각에 너는 시청에 전화할 수 있어. 너는 원해?"

"나는 괜찮아. 정말로. 그건 과거야. 그것은 과거에는 아름다웠지만 과거라서 아름다운 건 아니야."

"그렇게 말한다면야."

"너는 뭔가를 쓰고 있어?"

남자가 내 노트북을 가리키며 물었다.

"그것은 아무것도 아니야."

"나는 한글을 읽을 수 없어. 하지만 나는 그것이 소설
이라고 생각해. 나는 그것을 느낄 수 있어."

그렇게 말하는 남자의 눈이 당장이라도 눈물을 쏟을
것 같아서 뭔가 웃긴 이야기를 해야겠다는 의무감을 느
꼈으므로 내가 쓰고 있던 소설에 대해서 대략 이렇게
설명했다.

그것은 세 가지 이야기이다. 세 이야기는 각각 다른
시기에 완성되었지만 머릿속에 거의 동시에 떠올랐다.
이 이야기들은 마치 작품 속 주인공들이 입양한 개의
이름을 복실이라고 붙인 것과 같은 방식으로 쓰였다. 그
러니까 내가 지어냈다기보다는 그냥 원래 거기에 있었
고 나는 그것을 주워서 생긴 그대로 옮겨 적었을 뿐이
다. 타임머신이 나오고 초능력을 쓰고 개가 세상을 구
하는, 서로 전혀 다른 세 가지 이야기지만 사실 모두 한
방향을 향하고 있는 것 같기도 하다. 그 방향이란 바로
'앞'이며 이때 '앞'의 반대말은 '뒤'가 아닌 '안[內]'이다.
나는 그것을 마지막 작품을 완성해갈 즈음이 되어서야

깨달았고 이 세 작품을 발표한다면 반드시 하나의 책으로 엮고 싶다고 생각했다. 그게 가능할지는 모르겠다. 아마 안 될 것 같다. 단편 세 개로 책 한 권을 만들 수 있는지조차 모르겠다. 엄청나게 긴 작가 후기라도 쓴다면 모를까. 하지만 그런 걸 누가 좋아하겠어?라고.

"개가 세상을 구한다고?"

"맞아. 사실 나는 그걸 찰스 유의 소설을 읽다가 떠올렸어.《SF 세계에서 안전하게 살아가는 방법》이라는 소설. 거기에 무에서 유를 창조하는 개가 있거든. 무한한 사랑 그리고 무한한 침."

"나 그 개 알아. 에디 맞지?"

"에드야. 너 SF를 좋아하는구나?"

"좋아해. 그래서 네 소설에도 흥미가 있어. 너는 그 이야기들이 그냥 거기에 있었다고 말했지. 너는 그것을 주웠을 뿐이라고. 기뻤니? 그걸 발견했을 때 말이야."

"글쎄……. 기억나지 않아. 그건 다이아몬드가 아니야. 그건 여기에 있는 돌 같은 거였어. 이 돌들을 발견한 사람이 기뻤을 거라고 생각해? 만약 내가 기뻤다면 그 사람과 비슷한 정도로 기뻤을 거야."

"카살스 알아? 첼로 연주자 말이야. 파블로 카살스는 10대 시절에 헌책방에서 바흐의 무반주 첼로 연주곡 악보를 발견해. 200년 가까이 잊힌 곡이었지. 나는 가끔 그때 카살스의 기분을 생각해. 그건 어떤 기분일까?"

"저건 바흐가 아니고 나는 카살스가 아니야."

"그렇지. 하지만 넌 재밌는 사람이야."

"나는 재미와는 극단적으로 먼 사람이야."

"오늘 밤에 시간 있어? 내가 머무는 게스트하우스에 오픈 마이크가 있어. 네가 원한다면 올 수 있어."

"오픈 마이크가 뭐야?"

"그건……, 오픈 마이크야. 누구나 자유롭게 마이크를 사용할 수 있어. 누군가는 노래를 부르고 누군가는 악기를 연주하고 누군가는 시를 읽어. 만약 네가 와서 네소설의 일부를 읽는다면 나는 정말 기쁠 거야. 내 손님이 되어주겠니?"

"너는 뭔가를 할 거니?"

"나는 첼로를 연주할 거야. 나는 첼로 연주자야."

"알았어. 생각해볼게."

그렇게 말했지만 생각이고 뭐고 그때부터 난 이미 남자의 연주를 듣고 싶다는 욕망으로 가득 차 있었다. 나는 누군가가 뭔가를 연주하거나 그리거나 쓴다고 하면 그걸 직접 듣거나 보지 않고서는 못 견디는 성격이었으니까. 나는 일을 마친 뒤, 남자가 쪽지에 적어준 장소로 찾아갔다. 게스트하우스는 옆 도시 주택가의 어느 골목에 있었고, 낮고 길며 주황색 불이 밝혀진 낡은 건물이었다. 남자는 손을 들어 나를 옆자리로 불렀고 뭔가를 마시겠느냐고 물었다. 테이블에는 남자가 주문한 칵테일 한 잔이 놓여 있었다. 나는 맥주를 시켰다. 실내에 장식된 포스터, 그림 등을 보아하니 이 근방 예술가들의 아지트나 일종의 대안 공간으로 사용되는 곳 같았다. 직각삼각형 모양의 공간에 모인 사람은 열몇 남짓이었고 저마다 바, 창틀, 바닥 등 되는대로 자리를 잡고 있었다.

오픈 마이크 행사의 시작은 게스트하우스 주인의 노래였다. 통기타 연주에 신시사이저 반주가 얹힌 몽환적인 음악이었다. 다음으로 마이크를 잡은 사람은 반으로 접은 노트에 적힌 시를 낭독했는데 열정적인 말소리와 손짓이 마치 랩을 쏟아내는 듯했다. 그리고 몇 사람의 차례가 더 지나갔다. 누군가가 오카리나를 연주했고 게스트하우스 손님 중 하나가 휴대전화로 재생한 반주에 맞춰 돌리 파튼의 〈9 to 5〉를 끝내주게 불러 관객들의 박수갈채를 받았다. 그 무대가 끝나고 사회자 겸 게스트하우스의 주인이 다음 발표자로 내 이름을 불렀다. 나는 저항 없이 가방에서 노트를 주섬주섬 꺼내 들었고 남자가 내 어깨를 가볍게 두드렸다.

마이크 앞에서 나는 자신을 작가라고 소개하고는 깜짝 놀랐는데 그 전까지 스스로를 작가라고 소개해본 적이 없었거니와 그렇게 인식해본 적조차 없었기 때문이다. 작가라는 호칭이 아이고 무거워 그런 건 아니고 얼굴에 난 뾰루지 같은 거랄까. 난 뾰루지 말고도 이렇게 생기고 저렇게도 생겼는데 뾰루지로 과대표되어버린 것 같고 가능하면 이쪽은 보지 말아줬으면 좋겠고 어쩌다 작가라는 말을 들으면 내 멋대로 '자까'라는 소리로 번역해서 들었다. 그렇게 마음도 자세도 어정쩡하게 선 채 준비해 온 노트를 펼쳤다. 거기엔 2년 전 크리스마스에 출간된 내 첫 번째 소설의 한 페이지가 바들바들 떨고 있었다. 게다가 그건 자동 번역기가 출력한, 가까스로 읽을 수는 있지만 그게 맞는 번역인지까지는 확인할 수 없는 여러 뭉치의 외국어 단어 덩어리였다. 나는 붉게 달궈진 얼굴을 차가운 손바닥으로 틈틈이 식혀가며 그 문장들을 읽어나갔다.

3분쯤 지났나. "끝입니다. 감사합니다"라는 말로 낭독을 마쳤다. 점잖은 박수 소리가 들렸고 고개를 들자 청중들의 얼굴이 보였다. 다양한 표정이었다. 개중에는 눈가의 눈물을 훔치는 사람도 있었다. 그 사람을 붙잡고 물어보고 싶었다. 대체 당신에게 무슨 일이 있었던 거냐고. 혹시 번역기가 어떤 아름다운 오류라도 만들어낸 걸까? 아니면 정말 내 글이 누군가의 마음에 들 수 있었던 걸까? 사람들의 표정과 박수에서 작은 만족이 느껴졌고 거기에 적지 않은 감동을 전해 받았다. 고마웠다. 진심으로 고마웠고 막연하게 또 하나의 책을 내고

싶다고 생각했던 게 첫 번째 책을 좋아했던 사람들의 마음에 보답하고 싶었기 때문이라는 걸, 오직 그 이유뿐이고 그것 말고 다른 이유는 없다는 걸 기억해냈다.

"그건 좋았어. 고마워."

자리로 돌아온 나에게 남자가 웃으며 말했다.

다음 차례로 마이크 앞에 선 사람은 자신을 시인이라고 소개했다. 작은 메모지를 들여다보며 머뭇거리던 시인은 이내 뭔가를 단념한 듯 혹은 결심한 듯 메모지를 접어 주머니에 넣었다. 그리고 이렇게 말했다.

"오늘 시를 읽을 생각이었습니다. 하지만 나는 할 수 없습니다. 그것은 아무것도 아닌 것처럼 느껴집니다. 그것은 의미가 없습니다. 무례할 의도는 없습니다. 음악은 좋았습니다. 낭독도 좋았습니다. 그것들이 나에게 용기를 줬습니다. 그래서 나는 나의 시를 읽을 수 없습니다. 내 시는 피를 흘리고 죽어가고 있습니다. 하지만 죽어도 묻어줄 땅이 없습니다. 내 조국도 함께 죽어가고 있기 때문입니다. 나는 오늘 내 조국 팔레스타인에서 벌어지고 있는 학살에 대해 말하고 싶습니다. 나는 팔레스타인에 있지 않습니다. 나는 가자에 있지 않습니다. 나는 여기에 있습니다. 하지만 고립되어 있음을 느낍니다. 세계로부터 고립되어 있음을 느낍니다. 내 고향 팔레스타인은 세계의 정의라는 이름으로 분열되었습니다. 그때부터 이미 제 고향은 세계의 일부가 아니었습니다. 세계에서 추방당한 것과 마찬가지였습니다. 과거를 고치겠다며 꺼내 든 망치로 현재를 박살 내고 있습니다. 우리는 누가 그 망치를 들고 있는지 알고 있습니다. 누가 방관하는지도 알고 있습니다. 그건 어려운 일조차 아닙니다. 학살의 끝은 정의로 이어지지 않았고 다른 학살을 정당화하는 데에 이용됐을 뿐입니다. 끝은 절대로 끝나지 않습니다. 나는 매일 세계가 끝난 것처럼 느낍니다. 하지만 시간은, 이 이상한 고대의 마법진은 우리를 항상 시작으로 되돌려놓습니다. 지금 가자는 피의 얼룩과 포화의 연기로 흐려져 있지만 우리는 그 얼룩과 연기를 선명하게 바라보아야 합니다. 시인에게, 예술가에게 양심은 심장에 박힌 칼과 같습니다. 그것은 매우 고통스럽습니다. 하지만 그것을 뽑아내면 예술가는 죽습니다. 예술이 죽습니다. 팔레스타인 국기에는 깊은 밤의 어둠과 새벽의 하얀빛과 희망의 푸르름, 그리고 저항의 붉은색이 있습니다. 지금 팔레스타인은 캄캄한 밤처럼 보이지만, 부디 그곳에도 동트는 새벽과 푸르른 희망을 꿈꾸는 사람들이 있다는 것을 기억해주십시오. 그리고 붉은 글씨로 이야기해주십시오. 오늘 밤만이라도 가자와 함께해주시기를 부탁드립니다. 여러분의 밤에 평화가 함께하기를. 그리고 같은 얼굴의 평화가 가자의 밤 아래에도 내려앉기를 기원합니다."

시인은 말을 끝내고 자리로 돌아가 얼굴을 두 손에 파묻었다. 그제야 시작된 소극적인 박수가 이내 커다란 감사와 응원으로 바뀌었다. 눈가가 붉어진 시인이 고개를 들었다. 그리고 자리에서 일어나 악수와 포옹으로 주변 사람들에게 고마움을 전했다.

긴 여운이 지나고, 사회자가 마지막 순서임을 예고하는 것과 동시에 옆자리의 남자가 일어섰다. 이름을 부르기도 전이었다. 앞으로 나간 남자가 마이크 가까이 입을 가져가기 위해서는 허리를 구부려야 했다. 남자는 이렇게 말했다.

"저는 첼로 연주자입니다. 바흐의 무반주 첼로 연주곡 1번 〈프렐류드〉를 연주하겠습니다. 유감스럽지만 지금 나에겐 첼로가 없습니다. 하지만 들어주세요."

남자는 등받이가 없는 작은 의자를 끌어당겨 앉은 뒤 허공 속으로 두 팔을 내밀어 보이지 않는 뭔가를 감싸 안는 듯한 자세를 취했다. 그리고 첼로 연주를 시작했다. 왼 손가락을 바쁘게 움직이며 현을 짚었고 가볍게 쥔 오른손으로 활을 그었다. 말하자면 '에어 첼로'였다. 그 움직임에서 첼로의 선율이 들리는 듯했다,고 하면 좋겠지만 그건 거짓말일 테고, 들리는 거라고는 지글거리는 스피커의 잡음과 온풍기의 모터 소리가 전부였다. 그럼에도 좌중의 모두가 그 연주를 경청했다고 해야 할지 주목했다고 해야 할지 숨소리마저 죽인 채 공연에 집중했다.

이윽고 남자의 몸짓이 멈췄다. 연주를 마친 남자는 자리에서 일어나 꾸벅 인사를 하고는 무대를 떠났다. 머뭇거리는 박수 소리가 엇박자로 들려왔고 나는 박수를 쳐야 하나 말아야 하나, 에어 박수라도 쳐야 하나 고민하다 타이밍을 놓치고 말았다. 그걸 끝으로 행사가 막을 내렸다. 남자는 버스 정류장까지 함께 걷자고 했다. 테이블 위의 내 잔은 비어 있었고 남자의 잔은 그대로였다.

골목을 벗어나 큰길을 따라 걷는 도중에 남자가 물었다.

"만약 어떤 독재자가 너에게 총을 겨누면서 독재를 찬양하는 글을 쓰라고 한다면 너는 싫다고 할 수 있어?"

나는 잠시 생각하다가 아닐 거라고, 하지만 나에게 그런 일이 벌어졌다는 건 나보다 앞서 수백 혹은 수만 명의 작가가 거절했기 때문일 것이고 그런 사람들이 있다는 것을 알기 때문에, 그래, 어쩌면 그럴 수도 있을 것 같다고 대답했다. 어쩌면. 그리고 되물었다. 너는?

"모르겠어. 우리는 만약에 대해서 이야기하고 있지만 이것이 누군가에게는 지금의 문제일 거야. 그건 무섭고 슬픈 일이야."

"우리는 작은 협박들에 굴복하지 않는 것에서부터 저항을 시작할 수 있어. 물론 그건 같은 방식은 아닐 거야.

그건 총이 아니고 달콤한 무엇일 수도 있어. 웃긴 뭔가라거나."

"내가 처음 들었던 바흐의 무반주 첼로 곡은 푸르니에의 연주였어. 피에르 푸르니에. 듣자마자 그 연주와 사랑에 빠졌어. 카살스나 다른 연주자의 연주도 들어봤지만 나는 푸르니에의 연주가 제일 좋았어. 그것은 다른 누구의 연주보다도 느리지. 카살스의 연주보다는 20초 정도 더 길고. 독재자가 스페인을 통치했을 때, 카살스는 오랫동안 연주를 멈췄어. 거의 10년 동안. 독재자를 인정한 국가에서는 평생 연주를 하지 않았고. 푸르니에는 나치가 프랑스를 점령했을 때 나치 아래에서 연주를 했어. 그것 때문에 푸르니에는 전쟁이 끝난 뒤 연주를 금지당해. 6개월 동안."

"그것이 너를 괴롭히니?"

"언제나. 너는 누군가를 혹은 뭔가를 사랑했던 것에 후회를 가져본 적 있어?"

"물론이지."

그렇게 대답하며 그럼에도 사랑을 하는 사람들에 대

해 생각했다. 끝이 비극이라는 걸 알면서도 사랑을 하는 사람들에 대해서도. 망가진 페이지를 단순하고 예쁜 표지로 덮어서는 안 되는 거야. 하지만 그것은 어떤 마음일까. 용기라는 단어로는 이해할 수 없고 낙관이나 의지라는 단어로도 설명할 수 없을 것 같은데.

남자는 버스가 올 때까지 나와 함께 버스 정류장에 머물렀다. 우리는 작별 인사를 나눴고 버스가 출발하고 나서야 나는 남자의 이름도 모른다는 것을 깨달았다. 다음 날 전시관에 출근해 어제 남자가 유심히 바라보던 돌 앞에 섰다. 그건 남자의 말처럼 정말 심각하게 오래되고 불타고 부서진 돌이었다. 어느 정도로 심각했냐면 대략 100년 전쯤 대기권을 통과할 때의 충격으로 깨지고 1,500도가 넘는 열기로 달궈져서, 이제 손안에 쏙 들어오는 작은 운석 조각으로 남았을 정도로.

2024년 초여름
김원우

좋아하길 잘했어

김원우 소설집

초판 1쇄 2024년 7월 10일

지은이 | 김원우

발행인 | 문태진
본부장 | 서금선
책임편집 | 최지인 래빗홀 | 이은지 장서원

기획편집팀 | 한성수 임은선 임선아 허문선 이준환 송은하 송현경 유진영 원지연
마케팅팀 | 김동준 이재성 박병국 문무현 김유희 김은지 이지현 조용환 전지혜
디자인팀 | 김현철 손성규   저작권팀 | 정선주
경영지원팀 | 노강희 윤현성 정헌준 조샘 이지연 조희연 김기현
강연팀 | 장진항 조은빛 신유리 김수연 송해인

펴낸곳 | ㈜인플루엔셜
출판신고 2012년 5월 18일 제300-2012-1043호
주소 | (06619) 서울특별시 서초구 서초대로 398 BnK디지털타워 11층
전화 | 02)720-1034(기획편집) 02)720-1024(마케팅) 02)720-1042(강연섭외)
팩스 | 02)720-1043 전자우편 | books@influential.co.kr
홈페이지 | www.influential.co.kr

ⓒ 김원우, 2024

ISBN 979-11-6834-209-5 (03810)